湖北省社科基金一般项目（后期资助项目）成果（项目编号：2021277）
本著作出版获华中科技大学外国语学院资助

在东西方之间：

阿梅丽·诺冬作品中的身份找寻与文化差异

宋歌　著

Entre Orient et Occident :

Quête d'identité et altérité culturelle chez Amélie Nothomb

WUHAN UNIVERSITY PRESS
武汉大学出版社

图书在版编目(CIP)数据

在东西方之间:阿梅丽·诺冬作品中的身份找寻与文化差异:法文/宋歌著.—武汉:武汉大学出版社,2022.9
ISBN 978-7-307-23199-3

Ⅰ.在…　Ⅱ.宋…　Ⅲ.阿梅丽·诺冬—小说研究—法文
Ⅳ.I565.074

中国版本图书馆 CIP 数据核字(2022)第 133099 号

责任编辑:邓　喆　　　责任校对:李孟潇　　　版式设计:韩闻锦

出版发行:**武汉大学出版社**　(430072　武昌　珞珈山)
(电子邮箱:cbs22@ whu.edu.cn　网址:www.wdp. com.cn)
印刷:武汉邮科印务有限公司
开本:720×1000　1/16　印张:19.5　字数:310 千字　插页:1
版次:2022 年 9 月第 1 版　　2022 年 9 月第 1 次印刷
ISBN 978-7-307-23199-3　　定价:56.00 元

Préface

Amélie Nothomb joue un rôle important dans la littérature francophone contemporaine. Souvent classée aujourd'hui par la critique dans la catégorie du roman populaire, Nothomb est cependant plus riche que ce que l'histoire en a retenu, puisque sa pensée peut elle-même se caractériser par l'altérité entre Orient et Occident. À l'âge de 25 ans, elle a connu un grand succès littéraire grâce à la publication de son premier roman *Hygiène de l'assassin*. À cette époque-là, elle aborde essentiellement un genre littéraire particulier — l'autofiction. Plus tard, la romancière se lance dans une quête d'identité par son écriture autofictionnelle. Par la suite, son récit passe du Japon aux États-Unis. Le chocolat blanc donné par la grand-mère paternelle dans *Métaphysique des tubes*, la relation spéciale d'Amélie avec Elena dans *Le Sabotage Amoureux* et la hiérarchie stricte dans *Stupeur et tremblements*, ces textes donnent une vision panoramique de l'univers intérieur d'Amélie Nothomb et la pousse à repenser la reconnaissance du « Moi ».

Nous pourrions dire que l'univers d'Amélie Nothomb ne se limite pas à ses expériences aux pays étrangers, chacun voit sa propre « Amélie Nothomb » à travers son œuvre, soit une Japonaise imaginaire, soit une Belge apatride. Certaines études sur l'œuvre d'Amélie Nothomb ont déjà été publiées, il s'agit en général de mémoires sur la vie de la romancière belge ou sur les caractéristiques de son style. Parmi ceux-ci, même si quelques-uns — peu nombreux — concernent la quête d'identité d'Amélie Nothomb, ils sont plutôt anciens. Toutefois, la quête d'identité dans l'altérité entre deux cultures différentes joue un rôle primordial chez Amélie Nothomb. Née dans une famille de diplomates, elle est influencée par la culture étrangère dès son enfance, l'altérité entre deux cultures est présente. Nous pourrions même affirmer que l'œuvre d'Amélie Nothomb est une réflexion spirituelle pour connaître la vérité sur son identité : ses œuvres sont comme des expériences qui vont au bout du compte l'amener dans un entremêlement entre la réalité et la fiction. Après le chocolat blanc, le chocolat verdâtre et le spéculoos, l'écrivaine se rend compte de sa recherche d'identité. Ainsi, le livre tente d'éclaircir cette quête d'identité et l'altérité culturelle entre Orient et Occident chez Amélie Nothomb.

前　言

阿梅丽·诺冬，比利时法语小说家，当代法国最有影响力的作家之一。她的作品经常被归类为通俗小说，然而诺冬作品的特点远不止于此，其思想通过东西方文化差异中的身份找寻而体现。在25岁时，诺冬凭借其处女座《杀手保健》在法国文坛崭露头角，此时的诺冬已经开始运用她标志性的创作手法——自传体写作。之后，她便开始了在自传体小说中的身份找寻之旅。

《管子的玄思》中外婆的白巧克力，《诚惶诚恐》中森严的等级制度，使我们可以从多个角度来观察诺冬的内心世界，在东西方文化的碰撞中，作者开始了关于"我"的身份的思考。诺冬的思想并不局限于个人国外经历层面，每个人心中均有自己的诺冬：她既可能是想象中的日本人，也可能是被放逐的比利时人。

截至目前，对诺冬的研究比较有限，已有的研究往往聚焦于其生活经历及作品风格。这些研究中关于诺冬身份找寻的讨论并不多，而且相关研究年代也比较久远。然而在两种不同文化中的身份找寻在诺冬的作品中占有非常重要的位置。阿梅丽·诺冬出生于一个外交世家，其作品中有很多与外国有关的元素，不同文化间的碰撞更是俯拾即是。她的作品可以被看作身份找寻过程中的一次思考，每部作品便是一次在现实与虚构间进行身份找寻的尝试。在经历了白巧克力、绿巧克力、比利时饼干等食物所带来的文化碰撞之后，阿梅丽·诺冬似乎找到了解开身份之谜的方式。

本书由三部分组成：第一部分主要讲述了比利时作家阿梅丽·诺冬的个人成长经历，第二部分围绕其作品中东西方之间的文化差异展开，第三部分则详细阐述了阿梅丽·诺冬进行身份找寻的过程。

Table des matières

Introduction

I. Problématiques

Amélie Nothomb commence sa carrière avec *Hygiène de l'assassin* en 1992. Vingt-sept ans plus tard, la romancière belge cherche à montrer de différentes manifestations d'altérité culturelle. Pour elle, l'étranger est un miroir révélateur qui permet la prise en compte de la particularité de sa propre identité.

En tant que Belge qui est née au Japon, Amélie Nothomb a passé son enfance en Asie, il est difficile pour elle de se connaître soi-même. Ainsi, elle décide de se lancer dans une quête d'identité qui est la caractéristique des romans autofictionnels. En ce qui concerne le terme « autofictionnel », il faut préciser tout d'abord de différentes notions telles que l'autobiographie, l'autofiction et l'écriture autofictionnelle, parmi d'autres, et connaître des noms comme ceux de Philippe Lejeune, Serge Doubrovsky et Vincent Colonna. Grâce à eux, nous avons la chance de pouvoir analyser les caractéristiques spécifiques du style d'Amélie Nothomb. C'est aussi par le biais de ses romans autofictionnels comme *Stupeur et tremblements*, *Métaphysique des tubes*, *Biographie de la faim*, *Ni d'Ève ni d'Adam* et *La Nostalgie heureuse*, que l'on peut connaître la vie et la création littéraire de la romancière belge.

Il semble que le terme « autofictionnel » constitue l'étiquette générique la plus apte à qualifier les récits susnommés. D'après Philippe Lejeune, tout « récit rétrospectif en prose que quelqu'un fait de sa propre existence, quand il met l'accent sur sa vie individuelle et sur l'histoire de sa personnalité »①. Les romans de notre corpus couvrent la vie de l'écrivaine, nous retrouvons dans ces récits non seulement les personnes notables tels que le père Patrick Nothomb, et la gouvernante japonaise Nishio-san, mais aussi les éléments qui ont influencé Amélie Nothomb tels que l'anorexie, la lecture et la correspondance. Ces romans se déroulent sur une vingtaine d'années, ils se caractérisent par une trame chronologique et mettent en relief les liens de dépendance mutuelle les unissant.

À part la vie et la création littéraire d'Amélie Nothomb, nous parlerons d'un autre sujet de ce livre — l'altérité culturelle entre Orient et Occident. Par exemple, il est facile de comprendre les antinomies entre Amélie et ses collègues japonais dans *Stupeur et tremblements*, cette expression du choc culturel caractérisant par l'ethnocentrisme, le racisme et le culturalisme. L'altérité culturelle s'impose comme un élément indispensable à la compréhension de l'univers d'Amélie Nothomb :

> « Le Japon me rassure, me recharge et me réinjecte de l'énergie qui me permet de me reconstruire. Je vis une histoire d'amour avec ce pays. Je ne suis pas allée prouver que j'étais japonaise. J'avais déjà subi deux échecs avec ce pays que j'ai raconté dans *Stupeurs et tremblements* et *Ni d'Ève ni d'Adam*. L'amour profond que j'ai pour le Japon est absolu. Lorsque je suis arrivée en Belgique à l'âge de 17 ans, je me suis sentie totalement étrangère. J'ai découvert récemment que j'étais peut-être une fausse Japonaise et une vraie Belge. »②

---

① Philippe Lejeune. *L'autobiographie en France*. 2e éd. Coll. « Cursus » ; « Lettre ». Paris, A. Colin, 1998, p. 10.

② Nostalgique Nothomb, Laurent Borderie, lorientlitteraire.com, août 2013, adresse web : http://www.lorientlitteraire.com/article_details.php? cid = 33&nid = 4280, en ligne, consultée le 25 avril 2018.

En tant qu'Occidentale, Amélie Nothomb cherche à montrer l'Orient selon sa compréhension. Lorsqu'il s'agit de l'Orient sous la plume des Occidentaux, nous nous rappelons une série de noms tels que Pierre Loti, Paul Claudel et Roland Barthes, etc. Cette fois, la romancière belge met en évidence une compréhension au-delà d'une incompressibilité spécifique de l'Orient et de l'Occident, qu'elle soit littéraire, philosophique ou religieuse, et de l'impossibilité d'une cognition individuelle sur le monde. Cette rencontre fait qu'il existe un univers intellectuel qui seul est susceptible de faire avancer chacune de ces deux civilisations, de leur permettre d'approfondir leur propre culture et leur message à l'ensemble de l'humanité.

Du point de vue de l'altérité culturelle, Amélie Nothomb s'en tient donc à une conception étroite, mais strictement orientale des pays asiatiques, surtout le Japon. Le pays du Soleil-Levant joue un rôle tellement important qu'elle le place à un niveau plus élevé que d'autres pays, dont, en réalité, il est plutôt l'héritier et le prolongement. À travers les interactions avec les Japonais, Amélie Nothomb montre au lecteur les différentes expressions de l'altérité culturelle telles que le collectivisme oriental et l'individualisme occidental, la culture de la « face », et le statut de la femme dans la culture orientale. L'analyse concentrée sur ces différents phénomènes culturels constitue la plus grande particularité de ce livre.

Après avoir mis en lumière l'altérité culturelle, nous nous concentrons sur la quête d'identité de la romancière. Le cours de la quête se justifie par la reconstitution de certaines scènes d'un roman à l'autre qui nous renvoie aux « expériences fictives » de la romancière. Pour l'auteur, la quête d'identité est un cheminement difficile comme pour certains de ses compatriotes : à cause de raisons historiques, il est difficile pour certains Belges de proclamer leur appartenance nationale.

Par le biais de l'étude de la conscience chez l'enfant, l'autofiction d'Amélie Nothomb s'intériorise. L'emploi de ce genre se fond sur une quête d'identité et un travail psychologique sur soi-même. Nous étudierons ensuite les causes psychologiques possibles de la démarche narcissique qui est une approche de l'auteur. L'analyse de l'écriture autofictionnelle d'Amélie Nothomb sera orientée d'une manière psychologique et psychanalytique. Nous explorerons principalement l'effet psychologique de l'emploi de ce genre sur la construction de la personnalité de cette Belge. La comparaison de deux chocolats met en scène la difficulté de la quête d'identité, l'humiliation japonaise et le plaisir belge engendrent la souffrance. On trouve une petite fille belge devant le miroir dans le récit du spéculoos volé. Différent de l'enfant de Lacan, elle passe au stade du miroir avorté, puisqu'il n'y a pas d'adulte à côté de la protagoniste de *Biographie de la faim* pour l'aider à reconnaître sa propre figure dans *Stupeur et tremblements*.

Dans le cadre de ce livre, nous soutiendrons la proposition que l'altérité culturelle entre Orient et Occident constitue la structure interne qui se manifeste d'une façon visible. Par le stade du miroir dont parle Jacques Lacan, la romancière belge fait irruption de manière récurrente dans les récits autofictionnels qui relèvent, quant à eux, du symbolique. La quête d'identité constituerait ainsi la clé de la création de l'écrivaine, car elle assemble en quelque manière tout le matériau littéraire d'Amélie Nothomb.

II. État de l'art

Quels que soient les avis divergents portant sur l'auteur et ses œuvres, en France comme à l'étranger, la production d'Amélie Nothomb est devenue un sujet d'étude. C'est notamment le cas aux États-Unis et au Japon. En France, l'engouement de la critique est déjà significative et a donné lieu à la publication d'études biographiques ou littéraires. Nous nous limitons ici à citer quelques-uns parmi ces travaux :

- Laureline Amanieux, *Personnage et identité dans l'œuvre d'Amélie Nothomb*, thèse de doctorat en littérature et civilisation françaises, Université Paris X Sorbonne, 2007.
- Gaël Revial, *Masque de l'écriture, écriture du masque. Amélie*

Nothomb et le courant « posthumain », thèse de doctorat en littérature française comparée, Université de Paris IV, 2012.

- Michel Zumkir, *Amélie Nothomb de A à Z : Portrait d'un monstre littéraire*, Paris, Le Grand Miroir, 2003.

Nous pouvons recenser trois tendances principales dans ses recherches :

1) L'écrivaine belge est issue d'une famille de diplomates, elle a passé ses dix-huit premières années dans des pays étrangers comme le Japon, et les États-Unis. Les critiques ont donc orienté leurs recherches en direction d'une identité double, voire multiple.
2) L'enfance est un sujet récurrent chez Amélie Nothomb, elle donne lieu à des œuvres à fort caractère autobiographique et ce qui induit des lectures psychanalytiques, notamment à partir de textes tels que *La Métaphysique des tubes* et *La Nostalgie heureuse*.
3) L'œuvre d'Amélie Nothomb se classe parmi le genre autofictionnel, il s'agit d'un genre littéraire dominant de nos jours et qui est même en expansion en raison de l'intérêt général que le public porte à la personnalité d'un individu et à la possibilité d'identification à la vie de celui-ci.

Par rapport à la fécondité et à la maturité des études sur Amélie Nothomb en France, les recherches restent en Chine encore un terrain peu exploré. Il faut attendre le XXIe siècle pour voir apparaître les traductions chinoises des romans d'Amélie Nothomb : *Hygiène de l'assassin*, *Une forme de vie*, *Les Catilinaires*, *Ni d'Ève ni d'Adam* et *Voyage d'hiver* traduits par HU Xiaoyue, *Stupeur et tremblements* traduit par LIAO Guanyou, *La Nostalgie heureuse* traduit par DUAN Huimin. Les mémoires portant sur Amélie Nothomb ne sont pas nombreux en Chine et nous ne trouvons que quelques articles qui sont toujours des présentations de l'écrivain et de ses œuvres. Aucune thèse n'a encore été publié.

Certains ouvrages théoriques jouent également un rôle important pour notre rédaction. L'appareil théorique que nous envisageons d'employer pour analyser les romans d'Amélie Nothomb est hétérogène et intègre des éléments issus de plusieurs domaines différents. Nous évoquerons d'abord des théories portant sur l'autobiographie et l'autofiction de Philippe Lejeune et de Serge Doubrovsky. À travers les notions qu'ils introduisent, nous pouvons mieux analyser l'écriture autofictionnelle d'Amélie Nothomb.

L'œuvre de Laureline Amanieux nous offre un support théorique, l'auteur du *récit siamois : identité et personnage dans l'œuvre d'Amélie Nothomb* voue un travail considérable aux romans d'Amélie Nothomb. L'auteur analyse, de manière pertinente, le vide affectif chez Amélie Nothomb qui s'exprime par des troubles physiques et psychiques présents dans les romans comme *Hygiène de l'assassin*, *Les Combustibles*, *Les Catilinaires*, *Attentat* et *Mercure*, etc.

Nous nous appuyons aussi sur *Le Chrysanthème et le sabre*, l'ouvrage sur le Japon publié juste après la Seconde Guerre mondiale par Ruth Benedict, qui met en évidence un pays oriental mystérieux aux yeux d'un Occidental. L'auteur analyse le système de la culture japonaise dans cet ouvrage, qui semble satisfaire la curiosité des Occidentaux. Nous pouvons retracer des règles hiérarchiques, de morale sexuelle, et de l'éducation dans cet essai. Parler du Japon, c'est parler d'une entreprise de civilisation, *Le Chrysanthème et le sabre* nous aide à mieux comprendre le Japon tel que décrit sous la plume d'Amélie Nothomb, où il occupe une position primordiale. Nous pouvons trouver des points communs entre les analyses de Ruth Benedict et les récits des romans d'Amélie Nothomb. L'expérience japonaise des deux auteurs ne se limite pas à imaginer, elle met également en lumière le développement de leur réflexion. Aussi, Amélie Nothomb demeure malgré tout une Occidentale écrivant sur le Japon et peut, ainsi, être associée à Ruth Benedict ; son expérience personnelle ne l'empêche pas de poser des jugements de valeur favorables ou défavorables par rapport à certains traits culturels orientaux.

Certains romans de notre corpus se caractérisent par des éléments psychanalytiques comme le narcissisme, l'homosexualité et le masochisme, donc l'approche psychanalytique joue un rôle primordial dans la présente thèse, avec laquelle nous étudierons ensuite les causes psychologiques possibles de la démarche narcissique, qui est une approche de l'auteur.

L'écriture permet à Amélie Nothomb de retrouver des souvenirs enfouis liés à son enfance et à son adolescence. En pratique, sa démarche n'est pas étrangère au point de vue psychanalytique. Nous entendons privilégier, par la suite le concept stade du miroir de Jacques Lacan comme outil d'analyse dans le cadre de ce livre. La théorie de Lacan peut expliquer pourquoi les récits d'Amélie Nothomb font preuve d'une profonde compréhension des processus psychiques. Étant donné que la psychanalyse est une approche efficace pour révéler certains motifs textuels et montrer les processus qui amènent un auteur à les recréer de façon autobiographique.

Le support théorique offert par Laureline Amanieux, Ruth Benedict et Jacques Lacan nous permet de faire une analyse approfondie sur l'ensemble de notre corpus, car par ce biais ils donnent à voir au lecteur occidental un Orient tangible et réel. C'est aussi grâce à la connaissance profonde qu'ils montrent à l'égard de l'autofiction, l'altérité culturelle et la psychanalyse, que l'on peut poursuivre ce livre.

III. Corpus

Tantôt présentés comme des fictions, tantôt comme des récits d'inspiration autobiographique, les romans autofictionnels d'Amélie Nothomb rattachent l'Orient à l'Occident avec une esthétique romanesque contemporaine. La romancière belge déchiffre l'énigme de l'identité en éprouvant le choc culturel entre les deux civilisations.

3.1 Choix du corpus

En ce qui concerne le présent livre, nous avons retenu cinq romans publiés entre 1999 et 2013 : *Stupeur et tremblements*, *Métaphysique des tubes*, *Biographie de la faim*, *Ni d'Ève ni d'Adam* et *La Nostalgie heureuse*. Pour la précision de l'analyse, nous nous permettons de rappeler leur intrigue :

En 1999, Albin Michel publie le premier roman d'Amélie Nothomb sur le

Japon : *Stupeur et tremblements*[1]. Cette œuvre met en évidence l'expérience de travail d'Amélie dans une entreprise japonaise. C'est un récit à vocation paradoxale, car la protagoniste devient une romancière reconnue après le choc culturel. Devant une hiérarchie stricte, elle se trouve alors soumise aux humiliations de ses supérieurs japonais. Pourtant, l'élément qui impressionne le plus le lecteur est son admiration particulière pour sa belle supérieure : Fubuki Mori.

2000, c'est l'année de la publication du deuxième roman de Nothomb en rapport avec Japon : *Métaphysique des tubes*[2] qui se présente également comme un texte autofictionnel. Différent de *Stupeur et tremblements* qui raconte un récit du monde adulte, cette œuvre montre la vie de la petite Belge au Japon allant de sa naissance jusqu'à l'âge de trois ans. Cette fois, Amélie est considérée par tous comme un « tube digestif » qui n'a pas de contacts avec le monde extérieur. Dans un Japon paradisiaque, Amélie apprend à reconnaître sa propre existence à l'aide du chocolat blanc belge.

En 2004, dans le roman *Biographie de la faim*[3], Amélie Nothomb reprend son autobiographie : son enfance au Japon, à New York, au Bangladesh et son premier pied sur le sol de son pays natal — la Belgique, jusqu'à son retour au Japon à l'âge adulte. Le texte se manifeste comme une présentation de l'ensemble de ses expériences exotiques. La romancière met en scène les événements de sa vie à une seule loi : celle de l'identité, celle de la faim au sens propre et au sens figuré, que ce soit celle de son univers intérieur, de son corps, des êtres humains, de ses émotions personnelles, ainsi que son envers : l'anorexie. Cet état mental particulier se transforme en inspiration pour l'écriture et permet à la narratrice de noter une « biographie de la faim ».

En 2007, c'est la parution du quatrième roman de notre corpus — *Ni d'Ève*

① Amélie Nothomb, *Stupeur et tremblements*, Paris, Albin Michel, 1999.

② Amélie Nothomb, *Métaphysiques des tubes*, Paris, Éditions Albin Michel, 2000.

③ Amélie Nothomb, *Biographie de la faim*, Paris, Éditions Albin Michel, 2004.

ni d'Adam. Le texte se présente comme récit d'un amour inoubliable pendant le séjour d'Amélie Nothomb à Tokyo. Au début du texte, la narratrice pense que le moyen le plus efficace d'apprendre le japonais est d'enseigner le français à des Japonais. Elle se retrouve à donner des cours à son « fiancé » japonais Rinri, un jeune homme issu d'un milieu aisé, qui va rapidement se prendre de passion pour elle. Il s'avère être un jeune Japonais servant de premier ordre, prompt à promener la jeune fille belge dans sa voiture de luxe et à lui montrer les lieux touristiques du pays du Soleil-Levant. Ce Japonais « atypique », assez extravagant il faut bien le souligner, est surtout une représentation précieuse pour le lecteur à la découverte des mystères de ces coutumes japonaises si énigmatiques pour cette Occidentale. Devant les malentendus linguistiques et les confrontations gastronomiques, Amélie Nothomb n'a pas son pareil pour mettre en scène les différentes manifestations d'altérités culturelles. De plus, avec un sens autocritique dont elle donne ici la pleine mesure.

> « Toute à sa volonté d'adopter les coutumes d'un Japon qui la fascine, elle en avale des couleuvres — pour ne pas dire des poulpes vivants, au menu d'un dîner mémorable ! Les moments de grâce sont légion dans ce roman décidément très réussi. »①

En ce qui concerne cette expérience, la romancière exprime le fait qu'elle écrit une histoire où personne n'a envie de massacrer quiconque.

En 2013 est paru son dernier roman à ce jour sur le Japon : *La Nostalgie heureuse*. Le récit décrit les retrouvailles avec des personnes chéries. En 2012, à l'occasion de la traduction de *Stupeur et tremblements*, une équipe de télévision propose à la romancière de retourner sur les terres de son pays préféré — le Japon.

---

① Delphine Peras, « Jours heureux au Japon », Revue Lire, septembre 2007, n° septembre, p. 37.

> C'est une véritable histoire d'amour, au sens strict, avec tous ses ingrédients : « rencontre éblouie lors de la petite enfance, arrachement, deuil, nostalgie, nouvelle rencontre à l'âge de vingt ans, intrigue, liaison passionnée, découverte, péripéties, ambiguïtés, alliance, fuite, pardon, séquelles. »①

Amélie Nothomb décide de saisir l'opportunité, elle se prépare déjà à revoir Nishio-san, sa nounou japonaise qui est devenue une très vieille dame qui se souvient encore d'elle, mais qui par contre n'est pas au courant de la tragédie qui s'est déroulée à Fukushima. Par ailleurs, on peut constater la relation paradoxale entre la romancière belge et Rinri, ce « fiancé éconduit » de ses vingt ans et pour lequel, au fond, elle n'éprouve « ni amour, ni amitié », mais un genre de retrouvailles touchantes. À la différence de ses premières années au Japon, Amélie Nothomb est déjà écrivaine reconnue. L'apparition de *La Nostalgie heureuse* est une manière pour l'auteur de rendre hommage aux lieux qu'elle chérit : Tokyo, Kyoto, Kobé et Shukugawa.

3.2 Légitimation du corpus

Notre choix de cinq romans, et de quelques autres ouvrages, peut paraître très vaste : il se caractérise cependant par la brièveté de chaque texte, un roman d'Amélie Nothomb ne dépassant pas cent-dix pages pour le plus court (*Les Combustibles*) et deux cent quarante et une pages pour le plus long (*Biographie de la faim*). Le riche corpus nous donne la possibilité à mesurer la progression de la quête d'identité d'Amélie Nothomb en suivant ses années à l'étranger. Afin de mieux affiner l'altérité entre Orient et Occident, nous considérerons ces cinq romans comme un ensemble et pensons qu'il est nécessaire d'éliminer les romans qui n'ont pas beaucoup de rapports avec les éléments orientaux, c'est pourquoi certaines œuvres représentatives du genre autofictionnel d'Amélie Nothomb, par

---

① Baptiste Liger, « La passante du sans sushi », Revue Lire, septembre 2013, n° septembre, p. 46.

exemple *Hygiène de l'assassin* ne font pas l'objet de notre corpus. À cause du genre désigné comme « roman » pour cinq ouvrages sur les vingt-six qu'elle a écrit, ce qui a plus d'importance que la matière du récit en soi. De même, comme nous le montrerons par la suite, l'incarnation de la romancière à travers ses personnages fictifs est récurrente. Compte tenu de la nature de notre corpus, nous avons préféré centrer notre attention sur les personnages qui sont étroitement liés à la culture orientale et occidentale, les textes courts seront sélectionnés dans le but d'apporter un éclaircissement progressif au fil de notre étude. Nous n'avons pourtant pas négligé pour autant la lecture des romans, lesquels nous citons dans notre bibliographie. De même, nous avons fait suffisamment attention aux différentes phases de l'écrivaine qui après tout ont une étendue temporelle de vingt ans. Grâce à la fécondité de la romancière, nous avons eu accès à cinq romans publiés à ce jour, dont l'exploration a contribué à nourrir notre réflexion, même si les extraits cités tirés de ces romans sont limités. Il y a par ailleurs une autre limite : nous n'envisageons pas une étude détaillée de chaque roman, et nous préférons privilégier des textes qui jouent un rôle primordial pour l'altérité culturelle et la quête d'identité. Toutefois, nous avons cherché, dans la mesure du possible, à considérer chaque texte globalement pour surmonter les difficultés dans ce livre.

IV. Méthodologie et supports théoriques

Étant donné que ce livre est centré sur l'altérité culturelle chez Amélie Nothomb, nous nous proposons d'utiliser une méthodologie courante — la thématique, dont le principe est de trouver des motifs et de les regrouper en un réseau. Toutes les expressions d'altérité présentes ne sont pas dues au hasard, chaque élément assume sa propre fonction et toutes ses descriptions et ornementations constituent un réseau de motifs. Il serait toutefois souhaitable d'associer cette démarche thématique à d'autres types de recherches tels que l'analyse biographique. On peut constater en effet que, bien souvent, chez Amélie Nothomb, le personnage porte le même nom que l'auteur et sa vie fictive s'imbrique souvent dans les activités littéraires de l'auteur.

Par ailleurs, la psychanalyse occupe également une place importante dans ce livre, nous pouvons actualiser à travers elle la notion du développement psychologique des enfants. Au sujet du rôle de la psychanalyse, Jacques Lacan écrit :

> [L] a psychanalyse peut accompagner le patient jusqu'à la limite extatique du « Tu es cela », où se révèle à lui le chiffre de sa destinée mortelle, mais il n'est pas en notre seul pouvoir de praticien de l'amener à ce moment où commence le véritable voyage.①

Cette théorie du développement psychosexuel nous apparaît nécessaire pour comprendre la genèse de la personnalité de la protagoniste chez Amélie Nothomb. Ainsi, des éléments de psychanalyse constituent un support théorique original qui nous permettra non seulement de porter un regard personnel sur les romans d'Amélie Nothomb, mais aussi de retracer les indices de l'écriture autofictionnelle.

V. Plan du livre

Nous proposons dans ce livre une étude systématique de la quête d'identité et l'altérité culturelle entre lesquelles sont complètement différentes chez Amélie Nothomb. Le livre se compose de trois parties : la première partie porte sur l'expérience personnelle de la romancière belge, la deuxième partie traite de l'altérité culturelle entre Orient et Occident, la troisième partie analyse le parcours de la quête d'identité.

Belge née au Japon, en raison de l'expérience diplomatique de son père, Amélie Nothomb a été en contact avec une culture étrangère dès sa naissance. Dans la première partie du livre, nous parlerons des expériences exotiques

---

① Jacques Lacan, Le stade du miroir, Revue Française de Psychanalyse, 1949, volume 13, n° 4, p. 455.

d'Amélie Nothomb d'une manière autofictionnelle. Cette partie est composée de quatre chapitres. Le premier chapitre présente les notions qui vont préciser le concept d'écriture autofictionnelle telle que l'autofiction et l'autobiographie. Le deuxième chapitre montre l'importance des membres de la famille Nothomb. Le troisième chapitre met en lumière les éléments importants de l'écriture d'Amélie Nothomb, comme l'habitude de la lecture, l'influence de Fredrich Nieztsche et l'anorexie, etc. Le quatrième chapitre tente d'analyser trois romans d'Amélie Nothomb : *Stupeur et tremblements*, *Ni d'Ève ni d'Adam et La Nostalgie heureuse* et les personnages symboliques comme Nishio-san, Kashima-san, Rinri Mizuno et Fubuki Mori.

Dans la deuxième partie, notre étude se concentre sur l'altérité culturelle entre Orient et Occident qui nous permet de nous approcher de l'essentiel de l'univers intérieur de l'auteur. Cette partie est composée de quatre chapitres. Dans le premier chapitre, nous introduisons les concepts liés à l'altérité culturelle, par exemple les notions de racisme, d'ethnocentrisme, de relativisme et de culturalisme. Le deuxième chapitre met l'accent sur les différentes expressions d'altérité culturelle qu'Amélie subit telles que la hiérarchie stricte de l'entreprise japonaise, une manière de voir les choses différente selon qu'on les considère du point de vue du collectivisme oriental ou de l'individualisme occidental, la culture de « perdre la face », etc. Le troisième chapitre met en évidence le statut de la femme en analysant les personnages féminins chez Amélie Nothomb. Le dernier chapitre de cette partie révèle l'émotion contradictoire entre Orient et Occident de la romancière.

La troisième partie contient deux chapitres, qui sont consacrés à l'étude de la quête d'identité d'Amélie Nothomb. Le premier chapitre se concentre sur le contexte de la quête d'identité d'Amélie Nothomb. Le deuxième chapitre est étroitement lié à la nourriture : le chocolat blanc, le chocolat vert et le spéculoos. Ces sucreries représentent les différentes manifestations du stade du miroir de la romancière belge. L'identité orientale et occidentale, loin de s'opposer l'une à l'autre, coexistent chez Amélie Nothomb.

Première partie
Vie et création littéraire

La vie et la création littéraire sont absolument inséparables chez Améie Nothomb, on ne peut analyser une grande partie de son œuvre sans avoir connaissance de quelques éléments biographiques. L'objectif de cette partie est précisément d'essayer de mettre en regard certain nombre d'éléments textuels et certain nombre d'éléments factuels. Évidemment, ceci signifie que l'œuvre d'Amélie Nothomb est en grande partie autobiographique.

Le genre autobiographique est un genre littéraire moderne dominant, il est en expansion du fait de l'intérêt que le public porte à la personnalité d'un individu et à la possibilité d'identification à la vie de celui-ci. On évalue souvent un roman par rapport à sa relation avec le genre autobiographique. Les écrivains contemporains manifestent une tendance à orienter plus habituellement leurs récits sur leur propre personne, en particulier sur la période de leur enfance.

Cette tendance a été renforcée par des auteurs tels que Philippe Lejeune, Serge Doubrovsky, Vincent Colonna qui font porter l'attention sur ce nouveau genre littéraire dans leur époque — l'autofiction. Influencée par ce genre, Amélie Nothomb attache un certain nombre de ses romans à l'écriture autofictionnelle, à travers laquelle on constate à la fois l'existence de la réalité et la fiction.

Amélie Nothomb a vécu les premières années de sa vie au Japon. Ce rapport à l'Orient donne une signification particulière à sa naissance, son enfance, ou encore à sa famille. Par ailleurs, il faut indiquer que l'écriture et la lecture jouent aussi un rôle primordial dans sa croissance.

La première partie se compose de quatre chapitres. Le premier chapitre porte sur l'autofiction chez Amélie Nothomb, dans lequel nous essayons de relever tous les éléments concernant ce genre littéraire et les spécialités de l'écriture autofictionnelle d'Amélie Nothomb. Dans le deuxième chapitre, nous présentons la croissance d'Amélie Nothomb suivant l'ordre chronologique, puis nous mettrons en évidence la forte influence exercée par certains membres de sa famille Nothomb sur la création littéraire de la romancière. Dans le troisième chapitre, nous tentons d'explorer deux éléments importants dans la création littéraire d'Amélie Nothomb, son rapport à la lecture et l'écriture. Dans le dernier chapitre, nous analyserons trois de ses romans et leurs personnages représentatifs.

Chapitre I
L'autofiction chez Amélie Nothomb

Le style d'écriture d'Amélie Nothomb fait une profonde impression sur le lecteur, il se manifeste souvent sous la forme d'autofiction, c'est une notion complexe en constante mutation et il est, par conséquent, difficile d'en donner une définition précise. Nous suivons donc la pensée de Philippe Lejeune, spécialiste éminent de l'autofiction, qui exprime que « quand on arrive dans une île inexplorée, on cherche d'abord à voir l'ensemble du territoire, à en tracer les contours, à en dresser une carte sommaire. »[1] De plus, les études de Serge Doubrovsky sont prises pour référence, critique littéraire et romancier qui a inventé le mot-valise « autofiction. » pour présenter son récit *Fils*[2]. À l'aide de leur support théorique, nous sommes en mesure de percevoir les nuances entre différentes notions portant sur l'autofiction. Ensuite, nous pouvons mettre en évidence les caractéristiques d'écriture autofictionnelle d'Amélie Nothomb.

Trois sections forment un ensemble du chapitre, dont la problématique s'articule autour des romans autofictionnels d'Amélie Nothomb, l'analyse vise à évaluer la cohérence des textes et à reconnaître les traits caractéristiques du personnage Amélie.

---

[1] Philippe Lejeune, *Le Pacte autobiographique*, Paris, Éditions Seuil, 1975, p.360.

[2] Serge Doubrovsky, *Fils*, Paris, Éditions Galillée, 1977, quatrième de couverture.

1.1 L'écriture autofictionnelle

1.1.1 Autobiographie et autofiction

L'autofiction joue un rôle important dans la littérature contemporaine. Au lieu de l'aborder directement, il convient de dire un mot de l'autobiographie. Vers 1830①, on trouve la première apparition de la première occurrence du mot « autobiographie ».

« [L]'autobiographie est centrée sur l'existence même de celui qui l'écrit, les mémoires sont consacrés aux bouleversements historiques auxquels l'écrivain a assisté, ou pris part — ou encore aux relations privilégiées qu'il a pu entretenir avec les grands de ce monde qui ont, peu ou prou, détermine les dits bouleversements. »②

Il pense que l'autofiction s'inscrit entre fiction et autobiographie. L'autofiction cherche à induire une part d'imaginaire, d'illusion, d'abstraction et se caractérise par une réinvention de nouveaux codes d'écriture et de lecture.

Dans *Autobiographie/Vérité/Psychanalyse*, Serge Doubrovsky remarque qu'il écrit *Fils* sous l'inspiration du *Pacte autobiographique* de Philippe Lejeune. Dans cet ouvrage, Philippe Lejeune prend en considération l'identité de l'auteur, du narrateur et du personnage principal comme un point de départ dans l'intention de distinguer le roman de l'autobiographie.

« L'auteur est la personne réelle qui s'engage, par son nom propre,

---

① Autobiographie : Le terme « autobiographie est apparu en Allemagne et en Angleterre en 1800, puis a été introduit en France vers 1830, Définition d'autobiographie, larousse.fr, adresse web : www.larousse.fr/encyclopedie/divers/autobiographie/24227, en ligne, consulté le 23 juillet 2019.

② Sebastien Hubier, *Littératures intimes, les expressions du moi, de l'autobiographie à l'autofiction*, Paris, Éditions Armand Colin, p. 53.

figurant aussi bien sur la lisière de l'œuvre que dans le corps du texte, comme référent ultime du « je » ; c'est lui qui relie la réalité extérieure au texte et, par conséquent, assume la responsabilité de ce qui est écrit. Il peut adopter une stratégie de protection — le cas du pseudonyme —, une volonté de tromperie ou un écart pudique, mais il reste le référent auquel renvoie le récit. »①

Derrière ces trois éléments, c'est identité qui se caractérise par l'autobiographie. Grâce à l'autobiographie, on pourrait trouver l'histoire de la personne réelle. L'auteur peut contracter un pacte autobiographique.

Le pacte est clairement établi en 1971 dans *L'Autobiographie en France*②. Dans *Le Pacte autobiographique*, Lejeune redéfinit la notion du pacte en se référant au critère d'identité ou de non-identité du nom de l'auteur et du personnage. Pour cette situation, Serge Doubrovsky écrit :

> « Ce qui l'amène au terme d'une nomenclature savante et subtile, à repérer des « cases aveugles » : « Le héros d'un roman déclaré tel peut-il avoir le même nom que l'auteur ? Rien n'empêcherait la chose d'exister [...] Mais, dans la pratique, aucun exemple ne se présente à l'esprit d'une telle recherche. » »③

Doubrovsky s'efforce de répondre à la question de Philippe Lejeune en inventant le terme d'autofiction. « Tout se passe comme si *Fils* avait été écrit

---

① L'autofiction : un nouveau mode d'expression autobiographique, Awatif Beggar, revue-analyses.org, printemps-été 2014, adresse web : www.revue-analyses.org, en ligne, consulté le 23 juillet 2019.

② Philippe Lejeune, *L'Autobiographie en France*, Paris, Éditions Armand Colin, 1ère édition date de 1971, la 2ème de 1998.

③ Serge Doubrovsky, « Autobiographie/ Vérité / Psychanalyse », in *Autobiographiques : de Corneille à Sartre*, Paris, Éditions PUF, 1988, p. 68.

pour remplir cette case aveugle »①. Il place le mot « roman » en sous-titre sur la couverture de son ouvrage *Fils*, le héros du roman s'appelle pourtant Serge Doubrovsky. Le procédé évoque les œuvres autofictionnelles d'Amélie Nothomb, dont l'héroïne s'appelle Amélie et le sous-titre est aussi « roman ».

L'évolution de l'autofiction ne s'arrête pas là, Philippe Lejeune publie l'ouvrage *Le Pacte autobiographique* en 1975. Pour le développement de l'autofiction Awatif Beggar écrit :

> « [c]e qu'on appelle autofiction est un mot-valise polysémique, susceptible de diverses approches tributaires de son histoire et de ses fondements théoriques. Le mot déborde le cadre des discours critiques et des discussions universitaires pour se propager dans le milieu des médias, des arts plastiques, des bandes dessinées... Autrement dit, ce terme n'est plus considéré comme un néologisme, car son usage est devenu courant. »②

Awatif Beggar souligne que « la charge sémantique » de l'autofiction se réfère à deux concepts « apparemment tout à fait opposables » : autobiographie et fiction. Cette « charge sémantique » se conduit par

> « [Une] mollesse dans son appréhension et, par conséquent, une ampleur dans son emploi qui ne se dévalide pas. Par contre, en fonction de cet emploi, plusieurs critiques, écrivains, exégètes, poètes et chercheurs se sont arrêtés sur l'acception du terme pour lui donner un statut pragmatique

① Serge Doubrovsky, « Autobiographie/ Vérité / Psychanalyse », in *Autobiographiques : de Corneille à Sartre*, Paris, Éditions PUF, 1988, p. 68.

② L'autofiction : un nouveau mode d'expression autobiographique, Awatif Beggar, revue-analyses.org, printemps-été 2014, adresse web : www.revue-analyses.org, en ligne, consulté le 23 juillet 2019.

dans « l'aventure théorique » qu'il entraîne. »①

Ainsi l'autofiction est un fait incontestable et ne peut laisser indifférent. *Le Larousse* définit l'autofiction comme « une autobiographie empruntant les formes narratives de la fiction ». Par *Le Robert*, elle « est un récit mêlant la fiction et la réalité autobiographique. »

Certains spécialistes mettent en lumière leurs propres positions sur l'autofiction. Serge Doubrovsky écrit :

> « naissance au néologisme « autofiction » sur la quatrième de couverture du *Fils* : « Fiction d'événements et de faits strictement réels ; si l'on veut, autofiction, d'avoir confié le langage d'une aventure à l'aventure du langage...». »②

Outre la définition de l'autofiction donnée par Philippe Lejeune et Serge Doubrovsky, on peut se référer à celle de Marie Darrieussecq, une homologue d'Amélie Nothomb, qui pense que l'autofiction « est un récit à la première personne, se donnant pour fictif, mais où l'auteur apparaît homodiégétiquement sous son nom propre et où la vraisemblance est un enjeu maintenu par des effets de vie »③. Ainsi, pour qu'il y ait conclusion d'un pacte autofictionnel — s'il est possible de se permettre cette analogie, on doit avoir une identité de l'auteur, du narrateur, du personnage principal et un entremêlement du fictif et du réel. Les événements empruntés à la vie réelle offrent une authenticité au texte et cherchent à faire croire au lecteur que c'est bel et bien de la vie de l'auteur

① L'autofiction : un nouveau mode d'expression autobiographique, Awatif Beggar, revue-analyses.org, printemps-été 2014, adresse web : www.revue-analyses.org, en ligne, consulté le 23 juillet 2019.

② Serge Doubrovsky, *Fils*, Paris, Éditions Galillée, 1977.

③ Marie Darrieussecq, « L'Autofiction un genre pas sérieux », Revue Poétique, septembre 1996, n° 107, pp. 369-380.

qu'il est question.

La définition de l'autofiction promeut l'intérêt. Dans la présente thèse, nous ne saurions être aussi catégoriques Doubrovsky dans le but de poursuivre la réflexion. Même si l'autofiction bénéficie d'une reconnaissance institutionnelle, la définition de l'autofiction n'est pas encore fondée sur des conditions habituelles ainsi qu'on l'a perçu : l'autofiction mêle des éléments fictifs et autobiographiques, la réalité et la fiction de l'identité de l'auteur, du narrateur et du personnage principal sont difficiles à démêler. Essayons donc maintenant d'explorer l'origine de l'autofiction, l'amorce ou encore l'histoire de l'autofiction, et son lien profond à la quête d'identité de l'auteur d'œuvres autofictionnelles.

1.1.2 L'origine de l'autofiction

Au début du XXe siècle, Sigmund Freud explique que l'individu n'est plus « maître en sa demeure » en ce sens qu'il est dirigé par des aspirations inconscientes qui le dépassent. De là provient chez les romanciers de notre époque, cette affection pour le roman qui offre possibilité d'accéder à plus de vérité en libérant l'inconscient de l'arbitraire de la conscience. C'est dans ce sens aussi qu'on a pu très tôt interroger la vérité dans le roman. André Gide déclare par exemple dès 1924 : « Peut-être approche-t-on de plus près la vérité dans le roman »①, François Mauriac affirme lui que « seule la fiction ne ment pas. »② Et Philippe Lejeune conclut que « c'est en tant qu'autobiographie que le roman est décrété plus vrai. »③

Conformément à ces opinions, il est possible d'inscrire les textes dans un espace autobiographique. Philippe Lejeune explique :

---

① André Gide, *Si Le grain ne meurt*, Paris, Éditions Gallimard, 2005, p. 278.

② François Mauriac, *Commencements d'une vie*, Genève-Paris, Éditions La Palatine, 1953, p. 14.

③ Philippe Lejeune, *Le Pacte autobiographique*, Paris, Éditions Seuil, 1975, p. 42.

« Le lecteur est ainsi invité à lire les romans non seulement comme des fictions renvoyant à une vérité de « la nature humaine », mais aussi comme des fantasmes révélateurs d'un individu. J'appellerai cette forme indirecte du pacte autobiographique le pacte fantasmatique. »①

Cette notion d'espace autobiographique se révèle intéressante pour notre travail en ce qu'elle nous permet de reconsidérer la complexité entre la réalité et la fiction, le vraisemblable et l'invraisemblable ; Pierre Pillu exprime sa position en émettant cette réserve à l'encontre du roman autobiographique : « Ce qui revient à reconnaître que le roman autobiographique cherche moins à être véridique qu'à créer l'impression du vécu. »②

Autofiction ou Autobiographie ? Doubrovsky tente d'éloigner l'autofiction de l'autobiographie pour deux raisons fondamentales : l'autofiction est parfois moins qu'une autobiographie et parfois plus qu'une autobiographie. Moins qu'une autobiographie en ce sens que celle-ci est réservée aux grands de ce monde : plus qu'une autobiographie, parce qu'elle reflète la valeur artistique du langage. Les démonstrations de Doubrovsky par la suite ne laissent plus aucun doute sur l'objectif autobiographique qu'il désire atteindre par l'autofiction. En 1980, il déclare :

« Non seulement auteur et personnage ont la même identité, mais le narrateur également [...] En bonne et scrupuleuse autobiographie, tous les faits et gestes sont littéralement tirés de ma propre vie ; lieux et dates ont été maniaquement vérifiés. La part d'invention dite romanesque se réduit à fournir le cadre et les circonstances d'une pseudo journée [...]. »③

---

① Philippe Lejeune, *Le Pacte autobiographique*, Paris, Éditions Seuil, 1975, p. 42.

② Pierre Pillu, *Lecture du roman autobiographique*, Paris, Éditions Clancier-Guénaud, 1987, pp. 267-270.

③ Serge Doubrovsky, « Autobiographie/ Vérité / Psychanalyse », in *Autobiographiques : de Corneille à Sartre*, Paris, Éditions PUF, 1988, p. 69.

Conformément à l'étymologie, l'autobiographie se compose de trois anciennes racines grecques : *autos*, *bios* et *graphein*. *Autos* signifie soi-même, *bios* évoque vie ; *graphein* correspond à l'écriture ; donc, d'addition de ces racines découle le sens d'écrire la vie de soi-même, qui est proche de la définition du *Larousse*. Selon ce dictionnaire, le terme « autobiographie » veut dire la vie d'un personnage écrite par lui-même, ce qui est différent de la manière dont le terme est perçu dans l'Antiquité. Il est erroné d'indiquer que l'autobiographie est une notion récente. Au contraire, l'autobiographie a toujours existé. Autrefois, l'autobiographie était considérée comme un choix littéraire de fin de carrière. L'auteur cherchait à tirer une conclusion sur sa vie et ce type d'écrits se rangeait dans la catégorie des mémoires. Aujourd'hui, certains écrivains choisissent l'écriture autobiographique en pleine jeunesse.

Dans l'article « Autobiographie ou autofiction chez Amélie Nothomb », Henri Delangue s'exprime ainsi :

> « Nous pouvons remonter les origines de l'autobiographie à Marc Aurèle avec son œuvre *Pensées* pour moi-même du IIe siècle apr. J.-C. ensuite, cette tradition littéraire a continué de se développer avec Saint Augustin et ses *Confessions* à la fin du IVe siècle. Elle a survécu jusqu'à aujourd'hui pour finalement se placer de façon non négligeable parmi les genres littéraires les plus importants du XXe siècle. »①

Philippe Lejeune remarque que les écrits autobiographiques ont existé depuis longtemps, mais le manque de lectorat empêche l'autobiographie de devenir un genre littéraire en soi. C'est-à-dire que ceux qui cherchent à publier des œuvres autobiographiques risquent d'être peu lus. Lejeune perçoit le commencement de l'autobiographie, comme un genre qui se rattache plus au

① Henri Delangue, « Autobiographie ou autofiction chez Amélie Nothomb ? », Revue Çédille, avril 2014, n° 10, p. 130.

genre biographique, car se limitant aux faits plutôt qu'à l'histoire d'une personnalité. La biographie est un autre genre littéraire qui signifie l'histoire de la vie d'une autre personne, elle est toujours écrite à la troisième personne. La biographie est marquée d'une quête d'objectivité et d'exactitude historique, alors que l'autobiographie est forcément subjective. Il faut indiquer que les récits du moi sont souvent écrits sous la forme biographique jusqu'à une certaine époque. En fait, au XVIIIe siècle, l'autobiographie connut ses lettres de noblesse avec *Les Confessions* de Jean-Jacques Rousseau. Dans cette œuvre, l'écrivain précise son intention en écrivant : « Je forme une entreprise qui n'eut jamais d'exemple et dont l'exécution n'aura point d'imitateur. Je veux montrer à mes semblables un homme dans toute la vérité de la nature ; et cet homme, ce sera moi. »① Rousseau est souvent considéré comme l'un des fondateurs du genre autobiographique moderne. Parce qu'il entreprend une rétrospection afin de fonder son identité : « Dans le cas de Jean-Jacques Rousseau, il n'y a aucun doute possible sur l'identité du « je » et sur la véracité des faits. »② Dans son œuvre, Rousseau montre une importance affective et anthropologique étroitement liée à la formation de la personnalité ainsi que la répercussion de l'histoire de la petite enfance sur la vie adulte.

Le XIXe siècle est une époque où la notion du « moi » est le centre du sujet poétique. Le terme « autobiographie » arrive à s'intégrer dans la langue française dans les années 1830, et celui-ci ne devient courant en Europe qu'à partir du milieu du XIXe siècle. À cette époque-là, la définition du terme dans les dictionnaires soit « Biographie faite à la main ou manuscrite. » Le sens moderne de l'autobiographie est accepté par l'Académie en 1842 selon Sebastien Hubier, auteur de *Litteratures intimes, les expressions du moi, de l'autobiographie à l'autofiction* paru en 2003. À partir des années 1850,

① Jean-Jacques Rousseau, *Les Confessions*, Lausanne, Éditions Rencontre, 1968, p. 43.

② Henri Delangue, « Autobiographie ou autofiction chez Amélie Nothomb ? », Revue Çédille, avril 2014, n° 10, p. 131.

l'écriture autobiographique commence à s'intégrer dans tout l'espace littéraire. Naturellement, on voit l'apparition de nombreux auteurs de ce genre. Il y a tout d'abord, *Mémoires d'outre-tombe*① de Chateaubriand, *Souvenirs d'égotisme*② de Stendal et *Histoire de ma vie*③ de Georges Sand. L'autobiographie exerce aussi une forte influence à la fin du XIXe siècle et la première moitié du XXe siècle, avec en particulier André Gide comme réprésentant. L'autobiographie se développe considérablement au XXe siècle avec l'apparition de la notion d'inconscient.

> « C'est au XXe siècle que l'autobiographie est devenue aussi importante, voire même plus importante que tout autre genre notamment avec Nathalie Sarraute, Hervé Guibert, Michel Leiris, et bien d'autres. »④

Dans l'écriture féminine autobiographique, Sarraute, une des figures marquantes du « Nouveau Roman », publie en 1983 ses souvenirs d'enfance sous une forme autobiographique *Enfance*⑤. Nombreux sont les hommes célèbres comme les écrivains, artistes, chanteurs, comédiens, sportifs, qui voudraient partager leur expérience de vie avec le grand public. Comme le dit Lejeune, « tout homme porte en lui une sorte de brouillon, perpétuellement remanié, du récit de sa vie. Certains, plus nombreux qu'on ne croit, mettent ce brouillon au propre et écrivent. »⑥

---

① François-René de Chateaubriand, *Mémoire d'outre-tombe*, Paris, Éditions Penaud frères, 1849.

② Stendhal, *Souvenirs d'égoisme*, Paris, Éditions Gallimard, 1973.

③ Georges Sand, *Histoire de ma vie*, Paris, Éditions Gallimard, 2004.

④ Henri Delangue, « Autobiographie ou autofiction chez Amélie Nothomb ? », *op. cit.*, p. 131.

⑤ Nathalie Sarraute, *Enfance*, Paris, Éditions Gallimard, 1983.

⑥ Philippe Lejeune, *Le Pacte autobiographique*, Paris, Éditions Seuil, 1975, p. 362.

1.1.3 Entre le roman et l'autobiographie

L'autobiographie devient un genre répandu dans la littérature moderne, car elle permet de produire un autre « je ». L'auteur s'efforce d'approfondir un caractère et une personnalité. À travers cette recherche expérimentale, il est possible à un écrivain d'explorer la signification de l'univers qu'il crée.

De plus, l'autobiographie exerce une forte influence sur d'autres genres littéraires. Ainsi, il existe chez certains lecteurs une tendance à évaluer désormais tout roman à l'aune de l'autobiographie, et essayer de trouver des ressemblances avec l'auteur dans une œuvre de fiction semble un but courant. Suivant les idées de Philippe Lejeune, cette réaction inconsciente qu'ont les lecteurs est naturelle ; d'après lui, les écrivains encouragent les lecteurs à la recherche des frontières entre l'autobiographie et d'autres genres.

> « Tous les textes de fiction dans lesquels le lecteur peut avoir des raisons de soupçonner, à partir des ressemblances qu'il croit deviner, qu'il y a identité de l'auteur et du personnage, alors que l'auteur, lui, a choisi de nier cette identité, ou du moins de ne pas l'affirmer. »①

La frontière séparant l'autobiographie du roman reste parfois imprécise et a plus forte raison lorsqu'il s'agit du roman autofictionnel. Philippe Lejeune exprime son point de vue sur cette frontière dans *Le pacte autobiographique*.

L'autofiction, cette mise en fiction de la vie personnelle, comme on l'a mentionné, est un terme qui a été employé en 1977 par Serge Doubrovsky dans le but de qualifier son roman *Fils*. II déclare que

> « Le roman autobiographique s'inscrit dans la catégorie du possible, du vraisemblable naturel. II doit impérativement convaincre le lecteur que tout a pu

① Philippe Lejeune, *Le Pacte autobiographique*, Paris, Éditions Seuil, 1975, p. 25.

se passer logiquement de cette manière. Faute de quoi il bascule dans un autre genre qui, lui, mélange vraisemblable et invraisemblable, l'autofiction. »①

En réalité, ce nouveau genre littéraire à cette époque-là est considéré comme « un mélange d'autobiographie et de fiction, d'où l'invention du mot-valise « autofiction ». Il s'agirait d'une autobiographie « romancée » »②:

> « Il [ce nouveau genre] se caractérise par la présence d'un pacte autobiographique, défini par Philippe Lejeune en 1975 qui impose "l'homonymat" entre l'auteur, le narrateur et le personnage et d'un pacte romanesque dans la mesure où ces textes se voient estampillés "roman" sur la première de couverture. »③

À travers le pacte romanesque, Doubrovsky met l'accent sur le rôle du lecteur dans le roman autobiographique. Si on ne trouve de pacte romanesque, le roman autobiographique a la possibilité de se transformer en entremêlement d'événements vraisemblable et invraisemblable, soit en autofiction. Ce pacte romanesque, relève deux aspects : une « pratique patente de la non-identité » qui signifie que l'auteur et le personnage n'ont pas le même nom et une « attestation de fictivité » correspond par exemple au sous-titre « roman » sur la couverture④. L'autofiction et son amalgamant de différents genres n'est pas particulière à Doubrovsky. On la retrouve chez certain nombre d'écrivains tels que Proust, Céline et Perec qui utilisent déjà ce type de procédé. Selon Jacques

---

① Serge Doubrovsky, « Autobiographie/ Vérité / Psychanalyse », in *Autobiographiques : de Corneille à Sartre*, Paris, Éditions PUF, 1988, p. 61.

② Henri Delangue, « Autobiographie ou autofiction chez Amélie Nothomb ? », Revue Çédille, avril 2014, n° 10, p. 138.

③ Note sur l'autofiction et la question du sujet, Arnaud Genon, revuedesressources.org, 2007, adresse web : http://www. larevuedesressources. org/note-sur-l-autofiction-et-la-question-du-sujet,686.html., en ligne, consulté le 23 juillet 2019.

④ Philippe Lejeune, *Le Pacte autobiographique*, Paris, Éditions Seuil, 1975, p. 27.

Lecarme et Éliane Lecarme-Tabone, l'autofiction est un « récit dont les caractéristiques correspondent à celles de l'autobiographie, mais qui proclame son identité avec le roman en reconnaissant intégrer des faits empruntés à la réalité avec des éléments fictifs »①. « L'autofiction, pratiquée par son promoteur, sembe un avatar sophistiqué du roman autobiographique ou de l'autobiographie [...]. »②

Dans la présente thèse, il faut se demander si l'on peut définir les romans de notre corpus comme autobiographiques ? La question se pose vu qu'Amélie Nothomb elle-même ne précise pas la distinction entre roman et autobiographie :

> « Je me dis à personne ne va savoir que c'est moi, donc je peux y aller : je peux déballer, déballons [...] personnellement je ne fais pas tellement de différence entre les deux genres, roman autobiographique et roman non autobiographique. Après tout, le thème est toujours le même : le thème de l'humain : qu'est-ce qu'un être humain ? »③

Dans son ouvrage, Awatif Beggar constate qu'

> « [À] travers les récits autofictifs et la théorie du genre, on peut dire que l'autofiction désigne un texte où l'auteur développe sciemment une part de fiction pour traduire une expérience personnelle. Ainsi, si le pacte autobiographique se définit par la reconnaissance du lecteur de l'authenticité des événements et de l'effort fourni pour leur reconstitution, le pacte autofictif se définit aussi par la reconnaissance de cette authenticité, mais à

① Jacques Lecarme et Éliane Lecarme-Tabone, *L'autobiographie*, Paris, Éditions Armand Colin, 1997, p. 267.

② *Ibid*, p. 52.

③ Susan Bainbrigge et Jeanette den Toonder, *Amélie Nothomb : Authorship, Identity and Narrative Practice*, USA, Éditions Peter Lang, 2003, p. 195.

travers le remodelage légitime et nécessaire de la fiction : il s'agit d'un nouveau « contrat de lecture », qui engendre une nouvelle réception de l'écriture du moi. »①

S'agissant de l'écriture du moi dans l'autofiction, Vincent Colonna souligne que l'autofiction est « une œuvre littéraire par laquelle un écrivain s'invente une personnalité et une existence, tout en conservant son identité réelle. »② Philippe Gasparini approfondit sa compréhension se basant sur la définition de Colonna, il révèle que le roman autobiographique reste dans le domaine du vraisemblable et que l'autofiction appartient à l'invraisemblable. Dans sa thèse intitulée *Est-il je ?*, il exprime que

> «[...] le concept d'autofiction peut déboucher sur la définition d'une catégorie générique si, dépassant le cadre étroit de l'homonymie dans lequel le cantonne Colonna, on élargit son champ d'application aux œuvres de fiction dans lesquelles certains indices onomastiques suggèrent une identité entre le héros et l'auteur. »③

Après avoir élargi la définition de Colonna, la position de Philippe Gasparini sur l'autofiction semble claire. Dans l'intention de mieux marquer la distinction radicale entre l'autofiction et le roman autobiographique, il précise que :

---

① L'autofiction : un nouveau mode d'expression autobiographique, Awatif Beggar, revue-analyses.org, printemps-été 2014, adresse web : www.revue-analyses.org, en ligne, consulté le 23 juillet 2019.

② Vincent Colonna, *L'Autofiction (essai sur la fictionnalisation de soi en littérature)*, thèse pour l'obtention du doctorat de linguistique, sous la direction de Gérard Genette, École des Hautes Études en Sciences Sociales, p. 30.

③ Philippe Gasparini, « *Est-il je ?* » *Roman autobiographique*, *autofiction*, thèse en deux volumes pour l'obtention du doctorat de littérature générale et comparée, sous la direction de M. Francis Claudon, Université Paris XII Val de Marne, année 2000-2001, p. 52.

« Le roman autobiographique ne pourra pas s'appuyer sur un critère aussi simple (faire de l'identité onomastique auteur-narrateur une condition *sine qua non*), car sa perception est avant tout un fait de réception, une hypothèse heuristique et herméneutique fondée non sur des preuves, mais sur un faisceau d'indices. »①

Le principe se trouve encore précisé dans la version publiée de la thèse :

« Pourquoi ne pas admettre qu'il existe, outre les nom et prénom, toute une série d'opérateurs d'identification du héros avec l'auteur : leur âge, leur milieu socio-culturel, leur profession, leurs aspirations, etc. ? Dans l'autofiction, comme dans le roman autobiographique, ces opérateurs sont utilisés à discrétion par l'auteur pour jouer la disjonction ou la confusion des instances narratives. Et c'est à partir de leur degré de fictionalité que l'on peut différencier les deux stratégies. »②

Du point de vue de Doubrovsky, l'autofiction correspond bien à une lecture autobiographique, ce qui ne saurait être le cas du roman autobiographique qui, toujours, selon Gasparini, même s'il permet à l'auteur d'approfondir sa connaissance de lui-même, protégé par le masque de la fiction, possède surtout une visée artistique, propre au roman.

Marie Darrieussecq refuse de voir l'autofiction accéder au domaine de l'invraisemblable. D'après elle, l'autofiction n'appartient qu'au domaine du vraisemblable sans quoi il ne s'agirait plus d'autofiction③. Dans son article, elle

① Philippe Gasparini, « *Est-il je ?* » *Roman autobiographique*, *autofiction*, thèse en deux volumes pour l'obtention du doctorat de littérature générale et comparée, sous la direction de M. Francis Claudon, Université Paris XII Val de Marne, année 2000-2001, p. 62.

② Philippe Gasparini, *Est-il je ? Roman autobiographique et autofiction*, Paris, Éditions Seuil, 2004, p. 25.

③ Marie Darrieussecq, « L'Autofiction un genre pas sérieux », Revue Poétique, septembre 1996, n° 107, pp. 369-380.

précise également la raison pour laquelle le mot « autofiction » est privilégié au désavantage de celui d'autobiographie, l' « autofiction » donne la possibilité de mettre en avant la création littéraire bien plus que l'autobiographie, ce qui est une façon pour répondre à Gasparini. Du point de vue de Beggar,

> « L'autofiction dans sa forme pleine, permet à l'autobiographie de se ressourcer en associant deux écritures pragmatiquement opposées et syntaxiquement indiscernables. Elle défie hautainement les qualifications génériques et redéfinit exemplairement les frontières de la littérature en réenvisageant le rapport complexe de la référentialité. C'est le vertige d'un système pour exposer le moi dans ses perturbations, ses crises et ses combats les plus violents. »①

Généralement, si l'on cherche à résumer la situation, les théoriciens et les écrivains qui discutent les différences entre l'autofiction et le roman autobiographique suivent la gradation « roman, autofiction, roman autobiographique, autobiographie ».

En partant de cela, nous pouvons à présent étudier le cas d'Amélie Nothomb. L'écrivaine s'est lancée consciemment ou inconsciemment dans l'autofiction en créant des œuvres dont les événements trouver leur origine dans ses expériences véritables. Il en est ainsi pour *Le Sabotage amoureux* (1993), *Stupeur et tremblements* (1999), *Métaphysique des tubes* (1999), *Biographie de la faim* (2004), *Ni d'Ève ni d'Adam* (2007) et *La Nostalgie heureuse* (2013). Awatif Beggar nous aide à mieux revoir le charme des romans autofictionnels d'Amélie Nothomb :

① L'autofiction : un nouveau mode d'expression autobiographique, Awatif Beggar, revue-analyses.org, printemps-été 2014, adresse web : www.revue-analyses.org, en ligne, consulté le 23 juillet 2019.

« la définition de l'autofiction est un sujet polémique, car elle échappe aux principes classificatoires en associant des notions considérées comme opposées, mais interdépendantes dans ce type de récits. [...] Le succès que le mot « autofiction » a connu montre que le vent a tourné dans un autre sens et que si cette zone frontalière s'est largement peuplée, c'est parce qu'elle offre de nouvelles possibilités d'expression : autres temps, autres modes d'écriture. »①

1.2 Les romans autofictionnels d'Amélie Nothomb

1.2.1 Les éléments réels

« [L] a mesure où le récit d'Amélie Nothomb est à caractère autobiographique, on est en droit d'attendre la recherche d'un « effet de réel », quand bien même nous l'avons vu, ce réel est apparu comme difficile à appréhender par la narratrice. Le registre réaliste reste de fait dominant. Il consiste à présenter l'univers de la fiction comme le plus proche possible du moment réel. Cet effet de réalité est obtenu au moyen d'un certain nombre de notations et de procédés. »②

À la lecture de l'autofiction d'Amélie Nothomb, une question se pose, quelle est la part de réel dans ses récits ? Avant de donner une première réponse, il faut d'abord déceler la place de l'auteur dans ses œuvres : « il y a

① L'autofiction : un nouveau mode d'expression autobiographique, Awatif Beggar, revue-analyses.org, printemps-été 2014, adresse web : www.revue-analyses.org, en ligne, consulté le 23 juillet 2019.

② Cécile Narjoux, *Étude sur Stupeur et tremblements*, Paris, Éditions Ellipses, 2004, p. 7.

de moi dans chacun de mes romans. »① Les six romans d'Amélie Nothomb nous permettent de comprendre la signification de ce « moi » (*Le Sabotage amoureux* (1993), *Stupeur et tremblements* (1999), *Métaphysique des tubes* (1999), *Biographie de la faim* (2004), *Ni d'Ève ni d'Adam* (2007) et *La Nostalgie heureuse* (2013)). Tous ces romans comportent des éléments largement autobiographiques, sans pour autant pouvoir être considérés comme des œuvres autofictionnelles. *Biographie de la Faim* est le seul à ne pas s'intituler « roman ».

Lorsqu'il s'agit des points communs entre ces différents romans, Jean-Michel Lou nous indique

> « [I]ls sont écrits à la première personne du singulier ; ils mettent en scène une figure qui se nomme Amélie ; celle-ci est aisément identifiable avec l'auteure elle-même, car on sait, comme il est indiqué dans le paratexte de la plupart de ses livres, qu'Amélie Nothomb a passé les cinq premières années de sa vie au Japon : or, l'identité du nom (dans le cas qui nous occupe le personnage portant le même prénom que l'auteur) est un élément essentiel du contrat passé entre l'auteur et le lecteur. »②

Cet « élément essentiel du contrat passé entre l'auteur et le lecteur » correspond bien au « pacte autobiographique » de Philippe Lejeune. Le nom des personnages, l'expérience émotionnelle et l'identité avec lesquels l'auteur et l'héroïne conservent exagération et libertés littéraires, ce qui pourrait nous permettre de classer ces six romans d'Amélie Nothomb dans le genre de l'autofiction. La romancière elle-même a déclaré que les histoires qu'elle

① Amelie Nothomb : j'écris plus de trois livres par an, Émile Godineau, linternaute.com, 2003, adresse web : www.linternaute.com/femmes/itvw/0309nothomb.shtml., en ligne, consulté le 23 juillet 2019.

② Jean-Michel Lou, *Le Japon d'Amélie Nothomb*, Paris, Éditions L'Harmattan, 2011, p. 13.

racontait étaient « vraies » :

« C'est la première fois que le pacte autobiographique est atteint à 100%. On a peur de l'autobiographie aussi longtemps qu'on croit être obligé de dire toute la vérité. Cette fois, j'ai compris qu'on n'est pas forcé de dire toute la vérité. Surtout pas. Mais par contre tout test vrai. »①

Selon la position d'Amélie Nothomb, mais également selon *Le pacte autobiographique*, les romans de notre corpus nous paraissent relever de la catégorie de l'autofiction, car les récits remplissent certaines conditions exigées par ce genre. Tout d'abord, ces six romans se caractérisent par leur forme : ils sont tous « récits rétrospectifs en prose que quelqu'un fait de sa propre existence, quand il met l'accent principal sur sa vie individuelle, en particulier sur l'histoire de sa personnalité »②. Il est facile de distinguer 1'identité de l'auteure, de la narratrice et des personnages principaux bien que le patronyme de la romancière ne soit jamais indiqué clairement dans les récits. Dans l'article sur l'autofiction chez Amélie Nothomb, Henri Delangue écrit :

« le roman d'autofiction reste pris entre deux pactes, ce qui risque de laisser le lecteur dubitatif à la lecture des romans. Et c'est un peu ce qui se passe lorsqu'on lit un roman d'Amélie Nothomb. Elle utilise la forme littéraire du roman pour parler de sa vie, mais à aucun moment, elle ne dit dans une préface qu'il s'agit d'une autobiographie, et encore moins de mémoires. Elle romance sa vie, ce n'est donc pas une autobiographie à proprement parler, mais bien une autofiction. »③

① Laureline Amanieux, *Amélie Nothomb*, *L'Eternelle Affamée*, Albin Michel, Paris, 2005, p. 259.

② Philippe Lejeune, *Le Pacte autobiographique*, Paris, Éditions Seuil, 1975, p. 14.

③ Henri Delangue, « Autobiographie ou autofiction chez Amélie Nothomb ? », Revue Çédille, avril 2014, n° 10, p. 138.

Dans l'entretien inclus dans le livre *Amelie Nothomb*, *Authorship*, *Identity and Narrative Practice*, Amélie Nothomb affirme que

« Il n'y a pas plus dissimulateur que l'autobiographie ! Je pense que je me révèle avec beaucoup plus de véracité dans mes romans non autobiographiques que dans mes romans autobiographiques, ce qui ne signifie pas nécessairement que je mens. »①

Pour mieux préciser la véracité des récits de Nothomb, Jean-Michel Lou indique

« Ses interventions à la télévision, dont on connaît l'usage douteux d'exiger des auteurs qu'ils racontent leurs romans, nous sont désormais familières : elle a toujours affirmé avoir réellement vécu les événements relatés dans ses romans "japonais". Une fois, elle fournit même une "preuve" : lors d'une émission de Bernard Pivot, et à la demande de ce dernier, elle montre la cicatrice qu'elle a gardée de sa chute dans le bassin aux carpes, épisode conté dans *Métaphysique des Tubes*. En outre, la véracité de plusieurs faits narrés par l'auteure a été confirmée par des membres de sa famille, dans des interviews diverses. Tout ceci me porte donc à la croire . »②

Les six romans de notre corpus sont classés dans l'ordre chronologique réel, ce qui révèle deux périodes indépendantes : l'enfance, et le retour au Japon à l'âge de vingt-quatre ans. Dans *Métaphysique des Tubes*, Amélie née au Japon, y passe ses premières cinq années de la vie. Dans *Biographie de la Faim*, elle fait un résumé de ses expériences à l'étranger qui s'étend sur une plus

① Susan Bainbrigge et Jeanette den Toonder, *Amélie Nothomb : Authorship*, *Identity and Narrative Practice*, USA, Éditions Peter Lang, 2003, p. 194.

② Jean-Michel Lou, *Le Japon d'Amélie Nothomb*, Paris, Éditions L'Harmattan, 2011, p. 13.

longue période, de l'enfance à l'adolescence. Dans ces trois romans, nous retrouvons, outre Amélie, des personnages : les parents, la sœur Juliette, le frère André, et les gouvernantes japonaises Nishio-san et Kashima-san. *Stupeur et tremblements*, *Ni d'Ève ni d'Adam* et *La Nostalgie heureuse* sont censés avoir lieu dans la même période au Japon, le premier parle de l'expérience d'Amélie dans une société japonaise, le second expose son idylle avec un jeune et riche Japonais, Rinri, le troisième se présente comme un reportage sur les traces de son enfance japonaise. Il est souvent fait allusion aux expériences « réelles ». Par rapport à l'expérience du travail dans *Stupeur et tremblements* :

> « Ces pages pourraient donner à croire que je n'avais aucune vie en dehors de Yumimoto. Ce n'est pas exact. J'avais, en dehors de la compagnie, une existence qui était loin d'être vide ou insignifiante.
>
> J'ai cependant décidé de n'en pas parler ici. D'abord parce que ce serait hors sujet. Ensuite parce que, vu mes horaires de travail, cette vie privée était pour le moins limitée dans le temps. »①,

On aura l'expérience émotionnelle dans *Ni d'Ève ni d'Adam* :

> « Et ce fut affreusement fort, sept années d'émotion vécue en dix secondes. C'était donc cela, Rinri et moi : l'étreinte fraternelle du samouraï. Tellement plus beau et plus noble qu'une bête histoire d'amour.
>
> [...] Je levai la tête vers le ciel afin que mes yeux ravalent leurs larmes. J'étais le samouraï qui devait dédicacer pour la personne suivante. »②

Dans les cinq romans, l'altérité culturelle entre Orient et Occident apparait

① Amélie Nothomb, *Stupeur et tremblements*, Paris, Éditions Albin Michel, 1999, p. 159.

② Amélie Nothomb, *Ni d'Ève ni d'Adam*, Paris, Éditions Albin Michel, 2007, p. 183.

à de nombreuses reprises. La cohérence du corpus, est souvent reflété dans les six romans. Amlié Nothomb « établit donc une circulation de l'un à l'autre, ses textes se servant mutuellement d'intertextes, et invite ainsi à une lecture d'ensemble. Il est clair que c'est l'identité de l'auteure elle-même qui fournit le lien. »①

D'autres éléments réels peuvent encore être trouvés chez Amélie Nothomb. C'est le cas par exemple, dans *Stupeur et tremblements*, de la nouvelle de la première guerre du Golfe. C'est le cas de certains les lieux : dans l'entreprise japonaise, on trouve divers espaces clefs : le service de la comptabilité, les bureaux des présidents et vice-présidents, le quartier de San Li Tun à Pékin et les quartiers japonais.

Dans *Études sur Stupeur et tremblements*, Cécile Narjoux insiste sur tout ce qui relève des effets réels, théorisé par Roland Barthes :

> « [...] en étroit rapport avec le monde du travail, donc réaliste : du président à la préposée à l'entretien, la narratrice brosse, en s'y moulant, le portrait des différents types de salariés de l'entreprise, elle y décrit aussi le statut particulier des hommes et celui des femmes. Elle explore enfin les marges de cette société en décrivant la « relative tolérance à l'égard des bizarreries humaines les plus sidérantes » (p. 89), à l'égard donc des parias ou des excentriques. Ces descriptions sont toutes au service d'une exploration réaliste de la société nippone moderne. »②

1.2.2 Les éléments fictifs

Dans la section précédente, nous avons mentionné que les romans

① Amélie Nothomb, *Ni d'Ève ni d'Adam*, Paris, Éditions Albin Michel, 2007, p. 18.

② Cécile Narjoux, *Étude sur Stupeur et tremblements*, Paris, Éditions Ellipses, 2004, p. 72.

autofictionnels d'Amélie Nothomb entremêlent le fictif et le réel. Certain nombre de détails matériels relèvent de l'imagination et donnent aux six ouvrages de notre corpus, leur touche typiquement romanesque. Au début de *La Nostalgie heureuse*, l'auteure écrit que « tout ce que l'on aime devient une fiction »①. Comme Jacques Lecarme dit dans son ouvrage *L'autofiction* : *un mauvais genre* : « dans l'autofiction au sens strict du terme, les faits sur lesquels porte le récit sont réels, mais la technique narrative et le récit s'inspirent de la fiction. »② Il est possible d'émettre l'hypothèse que l'intrigue des romans en question est inventé par l'auteure. Elle crée un univers partiellement imaginaire. Mais il est difficile de distinguer la frontière entre la réalité et la fiction. Les six romans forment « un tout en eux-mêmes, psychologiquement et chronologiquement cohérent, d'où se dégage une figure identifiable, l'héroïne »③;

Suivant Serge Doubrovsky, les romans de notre corpus pourraient être autofictionnels par l'existence de cette interaction entre le romanesque et l'autobiographique. L'autofiction des œuvres d'Amélie Nothomb évolue ainsi dans un « espace sans limites et comme indéterminé de la littérature moderne. »④

Proche de l'autobiographie ou proche du roman ? La question se pose parce que les œuvres de la romancière se caractérisent par l'ensemble de la réalité et de la fiction : À travers les événements de son enfance, on constate des signes autobiographiques, ainsi que des éléments imaginaires relevant de la fiction romanesque dans lesquels la petite enfant s'épanouit.

À propos du *Sabotage amoureux* :

---

① Amélie Nothomb, *La Nostalgie heureuse*, Paris, Éditions Albin Michel, 2013, p. 7.

② Jacques Lecarme, « L'autofiction : un mauvais genre ? », *in Autofictions & Cie*. Colloque Nanterre, 1992, dir. Serge Doubrovsky, Jacques Lecarme et Philippe Lejeune, RITM, n°6.

③ Jean-Michel Lou, *Le Japon d'Amélie Nothomb*, Paris, Éditions L'Harmattan, 2011, p. 16.

④ Gérard Genette, *Figures III*, Paris, Éditions Le Seuil, 1972, p. 265.

« On n'oublie jamais Elena, la petite italienne qui a tant fait souffrir Amélie dans *Le Sabotage amoureux*. Ce qu'elle avait pensé de ce roman, on se l'était souvent demandé. Même Amélie Nothomb ne le savait pas. Il lui a fallu attendre le 4 juin 2002, pendant une lecture publique dans le site antique du Forum, à Rome, pour l'apprendre. Après sa prestation, une jeune femme s'est avancée vers elle et lui a demandé : Est-ce que tu me reconnais ? Je suis Elena. La Elena ? a demandé l'écrivaine qui n'avait qu'une seule envie : s'enfuir. Et Elena de lui dire qu'elle n'était pas d'accord avec ce qu'Amélie avait écrit. C'est elle qui voulait jouer et Amélie qui ne le désirait pas. Et même qu'elle jouerait encore si elle le voulait. »①

Le procédé qu'Amélie emploie correspond bien aux perspectives d'une spécialiste de l'autofiction, Isabel Grell :

« Les autofictionnistes s'autorisent à inverse des dates, à « oublier » des éléments « vrais », à inférer les vérités. C'est en cela que l'autofiction est souvent plus injuste. Un seul fil est tiré de la pelote de laine de ce qu'est la vie. Et ce fil est tissé à d'autres fils, qui viennent d'autre part et qui, en s'effilant, prennent une place plus grande, telle une toile d'araignée dans laquelle le lecteur peut se laisser prendre et dont, dans le cas d'une bonne autofiction, il ne sortira pas indemne. »②

S'agissant d'évaluer « le degré d'autobiographie » dans les œuvres d'Amélie Nothomb, il semble que

---

① Michel Zumkir, *Amélie Nothomb : de A à Z. Portrait d'un monstre littéraire*, Bruxelles, Éditions Le grand miroir, 2007, pp. 53-54.

② Roman autobiographique et autofiction, Isabel Grell, Autofiction.org, le 2 septembre 2011, adresse web : https://www. autofiction. org/index. php? post/2011/09/02Autobiographie-et-autofiction, en ligne, consulté le 24 août 2019.

« nous sommes en présence d'une autofiction puisque certains faits et personnages du roman sont fictifs et s'inscrivent dans une histoire dont le fond est réel. Ce qui laisse l'identité du narrateur dans une dimension entre l'auteure et un personnage fictif de la narration : le narrateur joue à la fois des scènes fictives et des scènes réelles de la vie de l'auteure. Son identification est donc remise en question. »①

Le procédé qu'Amélie Nothomb utilise est toujours semblable : la romancière combine des faits autobiographiques avec de la fiction. Dans *Métaphysique des tubes*, la protagoniste Amélie s'appelle « Dieu » ou le « tube », se souvient de presque tout ce qui s'est passé depuis sa naissance jusqu'à l'âge de trois ans. C'est une situation impossible. Il semble que la romancière invente certains détails : « Franchement, je ne me souviens pas des événements avant deux ans et demi, mais j'en conserve une vague impression. Si je descends très loin en moi, je peux les retrouver. »② Il n'est pas difficile de relever dans notre corpus qu'il y a deux statuts pour un même narrateur : « un « je-narrateur » qui fait référence à l'auteur lorsqu'il s'agit de faits autobiographiques, et un « je-narrateur » fictif qui n'a rien à voir avec l'auteur »③. La théorie du souvenir modifié de Sigmund Freud révèle que la mémoire a tendance à réinventer le souvenir afin de le transformer en une sorte de création psychique attaché au souvenir initial, mais différente de lui.

Du point de vue d'Henri Delangue, l'objectif de l'écrivaine est de créer une fiction en dépendant d'événements autobiographiques. C'est pourquoi nous ne considérons pas les six romans du corpus comme des romans autobiographiques :

① Henri Delangue, « Autobiographie ou autofiction chez Amélie Nothomb ? », Revue Çédille, avril 2014, n° 10, p. 138.

② Michel Zumkir, *Amélie Nothomb : de A à Z. Portrait d'un monstre littéraire*, Bruxelles, Éditions Le grand miroir, 2007, p. 55.

③ Henri Delangue, « Autobiographie ou autofiction chez Amélie Nothomb ? », *op. cit.*, p. 139

la romancière « mélange le « je » fictif avec le « je » autobiographique, offrant ainsi la possibilité d'y voir un « je » qui n'est ni le narrateur, ni l'auteur, mais un « je » universel, rousseauiste. »①

1.3 Le « je » autobiographique et fictif

Au cours de la quête du « je » ni autobiographique et ni fictif, Amélie Nothomb déclare que « [q]uand le personnage s'appelle Prétextat Tach où Épiphane Otos, on se dit : "oh, là personne ne saura que c'est moi, allons-y" »②. La romancière semble confier ce qui relève de l'intime sous le couvert d'un « il » fictionnel. Dans d'autres œuvres qu'il est possible de qualifier d'autofictions nothombiennes, Amélie Nothomb « est au centre du texte, comme dans une autobiographie (c'est [l'héroïne]), mais [elle] transfigure son existence et son identité, dans une histoire irréelle, indifférente à la vraisemblance. »③« Je pense que l'écriture est un moyen d'investigation tellement profond que rien qu'en écrivant, on peut retrouver [...] un moment de la vie où [...] il n'y a pas de "je". »④ Dans les récits autofictionnels d'Amélie Nothomb, un pacte repose sur l'imagination, partagée par le lecteur et l'auteur, d'une rencontre entre le « je » du narrateur et le « je » de l'auteur. Ce pacte pose les questions de la quête d'identité de l'auteur. Le pacte s'intéresse moins aux résultats d'une enquête qu'il ne conduit pas de manière habile, qu'à la capacité de générer de la fiction, et il s'amuse à jouer avec les différents aspects de l'identité : sociale, personnelle, imaginée, narrée. L'attention du lecteur se porte donc plus sur la

① Henri Delangue, « Autobiographie ou autofiction chez Amélie Nothomb ? », Revue Çédille, avril 2014, n° 10, p. 139.

② Paul, Carine et Diana, « Amélie Nothomb à Mouans-Sartoux », Revue Procès verbal, mars 2004, n° 9, p. 15.

③ Vincent Colonna, *Autofiction & autres mythomanies littéraires*, Auch, Éditions Tristram, 2004, p. 75.

④ Michel David. *Amélie Nothomb : le symptôme graphomane*, Paris, Éditions L'Harmattan, 2006, p. 46.

trame chronologique que sur la narration, si bien qu'il finit par confondre la voix de la narratrice et celle de la protagoniste. Dans certains textes comme *Stupeur et Tremblements*, *Ni d'Ève ni d'Adam* et *La Nostalgie heureuse*, l'apparition de nombreux dialogues laisse au lecteur l'impression que les scènes sont pleines de discussions approfondies au présent.

Les romans autofictionnels d'Amélie Nothomb constituent une forme de quête de soi. D'un côté, l'écrivaine affirme à plusieurs reprises que ses personnages fictifs lui viennent de son expérience autobiographique ; de l'autre, elle dit que la « fiction est aussi une partie de l'intime, dans la mesure aussi où elle ne révèle rien d'autre que [ses] propres fantasmes. »①

Les procédés qu'elle utilise s'opposent à d'autres qui cherchent à dissocier les différentes instances composant le sujet autofictionnel. Dans *Le Sabotage amoureux*, *Stupeur et tremblements*, *Métaphysique des tubes*, *Biographie de la faim*, *Ni d'Ève ni d'Adam* et *La Nostalgie heureuse*, la narration est postérieure à l'histoire racontée. L'emploi de certains temps, comme l'imparfait et le passé simple, établit la distinction entre le sujet de l'énoncé et le sujet de l'énonciation. Dans la mesure où la romancière développe « [ses] propres fantasmes », elle ne conduit pas à aborder un sujet éternel chez Amélie Nothomb : l'enfance. Or, dans les récits portant sur cette partie de sa vie, l'écrivaine n'essaie pas de reproduire le langage qui était sien à l'époque :

> « Le livre est écrit par une personne qui a trente ans de plus que le personnage. Quand on écrit sur la toute petite enfance, on a un choix. Soit on décide de le faire avec le langage qui était le sien à l'époque, mais cela est impossible, car j'ignore comment je parlais quand j'étais toute petite. Et si j'essayais de reproduire ce langage-là, je ferais quelque chose de tout à fait stupide… Il y a un autre pari qui consiste à prendre le langage d'une

① Gérard de Cortanze, « Amélie Nothomb : l'écrit du corps », Revue Senso, mai-juin 2005, n° 19, p. 64.

personne de trente-trois ans, et même s'il y a un écart, qu'un enfant utilisera pas les mots que j'emploie, essayer de traduire ce qu'était ma pensée à ce moment de ma vie. »①

D'un certain point de vue, les langues parlées par le narrateur et par le personnage sont deux formes indépendantes. Et ce trait n'est pas évidemment propre au récit de l'enfance. S'agissant des récits du monde adulte, comme dans *Stupeur et tremblements*, les expériences professionnelles de la narratrice sont narrées sur le ton de l'autodérision. Le récit de *La Nostalgie heureuse* est lié à l'enfance japonaise, mais prend plutôt la forme d'une visite d'une adulte dans un pays inconnu. La romancière prend plaisir à exploiter l'étendue de son imagination, ce qui marque une certaine distance critique vis-à-vis de soi. Quand elle choisit de prénommer la protagoniste « Amélie », les récits deviennent l'occasion de réfléchir au hiatus entre différentes identités. Les scènes telles qu'elles sont racontées contribuent à mettre en évidence la distinction entre sujet narrant et sujet décrit. Le lecteur joue le rôle du témoin d'un personnage en train de se faire, un personnage dont l'histoire devient extraordinaire parce qu'écrite avec des éléments fictionnels. Il semble qu'un pacte s'établit entre la romancière et son lectorat devant les œuvres autofictionnelles. Amélie la protagoniste se transforme en un avatar de la figure démiurge de l'auteur, connue pour son imagination fertile. Peu importe si les différents récits élaborés sont aussi peu crédibles les uns que les autres.

En réalité, la romancière consacre plus de la moitié de son cycle autobiographique aux récits d'enfance, aux vocations littéraires et à la sortie des années de formation à l'étranger, qu'elle décrit comme une période mythique. C'est pendant cette période que la personnalité de l'individu s'est fixée. Comme Florent Gorges dit : « Toutes les principales expériences fortes et métaphysiques

---

① Michel Zumkir, *Amélie Nothomb : de A à Z. Portrait d'un monstre littéraire*, Bruxelles, Éditions Le grand miroir, 2007, p. 55.

de la vie me semblent réservées au grand âge qu'est l'enfance. »① Il semble que la vie d'Amélie dans les romans n'est que la répétition des moments fondateurs de l'auteur.

Le récit d'enfance d'Amélie Nothomb comporte des motifs récurrents. Nous pouvons par exemple le voir dans *Métaphysique des tubes* où l'auteur décrit ses trois premières années de vie, exploitant habilement tous les lieux communs. Bien que publié avant *Métaphyiques des tubes*, *Le Sabotage amoureux* est la suite de ce dernier. Et *Biographie de la faim* raconte non seulement l'enfance, mais aussi l'adolescence, ainsi on pourrait le considérer comme un résumé des premières années de la vie de l'auteur. Tous les éléments sont étroitement liés à thème de l'enfance, hormis la naissance de la vocation, qui ne se déroule chez l'écrivaine qu'à l'âge d'adulte. L'enfance est un outil plus qu'un sujet pour Amélie Nothomb, qui lui permet de retrouver son identité. Comme Sigmund Freud dit : « Nos souvenirs d'enfance nous montrent les premières années de la vie non comme elles étaient, mais comme elles sont apparues à des époques d'évocation ultérieures. »②

C'est à travers ce souvenir que l'on arrive à apercevoir de deux fonctions de « moi » dans ses œuvres autofictionnelles : ce sont agir et se souvenir. Ainsi, à l'aide de ce « moi », nous nous rendons compte que le souvenir sert de matériau de l'expérience individuelle à l'écriture autobiographique, assume un travail psychique durant la quête d'identité de l'auteur. Quant à l'acte de mise en récit, un certain nombre de choix sont également imposés par la romancière elle-même, ce qui signifie un autre type de déformation. Une histoire, origine d'un récit autobiographique, diffère sans doute beaucoup d'événements réels auquel elle fait référence. Pourtant, il semble que la question de la déformation des souvenirs est assez rarement évoquée chez Amélie Nothomb. Elle est

---

① Florent Gorges, « Le vrai Japon d'Amélie Nothomb, partie un », Revue Japan Vides, mars-avril 2004, n° 6.

② Sigmund Freud, *Des souvenirs-couverture*, In *Œuvres complètes. Psychanalyse III*, Paris, Éditions PUF, 1989, pp. 274-276.

consciente du travail de fictionnalisation associé au souvenir. Nous sommes alors présents dans la dynamique de l'autofiction telle qu'elle a été expérimentée et poussée à ses limites par Doubrovsky, pour qui transformer sa vie en récit autofictionnel avec les outils de la fiction est une manière de la rendre captivante. Dans son ouvrage intitulé *Un Amour de soi*, l'auteur écrit que « depuis que je transforme ma vie en phrases, je me trouve intéressant. À mesure que je deviens le personnage de mon roman, je me passionne pour moi. »①

À la lecture de cette citation entre réalité et fiction, nous nous posons la question suivante : quelle est en fait l'identité d'Amélie Nothomb ? Cécile Narjoux parle d'une incertitude du « moi » d'Amélie Nothomb en citant l'exemple de la « face » de *Stupeur et tremblements* :

> « Les formules abondent tout au long du récit, qui soulignent cette incertitude. [...] Jamais Amélie ne « perd la face », puisque jamais elle ne démissionne de la compagnie avant l'échéance de son contrat. [...] Amélie veut exister socialement et éprouve donc dans ce récit les limites de son identité sociale. »②

Narjoux pense que l'objet de ce récit est de

> « décrire l'avènement d'une identité par-delà même son anéantissement par un entourage hostile. Ce qui émerge de cette expérience c'est une identité d'écrivain, une individualité et une féminité particulières menées au grand jour, à la « face » de la société. Jusque-là, apprenons-nous dans les interviews de l'auteur, son statut d'écrivain n'était reconnu que par elle-même, elle n'écrivait que pour elle-même. C'est à la suite de cette

① Serge Doubrovsky, *Un amour de soi*, Paris, Éditions Gallimard, 1982, édition de référence : Paris, coll. « Folio », 2012, p. 105.

② Cécile Narjoux, *Étude sur Stupeur et tremblements*, Paris, Éditions Ellipses, 2004, p. 40.

expérience éprouvante qu'elle acceptera de dévoiler — en publiant donc — cette part essentielle d'elle-même. »①

Cependant, si l'objet du récit est l'apparition d'une identité sociale, la méditation de la narratrice sur elle-même semble aller plus profondément encore. Pour elle, chaque personnage peut jouer le rôle au miroir, telle une frontière entre réalité et fiction.

Le « je » en charge de la narration devient une entité à la frontière entre la réalité et la fiction. Dans son article « Naissance et mort de l'auteur : les investigations d'Amélie Nothomb », Élisé Hugueny-Léger indique qu'

> « en utilisant des ressorts narratifs reconnaissables et assimilables au domaine de la fiction ou du roman, Nothomb tisse un réseau textuel où le « je » narratif va pouvoir se déployer de manière polymorphe. Et ce « je » sera d'autant plus mutable qu'il est informé par une figure auctoriale reconnaissable et identifiable. »②

Si l'on va un peu plus loin dans l'analyse du « je » de Nothomb, et que l'on prend ce « je » dans l'ensemble de ses œuvres autofictionnelles, on peut dire que nous sommes en présence d'un « je » non seulement énigmatique, mais surtout flottant. Comme l'a indiqué Mark Lee dans son étude sur la construction médiatique de l'auteur chez Nothomb,

> « la figure de cette auteure s'apparente davantage à un personnage savamment construit par de nombreuses interventions dans les médias, renforcé par la publication de plusieurs textes autobiographiques et par

---

① Cécile Narjoux, *Étude sur Stupeur et tremblements*, Paris, Éditions Ellipses, 2004, p. 41.

② Élisé Hugueny-Léger, « Naissance et mort de l'auteur : les investigations d'Amélie Nothomb », Revue Itinéraires, 2014, n° 3, p. 5.

d'autres indices disséminés dans ses textes de fiction. »①

Généralement, comme nouveau genre littéraire de notre époque, l'autofiction joue un rôle capital dans la littérature moderne. Grâce aux théories de Philippe Lejeune, Serge Doubrovsky et Vincent Colonna, nous avons la possibilité de faire un tour d'horizon de cette notion, de son origine, son développement et de la différence entre le roman et l'autobiographie. Ceci favorise l'anayse des romans autofictionnels d'Amélie Nothomb, qui se caractérisent par l'entremêlement de la réalité et la fiction. C'est dans son écriture autofictionnelle que l'on aperçoit la figure d'Amélie Nothomb, et la mise en scène d'expériences personnelles suscite la curiosité du lecteur qui veut en savoir plus sur la vie d'Amélie Nothomb.

① Élisé Hugueny-Léger, « Naissance et mort de l'auteur : les investigations d'Amélie Nothomb », Revue Itinéraires, 2014, n° 3, p. 5.

Chapitre II Une vie entre Orient et Occident

L'expérience personnelle démontre son importance dans l'univers d'Amélie Nothomb, il est donc nécessaire d'exposer les éléments sur sa vie dans le but d'explorer sa source d'inspiration. L'analyse de la présente thèse se concentre sur certaines périodes importantes de la vie de la romancière, comme sa naissance, son enfance et son adolescence. Comme sa création littéraire s'appuie sur la vie familiale, un chapitre est également consacré aux trois rôles décisifs dans la vie d'Amélie Nothomb, son père Patrick, sa mère Daniel et sa sœur Juliette.

2.1 La naissance, l'enfance et l'adolescence

Depuis la parution de sa première œuvre *Hygiène de l'assassin*①, Amélie Nothomb publie roman sur roman. Aujourd'hui ce sont vingt-six② romans publiés aux Éditions Albin Michel nourries de ses expériences enfantines, et certaines de ses œuvres sont profondément marquées par l'Orient. Dans *Métaphysiques des tubes*③, avant de quitter le Japon, la petite Amélie déclare qu'elle ne peut pas partir parce que le Japon est « son pays » et « sa maison ». D'un côté, on sent un attachement réel de la romancière au pays du Soleil-Levant ; de l'autre, on se pose en même temps une question sur cette femme

① Amélie Nothomb, *Hygiène de l'assassin*, Paris, Éditions Albin Michel, 1992.

② « Les romans d'Amélie Nothomb », amelie-nothomb.com, adresse web : http://www.amelie-nothomb.com/#/oeuvre-amelie-nothomb, en ligne, consulté le 10 juillet 2017.

③ Amélie Nothomb, *Métaphysique des tubes*, Paris, Éditions Albin Michel, 2000.

d'origine belge : « Quelle est son identité ? » Ainsi donc, dans la présente thèse, nous allons essayer d'explorer la réponse à cette question à travers l'altérité culturelle entre Orient et Occident chez Amélie Nothomb.

Amélie Nothomb est née le 13 août 1967 à Kobé au Japon, elle est issue d'une famille aristocratique belge, elle est la troisième enfant de ses parents — Danièle et Patrick Nothomb. Amélie a un frère aîné, André Nothomb et une sœur aînée, Julliette Nothomb, tous deux apparaissent souvent dans les romans autofictionnels d'Amélie Nothomb. Patrick Nothomb, le père est un diplomate belge qui a été en poste dans de nombreux pays étrangers. Il a commencé sa carrière à Kisangani au Congo en 1964 et l'a poursuivie en Asie. À cause du changement du lieu de travail du père, Amélie Nothomb a la chance de visiter le Japon et la Chine pendant les premières années de sa vie.

En 1974, la famille des Nothomb vit à New York, Patrick Nothomb étant devenu le Conseiller du représentant permanent de la Belgique à l'Organisation des Nations Unies. Par la suite, le père d'Amélie est retourné en Asie comme ambassadeur belge au Bangladesh, en Birmanie, en Thaïlande et au Laos de 1978 à 1988. Ces expériences sont rapportées dans *Biographie de la Faim*①.

En 1984, vers dix-sept ans, Amélie Nothomb retourne en Belgique, son pays natal. Pour cette jeune Occidentale née en Orient, c'est une période de découverte et d'adaptation à la vie occidentale. Elle termine ses humanités à l'institut des Fidèles Compagnes de Jésus à Uccle, puis commence une étude sur Georges Bernanos, st sur les œuvres du philologue, philosophe et poète Friedrich Nietzsche à l'Université Libre de Bruxelles.

Malheureusement, il est difficile pour la romancière de s'adapter aux coutumes d'un pays qu'elle ne connaît pas. Mise à l'écart par ses camarades, l'isolement revient comme pendant les années à l'étranger. Amélie ne trouve que le confort dans l'écriture et la lecture. C'est à cette époque-là, qu'elle entame ses premiers écrits. Au début, elle n'envisage pas de devenir écrivaine. Après

① Amélie Nothomb, *Biographie de la faim*, Paris, Éditions Albin Michel, 2004.

avoir obtenu son diplôme en 1989, elle part pour le Japon en tant qu'interprète au sein d'une entreprise japonaise ; cet épisode de sa vie est raconté dans *Stupeur et tremblements*. Après quelques temp passés au Japon, la romancière choisit de rentrer en Belgique en 1991, et puis publie son premier roman *Hygiène de l'assassin* en 1992.

Cette première œuvre provoque une réaction positive, et Amélie Nothomb décide donc de se consacrer complètement à la création littéraire. Les ouvrages d'Amélie Nothomb sont tous publiés chez Albin Michel, et jusqu'à aujourd'hui les deux parties maintiennent une relation stable. Amélie Nothomb avait en fait d'abord envoyé son manuscrit à Philippe Sollers, l'expert numéro un des Éditions Gallimard, mais celui-ci avait refusé de publier le manuscrit disant : « Je n'aime pas les canulars. »① Par conséquent, Amélie se tourne ailleurs. Finalement, le P.-D.G des Éditions Albin Michel — Francis Esménard accepte le manuscrit d'Amélie Nothomb et lui offre un contrat. Francis Esménard ne prévoit pas le grand succès du premier roman d'Amélie Nothomb : « Ce premier livre est devenu un classique. C'est rare qu'un premier roman reste une référence à ce point-là. Dans sa version en livre de poche, il s'en vend encore cent mille par an, onze ans après sa sortie. »②

Amélie Nothomb a accumulé les prix et les récompenses. Prix René-Fallet et Prix Alain-Fournier pour *Hygiène de l'assassin* en 1992, œuvre qui sera adaptée au cinéma en 1999. Grâce à son premier roman autofictionnel *Le Sabotage amoureux* en 1993, on lui attribue le Prix de la Vocation, le Prix Alain-Fournier et le Prix Jacques Chardonne. Avec *Stupeur et Tremblements*, son œuvre de 1999, Amélie Nothomb a la chance d'être lauréat de Grand Prix

① Les silences d'Amélie, Daniel Garcia, lexpress.fr, le 1er septembre 2006, adresse web : https://www.lexpress.fr/culture/livre/les-silences-d-amelie_811533.html, en ligne, consulté le 23 juillet 2018.

② Michel Zumkir, *Amélie Nothomb : de A à Z. Portrait d'un monstre littéraire*, Bruxelles, Éditions Le grand miroir, 2007, p. 57.

de l'Académie française①. Ce roman est adapté au cinéma en 2003 par Alain Corneau, avec Sylvie Testud dans le rôle principal. Ensuite, c'est le Prix de Flore pour *Ni d'Ève ni d'Adam* en 2007, et une deuxième figuration dans la deuxième sélection du Prix Goncourt. En 2008, Amélie remporte le grand prix Jean Giono avec son dix-septième roman *Le Fait du prince*. En cette même année, Amélie Nothomb reçoit la distinction de Commandeur de l'Ordre de la Couronne② pour sa contribution à l'État belge. L'an 2015 est une année remarquable pour Amélie Nothomb et toute sa famille. Le roi des Belges, qui a le pouvoir de décerner de nouveaux titres nobiliaires sur base de proposition du ministre des Affaires étrangères, concède à Amélie Nothomb le titre de baronne③. Avant elle, son père Patrick avait obtenu le 14 octobre 1953 concession du titre de baron transmissible par primogéniture masculine. Le 19 décembre 2015, la romancière est élue membre de l'Académie royale de langue et de littérature française de Belgique. Elle y fait son entrée pour « l'importance de l'œuvre, son originalité et sa cohérence, son rayonnement international »,

① Grand Prix du Roman est un prix annuel créé en 1914. Il est décerné à l'auteur du roman que l'Académie a jugé le meilleur de l'année, academie-française.fr, adresse web : http://www.academie-francaise.fr/grand-prix-du-roman, en ligne, consulté le 24 juillet 2018.

② Ordres, décorations et médailles 1914-1918 : créé en octobre 1897 par le roi Léopold II pour récompenser toux ceux qui se signalaient par leur action dans l'État indépendant du Congo, en 1908 son attribution est étendue à la métropole. C'est un Ordre très généraliste qui comprend 6 classes : Grand-Croix, Grand-Officier, Commandeur, Officier, Chevalier et Palmes (auxquelles viendront s'ajouter en 1898 trois médailles : or, argent et bronze). Dès la 1° Guerre mondiale, la croix de Chevalier, avec ou sans palme, servit souvent à récompenser des officiers, sous-officiers et soldats "pour des actes éclatants de courage ou de dévouement lors des opérations", ainsi que des citoyens étrangers, militaires ou civils, pour l'aide apportée à la Belgique et à ses citoyens, adresse web : https://www.medailles1914-1918.fr/belgique-ordreco.html, en ligne, consulté le 25 juillet 2018.

③ Amélie Nothomb titrée baronne par le roi des Belges, Régine Salens, noblesseet-royautes.com, le 17 juillet 2015, adresse web : http://www.noblesseetroyautes.com/amelie-nothomb-titree-baronne-par-le-roi-des-belges/, en ligne, consulté le 25 juillet 2018.

comme l'explique Jacques de Decker①, le secrétaire perpétuel de l'académie. Elle occupe le fauteuil de l'écrivain et sinologue belge Simon Leys auquel elle rend son hommage, annonçant se sentir « extrêmement honorée de succéder à Simon Leys avec lequel elle a eu des contacts étant très jeune » avant qu'il ne publie *Les Habits neufs du Président Mao*②.

Il est évident qu'Amélie Nothomb enregistre un grand succès. Mais, pourtant quand on lui pose la même question qui posée à Prétextat Tach dans *Hygiène de l'assassin* : « Comment expliquez-vous votre succès extraordinaire ? »③, elle répond que « Je ne me l'explique pas (...) Les usines d'armement vendent chaque jour des milliers de missiles à travers le monde, et ça ne les fait pas réfléchir non plus. »④ En réalité, d'un côté, le succès remarquable d'Amélie Nothomb est le résultat de ses efforts, de l'autre c'est le résultat du soutien des membres de sa famille. Son père diplomate crée une atmosphère littéraire chez eux, sa mère l'encourage à publier ses œuvres et sa sœur a le droit de lire ses textes inédits.

2.2 L'influence de la vie familiale

2.2.1 Patrick Nothomb : Le père

Patrick Nothomb a mené une longue carrière diplomate aux quatre coins du

① Romancier, nouvelliste, homme de théâtre, traducteur de Gothe et de Woody Allen, secrétaire perpétuel de l'Académie royale de langue et de littérature française de Belgique, Michel Zumkir, *Amélie Nothomb : de A à Z. Portrait d'un monstre littéraire*, Bruxelles, Éditions Le grand miroir, 2007, p. 41.

② Amélie Nothomb élue à l'Académie royale de Belgique, lemonde.fr, le 16 mars 2015, adresse web : https://www.lemonde.fr/livres/article/2015/03/16/amelie-nothomb-elue-a-l-academie-royale-de-belgique_4594478_3260.html, en ligne, consulté le 25 juillet 2018.

③ Amélie Nothomb. L'enfance à en mourir, Frédéric Joignot, blogsprit.com, le 29 septembre 2008, adresse web : http://fredericjoignot.blogspirit.com/archive/2006/05/04/amelie-nothomb-l-enfance-a-en-mourir.html, en ligne, consulté le 25 juillet 2018.

④ *Ibid.*

monde. Au total, ce sont quarante-deux ans qu'il a consacrés à l'État belge, il a vécu trente-huit ans en dehors de la Belgique, dont trente-deux à l'extérieur de l'Europe, dans des pays tels que, le Japon et les États-Unis, etc. Pour le père d'Amélie Nothomb, devenir un diplomate est une aspiration très ancienne. Lors de la Deuxième Guerre mondiale, Partick Nothomb a quatre ans, il ne peut quitter son pays. Après la guerre, le problème d'occupation n'existe plus, mais un autre défi l'attend, il n'est pas capable de sortir de son pays en raison de la pauvreté. Pourtant, Patrick Nothomb persiste à réaliser le rêve de voyager à l'étranger. Il y a chez lui comme une envie de rebellion générationnelle : essayer de dépasser les interdits afin de révéler sa personnalité. Considérant le désir de voyager de son fils, la mère de Patrick Nothomb lui parle de la carrière diplomatique, qui l'inspire rapidement après des études en droit de l'Université Catholique de Louvain (UCL).

De 1988 à 1997, Patrick Nothomb est devenu de nouveau ambassadeur au Japon. Ses expériences affectent le développement d'Amélie Nothomb à deux aspects : le premier est son attachement au Japon, un pays qui occupe une position particulière dans le cœur du père et celui de la fille. Le deuxième est sa passion pour l'écriture.

> « Le Japon, c'est un pays qui marche par excellence, où tout va bien, tout est organisé un an à l'avance, c'est un rêve. Personne ne vous fait de coups bas. Il y a une espèce de conscience collective patriotique très importante, que j'admire. »①

L'attachement de Patrick Nothomb au Japon rappelle celui de son homologue français — Paul Claudel. Lui aussi ambassadeur au Japon, et dans

① Interview du 5 décembre 2003 de Laureline Amanieux à Partick et Danièle Nothomb pour « Le récit siamois : identité et personnage dans l'œuvre d'Amélie Nothomb », Paris, Éditions Albin Michel, p. 375.

sa déclaration en tant que nouvel ambassadeur de France à Tokyo, il décrivait sa première impression du pays du Soleil-Levant :

> « Il est encore trop tôt, après deux mois de séjour au Japon, pour que je puisse me former du pays et de ses habitants une opinion ayant quelque valeur. Je dois noter cependant ma première impression est une impression de surprise. »①

Comme Patrick Nothomb, Paul Claudel a passé une période de sa carrière de diplomate en Orient surtout en Chine et au Japon. À peine arrivée à Tokyo, il continue de se répandre en compliments sur les qualités des Japonais :

> « Après quinze ans de séjour dans différents pays d'Extrême-Orient, je croyais trouver une race apparentée à celles que j'avais fréquentées jusqu'ici et dont nul plus que moi d'ailleurs n'apprécie les qualités estimables ».②

Le « coup de foudre » de Patrick Nothomb, « l'impression de surprise » et « les qualités estimables » de Paul Claudel nous donnent l'image d'un pays idéal. Dans *Métaphysique des tubes*, Amélie considère le Japon comme l'amour de la vie de son père :

> « Il avait débarqué à Osaka en 1967, en tant que consul de Belgique. C'était son premier poste asiatique et ce jeune diplomate de trente ans avait eu pour ce pays un coup de foudre réciproque. Le Japon devint et demeura l'amour de sa vie ».③

---

① Albert Londres, *Au Japon*, Paris, Éditions Arléa, 2010, p. 90.

② *Ibid.*

③ Amélie Nothomb, *Métaphysique des tubes*, Paris, Éditions Albin Michel, 2000, p. 90.

Le pays du Soleil-Levant reste « le » pays de Patrick Nothomb, parce qu'il a passé le tiers de sa carrière là-bas, et il y a vu le résultat de son travail : les relations entre la Belgique et le Japon demeurent stables. Le diplomate a d'ailleurs cherché à connaître la culture japonaise en apprenant la langue du pays :

> « J'ai rapidement réalisé qu'apprendre le japonais était une question de vie ou de mort professionnelles, écrit-il. J'ai appris à le parler, et à lire le minimum, notamment pour voyager. Je comprenais le journal parlé, mais je ne savais pas lire le journal, car, pour cela, il faut maîtriser les 2, 000 caractères indispensables... »①

Amélie Nothomb puise son inspiration dans cette expérience intéressante. Elle choisira de mettre en lumière la scène d'étude du Nô (un genre de théâtre japonais traditionnel) de son père dans *Métaphysique des tubes* :

> « Tous les jours, durant les cinq années de son consulat à Osaka, il alla prendre, à l'aube, ses trois heures de leçon chez le vénérable professeur. Il se noua entre eux deux le lien magnifique d'amitié et d'admiration qui unit, au pays du Soleil-Levant, le disciple au *sensei*②. »③

---

① Le Portrait : Patrick Nothomb sous la loupe « Le Japonais ? Une question de vie ou de mort », Jean-Luc Bodeux, le 30 novembre 2004, adresse web : http://www.lesoir.be/archive/recup/%252Fle-portrait-patrick-nothomb-sous-la-loupe-le-japonais-u_t-20041130-Z0Q13Y.html, en ligne, consulté le 23 juillet 2018.

② Sensei : est un terme japonais désignant « celui qui était là avant moi, qui est garant du savoir et de l'expérience d'une technique ou d'un savoir-faire », ou de manière plus condensée un maître qui donne son enseignement à un élève. Dans son utilisation habituelle, il est utilisé pour s'adresser à un professeur ou enseignant ou encore à un médecin et pour s'adresser à un artiste reconnu, le Parisien. fr, http://dictionnaire. sensagent. leparisien. fr/sensei/fr-fr/, en ligne, consulté le 23 juillet 2018.

③ Amélie Nothomb, *Métaphysique des tubes*, Paris, Éditions Albin Michel, 2000, p. 95.

Nous avons mentionné qu'un élément influe sur le développement d'Amélie Nothomb est la passion de Patrick Nothomb pour l'écriture. Il est membre de l'Association des écrivains belges de langue française et a publié deux ouvrages : *Dans Stanleyville* et *Intolérance zéro 42 ans de carrière diplomatique*. Poursuivre l'écriture et régler les affaires diplomates en même temps n'est pas une tâche facile. À titre de diplomate, le père « se lève à cinq heures du matin »①. Cette habitude impressionne la petite Amélie depuis son enfance. Une fois commencée sa carrière d'écrivaine, Amélie Nothomb se lève à quatre heures même si elle est malade ou a des problèmes graves, cette habitude est conservée jusqu'à aujourd'hui par la romancière, elle pense que ce que son état d'esprit ' attrape' à c'est-heure-là est « absolument unique »②. En effet, Amélie a du mal à se lever à quatre heure du matin, elle boit un demi-litre de thé noir au réveil dans le but de se vouer à l'écriture.

En fait, c'est non seulement la passion de travail de Patrick Nothomb qui exerce une influence sur la création littéraire de sa fille, mais aussi sa propension à l'usage des dialogues. Dans le livre intitulé *Dans Staneyleyville*, Patrick Nothomb révèle sa préférence pour les dialogues. D'après lui, la retranscription de sa communication avec les personnes concernées vise à préserver la mémoire historique à l'intention des générations futures. La forme d'expression préférée de Patrick Nothomb a beaucoup influencé l'écriture de sa fille, car les dialogues sont devenus presque une marque des romans d'Amélie Nothomb.

2.2.2 Danièle Nothomb : La mère

Danièle Nothomb, la mère d'Amélie Nothomb et l'épouse de Patrick apparaît parfois dans les romans d'Amélie Nothomb :

---

① Amélie Nothomb, *Métaphysique des tubes*, Paris, Éditions Albin Michel, 2000, p. 93.

② François Busnel, Amélie Nothomb « Je suis une mystique sans religion », entretien recueilli par François Busnel, Revue Lire, septembre 2010, n° 387, p. 98.

« La mère s'approcha de la scène mythologique : elle ne reconnaissait plus ce qui pendant deux années avait constitué un spectacle si apaisant. Il avait toujours eu ses yeux grands ouverts et fixes... à présent, ses pupilles étaient entièrement noires, d'un noir de paysage incendié. »①

Devant les succès de librairie de sa fille, Danièle Nothomb exprime son amour maternel :

« Je pense que cela doit être très satisfaisant de connaître un tel succès mais ce succès me prive de mon enfant. Je ne la vois que quelques jours par an. À part ça, j'ai droit à un coup de fil de trois minutes par jour. »②

Aux yeux de la mère, Amélie Nothomb est une enfant docile, aimable et attentive, elle aime faire la conversation à sa mère et lui poser des questions, les réflexions de cette petite fille se manifestent d'une manière intéressante et originale, pertinente.

Au cours d'une interview, Amélie Nothomb révèle un rapport idéal entre la mère et la fille :

« Josyane Savigneau : Ce qui vous intéressait dans ce livre (*Robert des noms propres*) était le travail sur le corps, mais n'étaient-ce pas également les rapports terribles que peuvent entretenir mères et filles ?

Amélie Nothomb : L'amour qui peut exister entre une mère et sa fille est l'une des formes les plus paroxystiques de l'amour. C'est rarement simple

---

① Amélie Nothomb, *Métaphysique des tubes*, Paris, Éditions Albin Michel, 2000, p. 22.

② Michel Zumkir, *Amélie Nothomb : de A à Z. Portrait d'un monstre littéraire*, Bruxelles, Éditions Le grand miroir, 2007, p. 114.

et souvent passé sous silence. »①

Il est évident que la relation entre Amélie Nothomb et sa mère est complexe. Mais il est intéressant qu'Amélie nous décrive une différente relation mère-fille dans son dernier roman intitulé *Frappe-toi le cœur*②. Il faut indiquer que cette œuvre retranscrit les faiblesses humaines. La protagoniste est une jeune fille intelligente et généreuse qui s'appelle Diane, elle est aimée par tout le monde sauf par sa mère. Marie, la mère, donne naissance à deux autres enfants : un garçon et une autre fille qu'elle aime avec passion. Diane sent la haine qui vient de sa mère ; elle cherche à se faire aimer de Marie avant de comprendre la vanité de l'entreprise.

Lorsque l'on lui demande d'où est venue l'idée de cette histoire, Amélie répond :

> « J'avais 10 ans quand, à l'école, j'ai fait la connaissance dans ma classe d'une fillette qui disait que sa mère ne l'aimait pas et, pire, était même jalouse d'elle. Je n'arrivais pas à concevoir pareille situation, car ma mère, elle, m'aimait beaucoup. Mais je me suis aperçue qu'il ne s'agissait pas d'un cas isolé. J'ai alors compris que je n'étais pas si différente, car, à force de demander de l'affection à ma mère, celle-ci a fini par dire un jour, excédée, que personne n'est obligé d'aimer à ce point. Rien ne la forçait. Et que, parfois, être aimé devait se mériter. »③

---

① Écrire, écrire, pourquoi ? Amélie Nothomb, Josyane Savigneau, openedition.org, l'an 2010, adresse web : https://books.openedition.org/bibpompidou/1179#notes, en ligne, consulté le 29 juillet 2018.

② Le titre est emprunté de *Poème À mon ami Édouard B* de Alfred de Musset.

③ Baptiste Liger, Amélie Nothom : "Personne n'est obligé d'aimer", entretien recueilli par Baptiste Liger le 25 août 2017, lexpress.fr, adresse web : https://www.lexpress.fr/culture/livre/amelie-nothomb-personne-n-est-oblige-d-aimer_1936560.html, en ligne, consulté le 29 juillet 2018.

La romancière pose une question sérieuse à travers l'histoire de *Frappe-toi le cœur* : peut-on ne pas aimer son enfant ? L'intrigue du roman montre une exploration de la maternité, de la relation mère-fille. Les mères se révèlent cruelles, débordantes, destructrices. Quant aux filles, elles n'attendent plus la délivrance d'un certain Prince. Elles s'émancipent de l'emprise maternelle.

Du côté d'Amélie, il apparaît que l'écriture est la seule solution pour s'évader du problème. Après avoir lu les ouvrages de sa fille, Danièle Nothomb l'encourage à les publier : « Je lui ai suggéré d'essayer de le publier. » ① Malgré le manque de confiance, Amélie est contente du soutien de sa mère : « Elle m'a dit que j'étais comme toutes les mères qui admirent aveuglément leurs enfants, qu'il ne fallait pas que je rêve. Elle savait qu'il était très difficile d'être publié. » ②

La romancière se souvient d'une période particulière : le monde semble inconnu à l'âge de deux ans, et à quatre, il ne reste que la répétition. C'est cette époque-là que cet ouvrage cherche à comprendre, cette période où tous les miracles tombent dans les petites mains. Au début de l'histoire, la protagoniste se présente comme le « *Tube* », fixe et invariable, mais vide à l'intérieur ; un symbole de l'existant pur et de l'invariance jamais-changeant de la petite personne :

> « Deux ans et demi. Cris, rage, haine. Le monde est inaccessible aux mains et à la voix de Dieu. Autour de lui, les barreaux du lit-cage. Dieu est enfermé. Il voudrait nuire et n'y parvient pas. Il se venge sur le drap et la couverture qu'il martèle de coups de pied. » ③

---

① Michel Zumkir, *Amélie Nothomb : de A à Z. Portrait d'un monstre littéraire*, Bruxelles, Éditions Le grand miroir, 2007, p. 113.

② *Ibid*, p. 113.

③ Amélie Nothomb, *Métaphysique des tubes*, Paris, Éditions Albin Michel, 2000, p. 28.

D'après Danièle Nothomb, Amélie Nothomb a très tôt manifesté son génie particulier. Un témoignage idéal est l'histoire du chocolat blanc dans *Métaphysique des tubes* :

« En me donnant une identité, le chocolat blanc m'avait aussi fourni une mémoire : depuis février 1970, je me souviens de tout. À quoi bon se rappeler ce qui n'est pas lié au plaisir ? Le souvenir est l'un des alliés les plus indispensables de la volupté. »①

La vérité du roman autofictionnel autour du chocolat blanc dans *Métaphysique des tubes* est attestée par sa mère :

« Personnellement, je connaissais cette anecdote parce que ma belle-mère me l'avait racontée, mais je ne l'avais jamais répétée à Amélie... Je crois que cette mémoire exceptionnelle est un des signes avant-coureurs de ses talents. » ②

Le roman raconte une histoire réaliste, où la protagoniste Amélie se croit Dieu et décide de ne rejoindre le commun des mortels qu'au bout d'un certain temps. Du Dieu à « moi », tout a changé après avoir la première bouchée de chocolat blanc donnée par la grand-mère qu'elle ne voit jamais. Un morceau de chocolat blanc, une chose ordinaire au quotidien, à travers lequel Amélie perçoit la possibilité unique d'observer la naissance du « moi » :

« C'est moi ! C'est moi qui vis ! C'est moi qui parle ! Je ne suis pas « il » ni « lui », je suis moi ! Tu ne devras plus dire « il » pour parler

① Amélie Nothomb, *Métaphysique des tubes*, Paris, Éditions Albin Michel, 2000, p. 35.

② Michel Zumkir, *Amélie Nothomb : de A à Z. Portrait d'un monstre littéraire*, Bruxelles, Éditions Le grand miroir, 2007, p. 112.

de toi, tu devras dire « je ». Et je suis ton meilleur ami : c'est moi qui te donne le plaisir. »①

Tout d'un coup, le « moi » est né, ainsi que la voix, la mémoire, la conscience et la volonté. La narratrice rencontre le plaisir produit par ce chocolat blanc, tout commence à vivre dès ce moment.

Selon la romancière, l'histoire de chocolat blanc est « une histoire commune » :

> « Je pense que c'est une histoire commune. La seule différence entre les gens et moi est que je m'en souviens. J'ai le souvenir assez précis d'avoir été Dieu pendant les deux premières années et demie de ma vie. Je suis persuadée que nous sommes tous passés par là : bébés, nous étions tous Dieu ; et à un moment, pour des raisons qui paraissent toujours accidentelles, il a fallu y renoncer. »②

D'un côté, le chocolat blanc apporté par sa grand-mère permet à Amélie de se lier à une humanité ordinaire. Il semble qu'elle comprend que ce n'est peut-être pas elle. Seulement, cette idée lui est insupportable, d'où les hurlements qu'elle pousse sans cesse. Ce chocolat blanc lui fait réaliser qu'elle n'est pas Dieu, mais ce n'est pas si grave, car il lui reste encore le plaisir.

De l'autre, ce chocolat est un déclencheur de mémoire puisqu'à partir de ce moment-là, l'héroïne ne se rappelle plus ce qui s'est passé pendant la période de tube. Pour elle, le plaisir est puissamment « mnémotechnique ». Afin d'entretenir sa mémoire, elle s'accorde des flots de plaisirs quotidiens, uniquement dans un but « mnémotechnique ».

---

① Amélie Nothomb, *Métaphysique des tubes*, *op. cit.*, p. 30.

② Écrire, écrire, pourquoi ? Amélie Nothomb, Josyane Savigneau, openedition.org, l'an 2010, adresse web : https://books.openedition.org/bibpompidou/1179#notes, en ligne, consulté le 29 juillet 2018.

La lumière et l'ombre, le chaud et le froid, la voix et le silence — toutes choses opposées ne peuvent pas exister les unes sans les autres. C'est le cas aussi pour le plaisir qui ne peut pas être imaginé sans la perte. Le plaisir d'abord : goûter le chocolat blanc et commencer à vivre ; pourtant, la perte vient très vite : la mort de la grand-mère. Pour une fille, à l'âge de deux ans et demi, la signification du mot « mort » semble difficile à comprendre : « Mort ! Comme si je ne savais pas ! Comme si mes deux ans et demi m'en éloignaient, alors qu'ils m'en rapprochaient ! »①

> « Je m'assis sur l'escalier en pensant à la grand-mère au chocolat blanc. Elle avait contribué à me libérer de la mort, et si peu de temps après, c'était son tour. C'était comme s'il y avait eu un marchandage. Elle avait payé ma vie de la sienne. L'avait-elle su ? »②

Il semble que la grand-mère a libéré « moi » en « me » donnant le plaisir. Entre le plaisir de « ma » vie et la perte de sa grand-mère, la protagoniste réussit à reconstruire son univers intérieur.

Ces réflexions adultes d'Amélie correspondent au jugement de Danièle Nothomb : « C'était une enfant docile et aimable, qui venait me faire la conversation et me posait des questions, faisant des réflexions sur les choses que je disais, de manière très intéressante et originale. »③

En effet, l'histoire de cette fille âgée de trois ans et du chocolat blanc ne se limite pas à l'aspect émotionnel. Elle rappelle la quête d'identité de la protagoniste. Entre son identité réelle et irréelle, c'est le chocolat blanc qui est le miroir entre deux univers, à travers ce miroir la protagoniste parvient à chercher son identité. De plus, il faut indiquer qu'au cours de cette quête

① Amélie Nothomb, *Métaphysique des tubes*, Paris, Éditions Albin Michel, 2000, p. 45.

② *Ibid*, p. 47.

③ Laureline Amanieux, *Le récit siamois : Identité et personnage dans l'œuvre d'Amélie Nohthomb*, Paris, Éditions Albin Michel, 2009, p. 367.

d'identité, la grand-mère d'Amélie joue également un rôle primordial. Dans la troisième partie de la présente thèse, à l'aide de la théorie de Lacan, nous poursuivrons notre exploration approfondie sur la relation entre la quête d'identité d'Amélie et le chocolat blanc.

2.2.3 Juliette Nothomb : La sœur

Amélie Nothomb passe ses premières années dans un village de montagne au sud du Japon, elle se souvient de cette expérience qui l'a beaucoup inspirée. Ses parents offrent à leurs enfants une bonne éducation au sein de la famille. « Ma mère comme mon père nous ont éduquées par l'exemple. Mondains, ils recevaient beaucoup, ce qui fait que très tôt, Juliette et moi avons été confrontées aux bonnes manières. »①

Sous la plume d'Amélie Nothomb, il est notoire que l'amour parental est presque omniprésent. D'autres membres de la famille occupent également une place particulière dans ses ouvrages : par exemple André Nothomb, son frère aîné, qui apparaît comme personnage dans *Le Sabotage amoureux*, *Métaphysique des tubes* et *Biographie de la faim*. Danièle Nothomb présente la relation entre Amélie Nothomb et son frère :

> « Par contre, je voyais qu'elle agaçait son frère, parce qu'elle était très maladroite de ses mains. Son frère adorait construire des choses et elle voulait jouer aussi, mais n'arrivait qu'à démolir. Lui la trouvait insupportable. »②

Selon Amélie Nothomb elle-même, Jullette joue un rôle primordial dans sa

---

① Amélie Nothomb se confie sur sa sœur : « elle est ma muse », Fabien Gallet, orange. fr, adresse web : https://tendances. orange. fr/people/news-people/article-amelie-nothomb-se-confie-sur-sa-soeur-quot-elle-est-ma-muse-quot-CNT000000g6IB9. html, en ligne, consulté le 23 août 2018.

② Laureline Amanieux, *Le récit siamois : Identité et personnage dans l'œuvre d'Amélie Nohthomb*, Paris, Éditions Albin Michel, 2009, p.369.

vie. C'est l'amour de sa sœur qui règne pendant leur enfance : « Ma sœur avait toujours été très différente de moi sur bien des points : beaucoup plus douce, plus rêveuse, plus jolie et plus artiste que moi, Juliette était l'incarnation de la poésie. »①

De nombreux lecteurs font la connaissance de Juliette Nothomb à travers la description que sa sœur fait d'elle dans *Biographie de la faim* :

> « Juliette, dix ans et demi, était mon rêve. Quand on lui demandait ce qu'elle voulait devenir à l'âge adulte, elle répondait : « Fée. » En vérité, elle en était une de toute éternité, comme le prouvait son joli visage toujours dans la lune. »②

L'amour d'Amélie Nothomb porté à sa sœur Juliette ne se réduit jamais. Amélie Nothomb se rappelle ainsi la douleur provoquée par leur séparation lors de son départ pour le Japon, à l'âge de vingt ans :

> « Cela supposait une horreur : quitter Juliette qui resterait à Bruxelles. Ma sœur et moi n'avions jamais été séparées. Juliette me disait : « Comment peux-tu partir ? » C'était un crime, je le savais. Je sentais pourtant qu'il fallait le commettre. »③

Une « horreur » et un « crime », la séparation semble être une souffrance. Après la rencontre avec Juliette à Tokyo, Amélie déclare qu'une vie sans sa sœur « serait toujours contre-nature ». Jusqu'à aujourd'hui, les sœurs conservent l'habitude de s'appeler tous les jours, elles établissent une relation

① Amélie Nothomb, *Biographie de la Faim*, Paris, Éditions Albin Michel, 2004, p. 140.

② Amélie Nothomb, *Biographie de la Faim*, Paris, Éditions Albin Michel, 2004, p. 83.

③ *Ibid*, p. 182.

harmonieuse :

> « Mes premières années en Europe ont été d'une solitude effrayante. Si je n'avais pas eu ma sœur, j'aurais été toute seule. Mais, depuis la publication de mes livres, c'est devenu exactement le contraire parce que tant de gens m'ont lue, et tant de gens m'ont bien lue. »①

La solitude pour Amélie Nothomb qui l'a connue durant ses années en Europe est intimement liée à l'isolement, à l'abandon et à une forme de détresse spirituelle. La solitude joue un rôle essentiel dans la vie d'Amélie Nothomb. Sa mère ne prévoit pas que sa fille sera une écrivaine durant son enfance. Tout change en 1984, c'est le moment où Amélie décide de retourner en Belgique pour faire des études à l'université. À cette époque-là, Amélie se sent seule et connaît des difficultés d'intégration avec ses camarades universitaires. Amélie a grandi à l'étranger, elle ne connaît pas bien la culture des jeunes occidentaux, cette altérité culturelle lui cause un problème : elle manque d'amis. C'est dans ces circonstances qu'Amélie choisit de s'enfermer dans la chambre et d'entamer sa création littéraire.

Privée de toute communication avec l'extérieur, Amélie témoigne de sa solitude au Japon, dans *Stupeur et tremblements* : « Je me retrouvai seule dans la compagnie Yumimoto. »② « Je me retrouvai seule. »③ « Je me retrouvai seule dans le lieu de ma promotion. »④ Avant la chute professionnelle, il y a encore les attentions aimables des camarades. Après être devenue « Dame pipi », la protagoniste Amélie-san éprouve immédiatement la solitude — personne ne

① Michel Zumkir, *Amélie Nothomb : de A à Z. Portrait d'un monstre littéraire*, Bruxelles, Éditions Le grand miroir, 2007, p. 157.

② Amélie Nothomb, *Stupeur et tremblements*, Paris, Éditions Albin Michel, 1999, p. 77.

③ *Ibid*, p. 81.

④ *Ibid*, p. 131.

s'intéresse à son existence. La romancière cherche à séduire les Japonais, mais elle est confrontée à l'impossibilité de faire coïncider sa solitude avec la réalité. Amélie se sent en exil à cause de la solitude, parce que s'imaginer toute seule implique de ne plus avoir de lieu où exister : d'un côté, elle est rejetée par son pays natal, la Belgique ; de l'autre, son pays d'adoption, le Japon ne l'accepte pas non plus. On peut donc comprendre pourquoi sa sœur occupe une place primordiale dans le cœur d'Amélie Nothomb : elle est l'une des seules personnes qui peuvent soulager son âme :

> « J'aimais d'amour l'exquise Juliette — ô merveille, elle m'aimait comme je l'aimais, sans condition, elle m'aimait pour ce que j'étais, elle dormait à côté de moi et m'aimait quand je toussais la nuit : il y avait place sur cette terre pour l'amour véritable. »①

Le panorama des premières années d'Amélie Nothomb revèle la relation entre sa vie quotidienne et sa création littéraire. Sa motivation créatrice est influencée par les conditions de son dévéloppement. Le père lui offre les matériaux, la mère rétablit les faits et la sœur lui apporte la force spirituelle. On peut dire qu'il n'existe pas de romans d'Amélie Nothomb qui ne trouve sa source d'inspiraiton dans sa vie quotidienne. En fait, les seuls éléments qui jouent un rôle aussi primordial que sa famille dans la vie de Nothomb sont la lecture et l'écriture.

① Amélie Nothomb, *Biographie de la Faim*, Paris, Éditions Albin Michel, 2004, p. 105.

Chapitre III Lecture et écriture

La création littéraire d'Amélie Nothomb commence par la lecture à l'âge de trois ans. Dans les livres, elle éprouve la source du plaisir et trouve la significaiton de la mort. Dans ce chapitre, nous révèlerons d'abord la fonction de la lecture et l'écriture dans la vie d'Amélie Nothomb. L'anorexie lui permet de poursuivre son rêve d'écriture et lui apporte la tentation de la mortification. L'interaction avec les lecteurs met en évidence le rôle de la correspondance. Les connotations bibliques et mythologies mettent en scène une fille jouissant de la liberté de culte. Comme les rôles essentiels au cours de l'écriture d'Amélie Nothomb, il semble que l'analyse des textes favorise la compréhension de l'effet de ces facteurs.

3.1 La lecture à l'âge de trois ans

Chaque année, Amélie Nothomb publie un roman pendant la rentrée littéraire, ce roman est sélectionné parmi ses œuvres « abandonnées » de cette année. La romancière belge écrit au moins trois ou quatre romans par an, mais seulement un d'entre eux est généralement publié. Souvent, aux mois de janvier ou février, Nothomb entreprend de relire tout ce qu'elle a écrit dans l'année précédente, et elle choisit un des trois ou quatre manuscrits pour le faire publier.

Amélie Nothomb a comparé la manière de créer à une grossesse. Lorsqu'il s'agit de sélectionner un manuscrit à publier, elle fait souvent un choix difficile. Aux yeux de la romancière, il n'existe pas d'œuvres « abandonnées », au contraire, les romans qu'elle ne publie pas sont des « enfants » menés à terme :

« Je ne suis pas sûre que ce serait un acte de « bonne mère » de considérer que tous ses enfants sont destinés à la lumière, à la publication. Certains sont faits pour l'ombre. Je les aime tous autant »① dit la romancière en parlant de ses manuscrits « abandonnés ».

Écrire est une habitude que Nothomb conserve depuis son enfance. Lorsqu'elle était une fille, son professeur dit à sa mère : « votre fille est phénoménale, elle dit tout ce qu'elle veut et elle comprend tout. »② La bonne scolarité d'Amélie Nothomb doit beaucoup à l'éducation sévère de son père, qui suit de près ses études, d'autant plus qu'elle se montre douée intellectuellement :

> « Mon mari les suivait beaucoup, il avait lui-même été un élève assez sérieux à l'école et il a eu la chance de tomber sur trois enfants qui travaillaient bien, il n'y avait pas cancres dans la famille. Très perfectionniste, il trouvait qu'il fallait avoir toujours dix sur dix. Il a été soigné avec Amélie étant donné qu'elle avait dix sur dix tout le temps. »③

Danièle Nothomb témoigne ici de l'excellente scolarité d'Amélie Nothomb. Cette expérience scolaire révèle que son succès d'aujourd'hui n'est pas un hasard. En effet, de l'enfance à l'adolescence, deux habitudes jouent un rôle primordial pour le développement d'Amélie Nothomb, la lecture et l'écriture. Tout d'abord, c'est le rôle de la lecture : « La lecture était, avec l'alcool, l'essentiel de mes jours : désormais, elle serait la quête de cette beauté

---

① Écrire, écrire, pourquoi ? Amélie Nothomb, Josyane Savigneau, openedition.org, l'an 2010, adresse web : https://books.openedition.org/bibpompidou/1179#notes, en ligne, consulté le 29 juillet 2018.

② Laureline Amanieux, *Le récit siamois : Identité et personnage dans l'œuvre d'Amélie Nohthomb*, Paris, Éditions Albin Michel, 2009, p. 368.

③ *Ibid*, pp. 367-368.

insoluble. »① À l'âge de trois ans, Nothomb commence à lire par *Tintin* et la *Bible*. Lorsque l'on pose la question « quels sont vos premiers souvenirs de lecture » à Amélie, elle répond :

> « Ils remontent à très loin. J'ai appris à lire toute seule, dans « Tintin en Amérique », j'avais trois ans, et je me suis aperçue que j'arrivais à déchiffrer le texte. À partir de là, je n'ai plus arrêté. Je suis passée ensuite à la *Comtesse de Ségur*. Mes parents étaient consternés, ils trouvaient que c'étaient des lectures antisociales. Mais moi, toutes ces petites filles méchantes, j'adorais, avec une préférence pour « Un amour d'enfant ». »②

Une fois que *Tintin* lui a ouvert la porte du monde de lecture, Amélie a commencé à lire cette série de bandes dessinées. Elle continue d'exprimer : « l'acte de lire est un acte d'appropriation extrêmement fort. »③ En effet, elle aime non seulement lire, mais aussi être lue, ce que dit Oscar Wilde lui a donné une impression durable : « les livres qu'on ne relit pas sans cesse avec plaisir ne valent pas la peine d'être lus ». Selon Lorenzo Bonoli, la lecture

> « est une activité qui confronte un ensemble organisé de signes graphiques aux connaissances d'un interprète et qui est exposée à des problèmes de circularité et d'indétermination analogues à ceux rencontrés par les tentatives de traduction et d'interprétation de significations d'une culture étrangères. »④

① Amélie Nothomb, *Biographie de la Faim*, Paris, Éditions Albin Michel, 2004, p. 149.

② Quelle lectrice êtes-vous Amélie Nothomb ? « Une journée sans lire représente une vraie souffrance », Pascale Frey, onlalu.com, le 22 août 2014, adresse web : http://www.onlalu.com/2014/08/22/amelie-nothomb-8653, en ligne, consulté le 6 septembre 2018.

③ *Ibid.*

④ Lorenzo Bonoli, *Lire les cultures*, Paris, Éditions Kimé, 2008, pp. 115-116.

Amélie Nothomb grandit à l'étranger, elle cherche souvent à transmettre les informations d'une autre culture, ainsi beaucoup de ses œuvres se rapportent à la culture étrangère et méritent d'être relues par le lecteur.

En effet, dans les œuvres de Nothomb, les livres ont une grande importance. D'un côté, il y a les livres qui sauvent comme *Les Combustibles* ; de l'autre, ce sont les livres qui tuent tels que *Journal d'hirondelle*. L'adolescence pour Amélie Nothomb est une période interminable et solitaire, elle prouve qu'on peut être sauvé par des livres, et qu'on n'est pas capable de vivre dans le néant, surtout pas à l'adolescence. La reconnaissance de la romancière est infinie envers certains immenses auteurs qui la tirent du néant et lui donne la chance de l'affronter. C'est pourquoi Amélie Nothomb est toujours prête à accorder de la reconnaissance à toutes sortes de livres, même les mauvais. Pour elle, les mauvais livres parviennent également à lui apporter une jouissance, un apprentissage.

Amélie Nothomb a toujours l'habitude de lire une multitude de textes avant d'écrire. D'après elle, l'appropriation d'un grand nombre d'auteurs devient un but et une motivation pour écrire. En d'autres termes, les écrivains exercent une influence importante sur Amélie Nothomb, presque chacune de ses œuvres se place sous le poids d'un écrivain, par exemple : Truman Capote dans *Une forme de vie*①, Diderot « le Saint Patron de tous les philologues② », Ocscar Wilde avec *Le portrait de Dorian Gray*, etc., Victor Hugo et *Les Misérables*, *Le Comte de Monte-Cristo* d'Alexandre Dumas et la nouvelle intitulée *La crie verte* de Colette. Parmi tous ces grands écrivains, Nietzsche tient une place particulière.

3.2 La mort et le plaisir, l'inspiration de Fredrich Nietzsche

Lorsqu'on lui demande pourquoi elle a fait des études de philologie,

---

① Amélie Nothomb, *Une forme de vie*, Paris, Éditions Albin Michel, 2010.

② François Busnel, Amélie Nothomb, « Je suis une mystique sans religion », entretien recueilli par François Busnel, Revue Lire, septembre 2010, n° 387, p. 98

Amélie Nothomb répond que c'est grâce à Nietzsche :

> « C'est très prétentieux de dire ça, mais c'est un auteur qui a terriblement compté pour moi, qui m'a donné mon identité. J'ai commencé par *Le Crépuscule des idoles* et je suis tombée sur cette phrase : « À l'école de la guerre qu'est la vie, ce qui ne nous tue pas nous rend plus forts. » Cette phrase a été un tel choc pour moi que j'ai lu toute l'œuvre et opté pour la philologie, qui, en Belgique et en Allemagne, fait l'objet d'une agrégation particulière. En plus, ces études me convenaient parce que j'étais passionnée par le latin et le grec ancien. À 16 ans, je parlais latin. »①

« Ce qui ne nous tue pas nous rend plus forts », derrière cette phrase, nous pouvons sentir le souffle de la mort, un sujet récurrent chez Amélie Nothomb : « Avoir frôlé la mort n'ébranlait pas ma conviction informulée d'être une divinité. »②, « Cela m'était égal, au fond, d'être morte ou vive. Ce n'était que partie remise. »③ Et « L'existence ne m'a jamais ennuyée, mais qui me dit que cela n'eût pas été plus intéressant de l'autre côté ? »④ Chez Nothomb, la signification de la mort reprend à bien des égards la conception nietzschéenne de la création littéraire, qui semble individuelle et limitée :

> « Quand on dit que l'auteur dramatique [...] crée réellement des caractères, c'est là une belle illusion et exagération [...]. En fait, nous ne savons pas grand-chose d'un homme réellement vivant et nous faisons une

① Marie-Françoise Leclère, « Amélie Nothomb, l'écriture est la vie », entretien recueilli par Marie-Françoise Leclère, lepoint.fr, le 14 août 2008, http://www.lepoint.fr/culture/2008-08-14/amelie-nothomb-l-ecriture-est-la-vie/249/0/266749, en ligne, consulté le 23 juillet 2018.

② Amélie Nothomb, *Métaphysique des tubes*, Paris, Éditions Albin Michel, 2000, p. 71.

③ *Ibid*, p. 156.

④ *Ibid*.

généralisation très superficielle, quand nous lui attribuons tel ou tel caractère : c'est à cette situation très imparfaite vis-à-vis de l'homme que répond le poète, en faisant (c'est en ce sens qu'il « crée ») des esquisses d'hommes aussi superficielles que l'est notre connaissance des hommes. »①

« Des esquisses d'hommes » et « notre connaissance des hommes » de Nietzsche inspirent la romancière, elle comprend que la vie est « pleine de morts »② et « c'est effrayant »③. La lecture de Nietzsche l'aide à assimiler cette grande découverte, mais même en embrassant « la théorie de « l'éternel retour », au quotidien être conscient de la mort reste très dur. »④

Outre la signification de la mort, Nietzsche exerce une influence importante sur un autre sujet récurrent chez Nothomb — le plaisir, qui est considéré comme essentiel à la vie humaine par la romancière. Sans cet élément le personnage nothombien ne serait pas complet. Nothomb met en évidence l'importance du plaisir en déclarant : « petite, j'ai cultivé tous les plaisirs inimaginables, car j'avais constaté que je fonctionnais mieux en état de plaisir »⑤. Un autre exemple du plaisir : « Dormir avec Juliette exalta ma passion pour elle : je partageai sa chambre pendant les quinze années qui suivirent »⑥ et « la notion de plaisir m'avait rendue opérationnelle ». Ces exemples démontrent le rôle dans l'existence humaine du plaisir chez Amélie Nothomb.

---

① Friedrich Nietzsche, *Humain, trop humain. Œuvres complètes de Friedrich Nietzsche*, traduction d'Alexandre-Marie Desrousseaux, Paris, Éditions Société du Mercure de France, 1906, p. 194-195.

② Josyane Savigneau, « Écrire, Écrire, Pourquoi ? Amélie Nothomb », entretien recueilli par Josyane Savigneau, openedition.org, l'an 2010, https://books.openedition.org/bibpompidou/1179, en ligne, consulté le 4 septembre 2018.

③ *Ibid.*

④ *Ibid.*

⑤ Laureline Amanieux, *Amélie Nothomb, l'éternelle affamée*, Paris, Éditions Albin Michel, 2005, p. 22.

⑥ Amélie Nothomb, *Métaphysique des tubes*, Paris, Éditions Albin Michel, 2000, p. 78.

Qu'il soit naturel, esthétique ou évolué, le plaisir conçoit comme une responsabilité personnelle. D'ailleurs, le plaisir écarte les idées reçues en contestant l'opposition traditionnelle entre la lucidité et l'illusion :

> « Il existe depuis très longtemps une immense secte d'imbéciles qui opposent sensualité et intelligence. C'est un cercle vicieux : ils se privent de volupté pour exalter leurs capacités intellectuelles, ce qui a pour résultat de les appauvrir. Ils deviennent de plus en plus stupides, ce qui les conforte dans leur conviction d'être brillants — car on n'a rien inventé de mieux que la bêtise pour se croire intelligent. »①

Les personnages sous la plume d'Amélie Nothomb éprouvent le plaisir à travers des émotions exprimées par les mains, le regard et le comportement, etc. Précisément, ils en perçoivent selon le caractère du plaisir.

En pratique, le plaisir d'Amélie Nothomb est particulier, le charme des mots qu'elle montre et des personnages qu'elle crée établissent un lien avec la jouissance de la vie quotidienne de Nishio-san, Rinri, ou d'Amélie, comme cela est exprimé dans *Biographie de la faim* :

> « Le plaisir est une merveille, qui m'apprend que je suis moi. Moi, c'est le siège du plaisir. Le plaisir, c'est moi : chaque fois qu'il y aura du plaisir, il y aura moi. Pas de plaisir sans moi, pas de moi sans plaisir ! »②

Une volupté surgie est en mesure de dériver de la jouissance du moment présent ; elle est déchiffrée d'une manière déclamatoire et probablement exagérée :

---

① Amélie Nothomb, *Métaphysique des tubes*, Paris, Éditions Albin Michel, 2000, pp. 33-34.

② *Ibid*, p. 31.

« Il y avait de quoi se lever : la ville entière l'était. Tout se dressait, tout essayait de toucher le ciel. Jamais je n'avais vu un univers aussi debout. D'emblée, New York me donna une habitude que je n'ai jamais perdue : marcher le nez en l'air. »①

L'apparition du plaisir germe dans l'absence, car le plaisir s'oppose aux caractères habituels et il est inconciliable avec le foisonnement. De cette manière, au début de *Biographie de la faim*, la romancière écrit : « Il est un archipel océanien qui s'appelle Vanuatu, anciennement Nouvelles-Hébrides, et qui n'a jamais connu la faim. »② Vanuatu laisse l'image d'une île mélanésienne toujours pleine de soleil. L'incompréhension de la signification de la faim et des privations fait des habitants de Vanuatu « des baobabs » aux « vastes yeux endormis », « Comment ne pas en conclure d'abord que ces gens avaient eu faim, ensuite que cela les avait éveillés ? »③, écrit-elle. Or, le plaisir n'est que la délimitation d'une quête de perfection à tous les égards, qui sans raison particulière de l'instant, du hasard de la destination, de l'orientation future, afin de se transformer en source de vie.

Dans les œuvres d'Amélie Nothomb, une caractéristique se combine au plaisir, c'est le plaisir individualiste. La romancière exige la perfection dans ses œuvres, et ses souvenirs remplis du plaisir lié au bonheur de l'enfance et de l'adolescence permettent au lecteur d'éprouver un sentiment de volupté. Plaisir et déchirement forment une conversation, l'un prend la suite de l'autre dans un aller-retour immanquable.

En réalité,La notion du plaisir s'est déjà formée, et la faim est loin d'être résolue. Une faim récurrente de l'esprit à la recherche de bien-être auprès de son ami. Cette appétence sans restriction se manifeste par un code fondamental, par

① Amélie Nothomb, *Biographie de la Faim*, Paris, Éditions Albin Michel, 2004, p. 80-81.

② *Ibid*, p. 7.

③ *Ibid*, p. 8.

des besoins fondamentaux du corps et par la littérature. Ce sont les ingrédients qui correspondent à l'instinct de vie du monde d'Amélie Nothomb. Dans son univers intérieur, certains personnages prédominent dans un espace dissimulé. La pensée littéraire de Nothomb impose une circulation qui se base sur des règles propres :

> « La pulsion de vie, inscrite dans des manifestations souvent inhabituelles du plaisir, se projette jusque dans la pulsion de mort en un jeu d'oppositions et de complémentarités qui sous-tend et engage une prise de conscience de soi. »①

Le plaisir et la mort sont le reflet de valeurs éthiques dans les œuvres d'Amélie Nothomb, le signe antagonique, sous les traits de la laideur, la vieillesse, du désespoir, remarque de la pulsion contraire. Naturellement, l'instinct de plaisir et de mort pourrait s'exprimer, nous relevons la prédominance de l'altérité culturelle entre Orient et Occident et les valeurs éthiques dans l'écriture autofictionnelle d'Amélie Nothomb.

3.3 Anorexie : Une affamée d'écriture

> « Nous avons vécu au Bangladesh, en Birmanie, au Laos. Ma sœur et moi nous trouvions dans un état de confinement extrême. S'il n'y avait pas eu les livres, qu'aurais-je fait ? Chez nous, la littérature ressemblait à une religion. C'est un privilège, mais c'est aussi très inhibant si on a le désir de devenir écrivain. " Pour qui te prends-tu misérable vermisseau ?" »②

---

① Marie-Ange Bugnot, « L'écriture du corps : pulsion de mort dans l'œuvre d'Amélie Nothomb », Revue Çédille, avril 2017, n° 13, pp. 97-117.

② Quelle lectrice êtes-vous Amélie Nothomb ? « Une journée sans lire représente une vraie souffrance », Pascale Frey, onlalu.com, le 22 août 2014, adresse web : http://www.onlalu.com/2014/08/22/amelie-nothomb-8653, en ligne, consulté le 6 septembre 2018.

Nous l'avons vu dans le chapitre précédent, la famille d'Amélie Nothomb a une forte tradition littéraire (son père écrit et sa sœur lit beaucoup de choses et écrit aussi). Dans ce cas-là, on pourrait expliquer « la question si elle se souvient du moment où elle a décidé de devenir écrivaine. Elle a répondu : C'est *Lettre à un jeune poète* de Rilke qui a eu une grande importance dans sa vie, parce qu'il « pose la question de l'écriture d'une façon révolutionnaire. »① C'est grâce à ce livre-là qu'elle s'est dit tout à coup qu'elle avait « le droit d'écrire »②. Pour Amélie Nothomb, la seule question importante est l'écriture. Il est impossible d'imaginer une vie sans écriture.

À peine fascinée par l'écriture, Amélie Nothomb décide de poursuivre la lecture, les histoires d'enfants pauvres la touchent particulièrement, comme *En famille*, *Sans famille* de Hector Malot. À son avis, elle se sent « un peu sadique » ③ à ce moment-là. À l'âge de neuf ans, marquée par l'expérience souffrante des héros, *Les Misérables* de Victor Hugo devient sa cible de choix alors qu'elle est encore trop jeune pour le comprendre. En essayant de relever son univers intérieur, Amélie Nothomb cherche à éblouir le monde de Cosette. À l'âge de onze ans, elle s'extasie profondément devant *Le comte de Monte-Cristo* d'Alexandre Dumas. Ensuite, c'est *La cire verte* de Colette qui lui a laissé une forte impression :

> « Je me souviens très bien d'une nouvelle de Colette, « La cire verte ». C'est la première fois que je me suis rendu compte qu'un texte pouvait être beau. Ce fut pour moi une révolution copernicienne ! »④

---

① Quelle lectrice êtes-vous Amélie Nothomb ? « Une journée sans lire représente une vraie souffrance », Pascale Frey, onlalu.com, le 22 août 2014, adresse web : http://www.onlalu.com/2014/08/22/amelie-nothomb-8653, en ligne, consulté le 6 septembre 2018.

② *Ibid.*

③ *Ibid.*

④ *Ibid.*

Publier un roman pour la rentrée littéraire de chaque année n'est pas une chose facile, il faut toujours trouver son inspiration. Lorsqu'on lui demande comment elle se fait pour se renouveler, Nothomb répond que

> « pour en avoir discuté avec différents écrivains, je sais que le secret de l'inspiration est de ne jamais s'arrêter. C'est pour cette raison que je ne me suis jamais interrompue. Quand on s'arrête, cela cicatrise, moi j'ai la plaie toujours ouverte. Comme si j'étais toujours en transe. »①

Lorsqu'on parle de sa création littéraire d'Amélie Nothomb, il y a un mot inévitable à mentionner : « Anorexie ». Amélie avait treize ans et Juliette, deux ans et demi de plus. Les deux sœurs, unies par une relation fusionnelle, quasi gémellaire, scellent ce pacte extrême. Amélie commence à lire à l'âge de trois ans et garde ce secret pour longtemps, elle considère l'anorexie comme déclencheur de l'écriture. L'anorexie des deux filles dure deux ans, jusqu'à frôler la mort. Quand on s'intéresse à ce qu'elles éprouvaient au cours de sa lecture, Nothomb révèle à plusieurs reprises qu'elle avait faim et qu'elle a toujours eu faim, quoiqu'elle se soit nourrie de nourritures très diverses. En effet, pour Amélie et Juliette, ce qui apparaît avant l'anorexie est une forme surfaim, qu'Amélie appelle parfois la « boulimie ». Un appétit que rien ne comble, un appétit plus grand que soi, qui devient soif ardente, désir de lectures, boulimie inapaisable. La boulimie, c'est un désir inextinguible qui va plus loin que la nourriture. C'est un appel de connaissance. C'est une boulimie aussi bien métaphysique que cognitive. C'est en rapport avec le désir d'une certaine sensation. La boulimie ne la rassasie pas, Amélie Nothomb s'abstient dans une multitude d'activités du désir littéraire :

① Amélie Nothomb. La stupéfiante, Valerie Trierweiler, paris match.com, le 12 août 2012, adresse web : https://www.parismatch.com/Culture/Livres/Amelie-Nothomb-La-stupefiante-157133, en ligne, consulté le 25 juillet 2018.

« Puisqu'il n'y avait plus de nourriture, je décidais de manger tous les mots : je lus le dictionnaire entier. L'idée était de ne sauter aucune entrée : comment décider par avance que certaines n'en vaudraient pas la peine ? »①

Pour la Belge, l'erreur serait d'y voir une intelligence propre à l'anorexie. Il serait bon pour elle d'acquérir cette évidence. Après quelques années, à l'âge de douze ans, Amélie Nothomb s'est aperçue de cette « anorexie » qui l'a complètement changée. Pendant cette période, Amélie et Juliette cessent ensemble de manger. C'est à cause de l'apparition de l'anorexie, Amélie Nothomb a cessé d'être sadique :

« J'avais faim d'un cataclysme, Juliette aussi. Nous n'en parlions pas. Nous étions déjà à ce stade qui est toujours le nôtre : nous n'avions plus besoin de nous parler. Nous savions ce que vivait l'autre : la même chose. […] Au Bangladesh, on m'avait appris que la faim disparaissait très vite : on en subissait les effets sans plus en subir la souffrance. Forte de cette information, je créai la Loi : le 5 janvier 1981, jour de la Sainte-Amélie, je cesserais de manger. »②

Dans son œuvre, le jeûne est décrit comme l'expérience de consubstantiation, pas du tout de mortification. Tant de choses entrent en cause dans la décision d'arrêter de manger, pas toutes appréciées d'ailleurs.

À l'issue d'une enfance "pas forcément heureuse", mais jusqu'alors sans drame, l'anorexie et l'insomnie accompagnent souvent Amélie Nothomb :

« Les voix qui me parlaient dans ma tête [*étaient*] nettement moins agréable. J'ai soudain eu le sentiment de vivre avec un ennemi intérieur, se

① Amélie Nothomb, *Biographie de la Faim*, Paris, Éditions Albin Michel, 2004, p.168.
② *Ibid*, pp.165-166.

souvient-elle. Une sorte de monstre générateur d'angoisse. Ma vie a totalement basculé. »①

Amélie Nothomb finit par traiter son anorexie, mais il semble que cet état mental particulier soit sans doute en partie responsable de son succès jusqu'à aujourd'hui. À son avis, il lui faut surmonter cette fragilité tous les jours et satisfaire la nécessité vitale d'écrire. Tous les matins, comme à son habitude, elle doit se battre. Et elle considère tous les matins comme un recommencement. « Trop de gens l'idéalisent en pensant qu'il y a quelque intérêt à y trouver. C'est faux ! Elle fait des ravages. Je serais quelqu'un de bien mieux si je n'avais pas été anorexique. »② Au début, devant l'anorexie, Amélie Nothomb ne peut pas accepter être séparée de sa sœur.

> « Nous nous disions : lorsque nous serons adultes, nous serons séparées, et cela nous était insupportable. Et puis, devenir adulte est en soi une séparation d'avec ses proches, sa famille. Cela m'effrayait tant. Comment l'éviter ? Comment rester avec ma sœur ? Préserver mon enfance ? »③

Pour les deux filles, l'anorexie signifie une tentation de mortification, ou en d'autres termes, une form d'ascèse :

---

① Amélie Nothomb raconte le traumatisme de " son secret indicible ", Audrey Kucinskas, lexpress.fr, le 28 août 2017, adresse web : https://www.lexpress.fr/styles/vip/violee-a-12-ans-amelie-nothomb-raconte-le-traumatisme-de-son-secret-indicible_1938311.html, en ligne, consulté le 25 juillet 2018.

② Amélie Nothomb raconte le traumatisme de " son secret indicible ", Audrey Kucinskas, lexpress.fr, le 28 août 2017, adresse web : https://www.lexpress.fr/styles/vip/violee-a-12-ans-amelie-nothomb-raconte-le-traumatisme-de-son-secret-indicible_1938311.html, en ligne, consulté le 25 juillet 2018.

③ Amélie Nothomb. L'enfance à en mourir, Frédéric Joignot, blogsprit.com, le 29 septembre 2008, adresse web : http://fredericjoignot.blogspirit.com/archive/2006/05/04/amelie-nothomb-l-enfance-a-en-mourir.html, en ligne, consulté le 25 juillet 2018.

« Tout arrêter. L'ascèse est une belle invention, car il s'agit de jouir d'une chose dans la privation absolue de cette chose. C'est un orgueil typiquement humain, aucun animal ne pratique l'ascèse. Je me souviens très bien, j'en tirais une grande fierté. »①

Amélie a vécu cette anorexie en ressentant un certain orgueil :

« En dépit de toutes les dégradations que j'infligeais à mon corps, je ressentais une impression de gloire à me dire : « Vous, vous en êtes tous encore là, moi je n'ai plus besoin de ce dont vous avez besoin » ! Il paraît que Dieu vomit les tièdes. Ce n'est pas une position de principe de ma part, mais je crois que la modération n'est pas dans mes cordes. J'étais prête à tout pour rester en enfance. »②

La mémoire de l'enfance, un sujet récurrent qui fonctionne pour toujours dans la plupart des romans d'Amélie Nothomb :

« Oui, j'écris sur l'enfance pour retrouver mon enfance. Mais je crois que le fait même d'écrire est une façon de prolonger l'enfance. Il n'y a rien de puéril à écrire, au contraire de toute façon l'enfance n'est pas puérile du tout c'est la même démarche. Pendant l'enfance, nous ne comprenons pas beaucoup de choses. »③

Écrire pour prolonger l'enfance. Aux yeux d'Amélie Nothomb, quand elle est enfant, l'écriture est une étape indispensable, et le moteur de l'écriture, c'est l'incompréhension :

① Amélie Nothomb. L'enfance à en mourir, Frédéric Joignot, blogsprit.com, le 29 septembre 2008, adresse web : http://fredericjoignot.blogspirit.com/archive/2006/05/04/amelie-nothomb-l-enfance-a-en-mourir.html, en ligne, consulté le 25 juillet 2018.

② *Ibid*

③ *Ibid.*

« On ne comprend pas, on veut essayer de comprendre et pour cela, on se met à écrire. C'est la démarche de l'enfant, sauf que lui n'écrit pas. L'enfant passe son temps à ne pas comprendre, et à vouloir essayer de comprendre de façon pratique, par l'expérience. C'est cette expérience qui est remplacée par l'écriture. L'écriture devient l'expérience. »①

Il apparaît que c'est au cours de cette démarche de l'enfant que la relation entre l'écriture et l'expérience d'Amélie Nothomb se pose. Il est donc facile d'expliquer pourquoi la compréhension de l'altérité culturelle entre Orient et Occident de la romancière est tellement approfondie, sous sa plume le choc culturel entre les deux civilisations montre un caractère indéchiffrable :

« Au-delà d'une irréductibilité spécifique de l'Orient et de l'Occident, qu'elle soit linguistique, philosophique, ou religieuse, et de l'impossibilité d'une compréhension unifiée du monde, il apparaît que c'est l'existence même d'un dialogue sur un territoire intellectuel commun qui seul est susceptible de faire avancer chacune de ces deux civilisations, de leur permettre d'approfondir leurs cultures et leur message à l'ensemble de l'humanité. »②

3.4 Interaction avec les lecteurs

Un autre comportement exerce l'influence sur la carrière d'Amélie

① Amélie Nothomb. L'enfance à en mourir, Frédéric Joignot, blogsprit.com, le 29 septembre 2008, adresse web : http://fredericjoignot.blogspirit.com/archive/2006/05/04/amelie-nothomb-l-enfance-a-en-mourir.html, en ligne, consulté le 25 juillet 2018.

② Jean-Paul Rosaye, *Introduction : de l'importance et de la nécessité d'une réflexion sur les formes d'un dialogue entre l'Orient et l'Occident*, *Orient — Occident : dialogue sur l'ailleurs*, études réunies par Jean-Paul Rosaye et Siyan Jin, Arras, Éditions Artois Presses Université, 2010, p. 8.

Nothomb : la correspondance. De onze à dix-sept ans, elle suit des cours par correspondance, ce qui lui laisse une grande liberté. À partir de l'âge de dix-sept ans, Amélie Nothomb poursuit sa création littéraire et maintient un rythme de publication d'un roman chaque année.

En fait, la carrière d'Amélie Nothomb commence à l'âge de six ans. À cette époque-là, elle écrit des lettres puisqu'elle doit maintenir chaque semaine une correspondance avec son grand-père maternel, « Le dimanche soir, ma sœur et moi étions contraintes d'écrire une lettre à notre grand-père maternel qui vivait à Bruxelles : le courrier partirait le lendemain par la valise diplomatique »①, écrit-elle dans *Biographie de la faim*. Ce mode de création est également mis en valeur dans le roman *Une forme de vie*, qui relate une correspondance fictive entre la protagoniste Amélie et le personnage de Melvin Mapple, un soldat de l'armée américaine posté en Iraq. Cette relation épistolaire conduit à une certaine amitié entre la narratrice et ce soldat devenu obèse. Cette relation impressionnante donne des indications sur sa conception de la communication écrite. Selon Amélie Nothomb elle-même, la correspondance occupe une place centrale dans sa carrière professionnelle :

> « J'incline à penser que ces lettres ont énormément contribué à faire de moi un écrivain. Bien sûr, ce ne fut pas le seul élément, mais je pense que je suis devenue écrivain et sur tout *cet* écrivain parce que j'ai écrit tellement de lettres... »②

La correspondance offre à Amélie Nothomb une plate-forme interactive avec ses admirateurs, elle est sans doute l'un des écrivains qui correspond le plus souvent avec ses lecteurs. D'après Michel David, l'auteur d'*Amélie*

① Amélie Nothomb, *Biographie de la Faim*, Paris, Éditions Albin Michel, 2004, p. 139.

② *Ibid.*

*Nothomb : L'Écriture illimitée*①, Amélie Nothomb « se rend tous les jours dans le bureau personnel dont elle dispose chez son éditeur parisien afin de lire et répondre au courrier de ses lecteurs. »② Au moment de communiquer avec les lecteurs, Amélie Nothomb écrit les lettres avec « la même régularité que l'écriture quotidienne qui l'absorbe aux aurores, quel que soit l'endroit en France, en Belgique ou dans le monde où elle se trouve. »③ Mais avec de plus en plus de lettres, l'écrivain sent la « saturation »④: « Il y a un déséquilibre de plus en plus grand entre les lettres que je reçois et celles auxquelles je réponds. Pour que les piles ne s'effondrent pas, j'écris en moyenne douze lettres par jour. »⑤

Les nombreuses lettres des lecteurs ne freinent pas l'appétit de courrier de la romancière, « La faim est un art dans lequel j'excelle ! »⑥ Tout d'abord, la correspondance avec son grand-père est un cauchemar pour la petite Amélie à l'âge de six ans, mais vers douze ans, la romancière s'aperçoit que c'est la correspondance qui l'a conduit à l'écriture. Cet art l'a menée à un nouveau monde qui rompt avec sa solitude de l'enfance et de l'adolescence, l'écriture accompagne sa vie :

> « Même avec une personne que je vois au quotidien, il y a ce besoin d'écrire. Sinon, il manque quelque chose à notre relation. C'est un

---

① Michel David, *Amélie Nothomb : L'écriture illimitée*, Paris, Éditions L'Harmattan, 2013.

② *Ibid.* p.9.

③ *Ibid.*

④ « Amélie Nothomb en 2000 lettres », Christine Rousseau, lemonde.fr, le 30 septembre 2010, adresse web : https://www.lemonde.fr/livres/article/2010/09/30/amelie-nothomb-en-2-000-lettres_1418085_3260.html, en ligne, consulté le 25 octobre 2018.

⑤ « Amélie Nothomb en 2000 lettres », Christine Rousseau, lemonde.fr, le 30 septembre 2010, adresse web : https://www.lemonde.fr/livres/article/2010/09/30/amelie-nothomb-en-2-000-lettres_1418085_3260.html, en ligne, consulté le 25 octobre 2018.

⑥ *Ibid.*

prolongement du lien, une manière d'être présent à l'autre ... un prolongement invisible que le quotidien pourrait occulter. »①

Il faut préciser que la relation interactive entre Amélie Nothomb et ses lecteurs s'est établie après la publication de son premier roman, *Hygiène de l'assassin*, en 1992. Tout a changé après l'apparition de cette œuvre : « Trois jours après la parution d'*Hygiène de l'assassin*, j'ai reçu une lettre. Spontanément, j'ai répondu, sans savoir que cela allait m'entraîner à avoir un jour le bureau de Gaston Lagaffe ... »②, dès lors, Amélie Nothomb est entourée par les courriers. Amélie décide de répondre aux lettres, mais de ne jamais répondre aux mails. La relation épistolaire entre la romancière et ses lecteurs est sur papier uniquement.

Conformément à la théorie de *Lire les cultures* de Lorenzo Bonoli, du côté des lecteurs, ce phénomène est impressionnant : l'interaction entre Amélie Nothomb et ses lecteurs n'est pas difficile à expliquer, car la lecture des romans d'Amélie Nothomb est la compréhension d'une forme de connaissance, qui « peut être reconstruite au moment de la réception et, parallèlement, de préciser *les modalités* et *les présupposés* de lecture capables d'assurer une portée épistémologique à ce genre de texte. »③. D'ailleurs, du point de vue de Laureline Amanieux

> « La romancière déclare qu'elle doit « protester de [son] innocence » dans ses romans. Le roman d'Amélie Nothomb se constitue comme un tribunal : le lecteur se trouve appelé à la barre en tant que témoin et juge. L'enjeu, pour la romancière, est d'être sauvée, d'un point de vue esthétique

① « Amélie Nothomb en 2000 lettres », Christine Rousseau, lemonde.fr, le 30 septembre 2010, adresse web : https://www.lemonde.fr/livres/article/2010/09/30/amelie-nothomb-en-2-000-lettres_1418085_3260.html, en ligne, consulté le 25 octobre 2018.

② *Ibid.*

③ Lorenzo Bonoli, *Lire les cultures*, Paris, Éditions Kimé, 2008, p. 119.

et métaphysique. »①

Évidemment, suivant la formule de Laureline Amanieux, une question se pose : « Quel mode de lecture faudrait-il alors choisir pour rendre justice à l'auteur ? »② En effet, « un texte présuppose la figure du lecteur déjà au moment de sa production, en tant qu'hypothèse formulée par l'auteur, lequel écrit en prévoyant le type de lecteur capable de comprendre au mieux son texte. »③

En ce qui concerne la réception, le lecteur idéal peut être considéré comme une perspective émise par le lecteur expérimental qui, en effleurant le texte, implique les actes d'un lecteur tendant à mettre à jour les potentialités de celui-ci. Afin de tracer une telle perspective, le lecteur expérimental se base sur l'ensemble des fonctionnements internes que le texte exige pour sa compréhension. C'est comme ce que Lorenzo Bonoli exprime lors qu'il parle du lecteur « modèle » :

> « Du point de vue des structures textuelles, le lecteur modèle peut être considéré comme une manifestation du texte lui-même qui — dans son organisation — préfigure une instance énonciative de réception « dont le profil intellectuel n'est déterminé que par le type d'opérations interprétatives qu'il est censé accomplir. » ④

Il semble que le texte d'Amélie Nothomb apporte au lecteur une action physiologique autant qu'une réaction psychologique. Effectivement, il faut posséder la connaissance et la compétence d'un lecteur afin d'actualiser le texte.

---

① Laureline Amanieux, *Le récit siamois : Identité et personnage dans l'œuvre d'Amélie Nohthomb*, Paris, Éditions Albin Michel, 2009, p. 336.

② *Ibid.*

③ Lorenzo Bonoli, *op. cit.*, p. 130.

④ *Ibid.*

Lorsqu'il s'agit des lecteurs de Nothomb, Jacques de Decker déclare : « Les lecteurs retrouvent dans ses livres l'expression d'un vertige, d'un vécu d'angoisse, qu'ils ne trouvent nulle part ailleurs » parce qu' « une grande partie de son œuvre questionne le passage à l'âge adulte. »① Les lecteurs sont aptes à explorer les potentialités instructives d'un texte, leur intention est d'établir une relation avec un ensemble de compétences qu'ils sont censés posséder :

> « Une situation de lecture idéale supposerait évidemment une identité ou du moins une équivalence, entre ces deux encyclopédies. Le lecteur modèle représente justement le cas idéal d'un lecteur possédant l'ensemble de connaissances exigées par un texte. Cas idéal qui n'est cependant jamais assuré dans une lecture concrète, dans la mesure où chaque lecteur empirique possède une encyclopédie particulière, en fonction de sa formation, de ses intérêts, de ses expériences, de sa vision du monde, etc. »②

L'analyse de Lorenzo Bonoli arrache le train au référentiel, pour en faire un accord qui coexiste entre Amélie Nothomb et ses lecteurs.

> « [L] a supériorité de la version alternative imaginée au point de s'identifier à la figure de l'écrivain. C'est une identification fondée sur une reconnaissance mutuelle : le lecteur aurait la capacité de se « mettre à la place » de l'auteur, de se raconter « comme » s'il était celui-ci. »③

Le lecteur idéal admirerait l'auteur et ses œuvres pour sa capacité de créer

① Laureline Amanieux, *Le récit siamois : Identité et personnage dans l'œuvre d'Amélie Nohthomb*, Paris, Éditions Albin Michel, 2009, p. 339.

② Lorenzo Bonoli, *Lire les cultures*, Paris, Éditions Kimé, 2008, p. 131.

③ Laureline Amanieux, *Le récit siamois : Identité et personnage dans l'œuvre d'Amélie Nohthomb*, *op. cit.*, p. 337.

une vision au dehors du réel, qui coexiste avec la version fictive. Pour les ouvrages de Nothomb, c'est une coexistence entre le lecteur et son réel autofictionnel. Le personnage reflète son identité réelle dans le texte, parce qu'il souhaite être reconnu par son expérience autofictionnelle.

> « Ce lecteur-là lui rendrait vraiment justice : il ne pratiquerait pas le soupçon, mais la compréhension. En effet, il accepterait de se mettre en danger « comme » le récit qu'il lit, pour faire évoluer ses propres valeurs en refigurant autrement sa conception du réel et de l'éthique par une forme d'empathie. »①

Il est possible que ce mode de lecture puisse sauver les intrigues contradictoires des récits, les réunir, et en dernier ressort, puisse explorer l'identité de la romancière…

> « Le lecteur d'Amélie Nothomb est invité à devenir l'acteur de sa propre quête de salut, sur un plan psychologique, judiciaire ou métaphysique. Le mode siamois de l'identité selon Amélie Nothomb reverse ce qui pourrait être lu comme négatif ou « mauvais » sur un plan moral en une force positive, fût-elle conflictuelle. »②

En bref, si la connaissance et les compétences du lecteur exercent une influence sur les possibilités d'exploration des significations du texte et de l'identité de l'auteur, ce dernier est abordé également en raison d'une lecture bien précise. Une telle hypothèse est émise dans le but de relever la relation entre Amélie Nothomb et ses lecteurs. Il ne faut pas confondre cette relation

---

① Laureline Amanieux, *Le récit siamois : Identité et personnage dans l'œuvre d'Amélie Nohthomb*, Paris, Éditions Albin Michel, 2009, p. 337

② *Ibid.*

avec la reconnaissance générique du texte, en d'autres termes, « avec le fait de considérer le texte comme une occurrence d'une classe de textes plus vastes qui présente un certain nombre de régularités au niveau des contenus. »①

3.5 Les connotations bibliques et mythologiques chez Amélie Nothomb

« En Chine, ce furent les contes des Mille et une Nuits [...] à qui je dois les plus violentes émotions littéraires de mes six ans. »② Amélie présente dans *Biographie de la faim*. Les histoires mythologiques apparaissent souvent dans les œuvres de Nothomb, et c'est en fait aussi le cas des histoires bibliques.

> « La Bible est ce « texte fantôme » (BF, p. 63) que le personnage de la romancière lit avec passion dès son enfance (elle le mentionne dans *Métaphysique des tubes*). Quatre textes de la Bible font l'objet d'une réécriture chez Amélie Nothomb : le mythe de la Genèse et le Livre de Job, l'Évangile selon saint Jean, ainsi que la première et la deuxième épître de Saint Jean, plus Apocalypse. Ces textes sont le support pour Amélie Nothomb d'une méditation sur la théologie de la faute et du salut pour l'homme. »③

Laureline Amanieux présente des éléments bibliques dans les romans d'Amélie Nothomb. Lorsque l'on demande directement à l'écrivaine quelle est la part de Dieu dans ses livres, elle répond que

> « J'ai fini par comprendre que j'étais une mystique sans religion. Peu importe de savoir si Dieu existe ou non, ça n'est pas la question intéressante.

---

① Lorenzo Bonoli, *Lire les cultures*, Paris, Éditions Kimé, 2008, p. 133.

② Amélie Nothomb, *Biographie de la Faim*, Paris, Éditions Albin Michel, 2004, p.74.

③ Laureline Amanieux, *Le récit siamois : Identité et personnage dans l'œuvre d'Amélie Nohthomb*, Paris, Éditions Albin Michel, 2009, p. 187.

L'idée que Dieu existe continue d'être prépondérante pour moi, et reste une question obsédante. Le simple fait qu'il existe quelque chose est lié à une forme de transcendance, et, comme je n'ai pas le fin mot de l'affaire, ce mystère est probablement ce qui m'obsède le plus. »①

En fait, bien qu'Amélie Nothomb soit née dans une famille catholique, il semble que ses parents ne s'intéressent pas à la religion :

« Je viens d'une famille extrêmement catholique, mais, à ma naissance, mes parents venaient de perdre la foi. Ils ne cessaient de dire du mal de la religion. »②

Le résultat est que la petite Amélie a entendu parler de la Bible, mais sans savoir ce qu'elle contenait. Elle commençait donc à lire la Bible en cachette.

Pendant l'adolescence d'Amélie, la lecture et l'étude du latin et du grec l'intéressent profondément. Le séminaire d'Albert Mingelgrün sur « « les échos bibliques dans la littérature » a sans doute influencé sur son œuvre future, dans laquelle on retrouve une réécriture récurrente de la Bible. »③

« C'est une grande chose que de savoir quand on va mourir. On peut s'organiser et faire de son dernier jour une œuvre d'art. Au matin, mes bourreaux arriveront et je leur dirai : « J'ai failli ! Tuez-moi. Accomplissez mon ultime volonté : que ce soit Fubuki qui me donne la mort. Qu'elle me dévisse le crâne à un poivrier. Mon sang coulera et ce sera du poivre noir. Prenez et mangez, car ceci est mon poivre qui sera versé pour vous et pour

---

① François Busnel, Amélie Nothomb, « Je suis une mystique sans religion », entretien recueilli par François Busnel, Revue Lire, septembre 2010, n° septembre, p. 101.

② *Ibid*, p. 96.

③ Laureline Amanieux, *Le récit siamois : Identité et personnage dans l' œuvre d'Amélie Nohthomb*, *op. cit.*, p. 17.

la multitude, le poivre de l'alliance moderne et éternelle. Vous éternuerez en mémoire de moi. »①

Dans cette description, nous trouvons facilement la trace d'un passage du *Nouveau Testament* qui relate les derniers moments de la vie du Christ avant d'être livré aux Romains.

Le Nouveau Testament exerce une influence indispensable sur la carrière d'Amélie Nothomb : « En secret, je lisais la Bible. *L'Ancien Testament* était incompréhensible, mais, dans le Nouveau, il y avait des choses qui me parlaient. »② Lors de son enfance, la romancière considère la Bible comme une histoire d'amour aux récits picaresques et singuliers. Jesus Christ est décrit comme un beau personnage, et les romans de Nothoms sont remplis d'intertextualités bibliques :

> « J'adorais le passage où Jésus pardonne à Marie Madeleine, même si je ne comprenais pas la nature de ses péchés, mais ce détail m'indifférait, j'aimais qu'elle se jette à ses genoux et qu'elle lui frotte les pieds avec ses longs cheveux. J'aurais voulu qu'on me fasse cela. »③

En fait, parfois, les intertextualités bibliques dans l'œuvre de Nothomb se dissimulent derrière le titre du roman. Par exemple, *Métaphysique des tubes*, par la présence du terme « métaphysique » dans le titre et par le contenu du récit, est facilement associé au « mystique » :

> « Si « le mythe figure à travers une forme narrativisée un contenu de la

① Amélie Nothomb, *Stupeur et tremblements*, Paris, Éditions Albin Michel, 1999, pp. 84-85.

② Amélie Nothomb, *Métaphysique des tubes*, Paris, Éditions Albin Michel, 2000, p. 99.

③ *Ibid.*

plus haute importance ou une causalité sans raison, un destin plutôt qu'un hasard① », ce contenu est, chez Amélie Nothomb, de l'ordre « métaphysique » ou « mystique », mots qui sont explicitement présents dans ses romans. Le premier renvoie à une quête de la connaissance des choses en elles-mêmes au-delà de l'approche scientifique, d'une part, et à des spéculations sur Dieu, d'autre part. Dans le roman *Métaphysique des tubes*, la narratrice évoque le temps de sa petite enfance lorsqu'elle se sent l'égale de Dieu, mais cherche aussi à comprendre d'un point de vue ontologique son évolution. Le second mot, « mystique », rêve également deux acceptions : il désigne le mystère de réalités religieuses et le caractère exalté des personnages assoiffés d'absolu. Le choix de ces mots révèle que la romancière tient à séparer leur utilisation des grandes figures du surnaturel chrétien : Dieu ou Satan. Le lecteur découvre un univers mystique paradoxal dans les romans : une obsession scénographique de la Chute et pourtant une laïcisation et une critique de celle-ci. »②

Dans *Stupeur et tremblements*, l'auteur explique la signification du titre :

« Dans l'ancien protocole impérial nippon, il est stipulé que l'on s'adressera à l'Empereur avec « Stupeur et tremblements ». J'ai toujours adoré cette formule qui correspond si bien au jeu des acteurs dans les films de samouraïs, quand ils s'adressent à leur chef, la voix traumatisée par un respect surhumain. »③

---

① Monique Gosselin-Noat, *L'Écriture du surnaturel dans l' œuvre romanesque de G. Bernanos*, *Atelier de reproduction de thèses*, *Université de Lille-III*, *Paris*, *Éditions* Champion, 1979, rééd. Éditions Amateurs du livre, 1988.

② Laureline Amanieux, *Le récit siamois : Identité et personnage dans l'œuvre d'Amélie Nohthomb*, Paris, Éditions Albin Michel, 2009, pp. 187-188.

③ Amélie Nothomb, *Stupeur et tremblements*, Paris, Éditions Albin Michel, 1999, p. 171.

Selon l'explication d'*Étude sur Stupeur et tremblements* de Céclie Narjoux, cette formule est

> « emblématique de l'attitude obligée de la narratrice à l'égard de sa hiérarchie pour lui signifier son « respect surhumain », semblable à celui que l'on devant éprouver en présence du Dieu vivant qu'était l'Empereur. »①

Lors de la première rencontre avec le patron de la compagnie, M. Hanéda, Amélie la protagoniste pense qu' « il m'était enfin de donné de voir le dieu de Yumimoto »②, « le président de ce lieu de torture, où je subissais chaque jour des humiliations absurdes, où j'étais l'objet de tous les mépris, le maître de cette géhenne était ce magnifique être humain, cette âme supérieure ! »③. « Une société dirigée par un homme d'une noblesse si criante eût dû être un paradis raffiné, un espace d'épanouissement et de douceur. Quel était ce mystère ? Était-il possible que Dieu règne sur les Enfers ? »④ tous ces actes de conscience montrent les intertextualités bibliques par les mots comme « dieu », « géhenne », « âme », « paradis », « mystère » et « enfers ».

Avec ces formules, Amélie Nothomb met en lumière une entreprise japonaise fondée sur une hiérarchie démesurée. « Elle met en évidence la dimension mystique du respect qui anime le personnel à l'égard de ses supérieurs, mais aussi la véritable religion que constitue le travail au Japon. »⑤

---

① Cécile Narjoux, *Étude sur Stupeur et tremblements*, Paris, Éditions Ellipses, 2004, p. 82.

② Amélie Nothomb, *Stupeur et tremblements*, *op. cit.*, p. 90.

③ *Ibid*, p. 91.

④ *Ibid.*

⑤ Amélie Nothomb, *Stupeur et tremblements*, Paris, Éditions Albin Michel, 1999, p. 91

Il y a encore d'autres exemples, dans *Biographie de la faim*, Amélie Nothomb parle de l'Apocalypse. Cela nous renvoie à la dernière partie du *Nouveau Testament*, attribuée à saint Jean, décrivant la fin du monde, la venue de l'antéchrist, le retour du Christ et l'établissement du Royaume de Dieu. L'auteur de *Biographie de la faim* utilise « apocalypse » et « apocalyptique » pour retracer son expérience des temps difficiles en Chine :

> « Je vivais cette Chine comme une longue apocalypse, avec toute l'abjection et la joie contenues dans ce mot. L'expérience apocalyptique est le contraire de l'ennui. Qui voit s'effondrer le monde se désole autant qu'il s'amuse : c'est un spectacle que l'abomination permanente, c'est un jeu tonique qu'un naufrage, surtout quand on a de cinq à huit ans. »①

D'un côté, l'emploi du terme « apocalypse » et de l'adjectif correspondant pour parler de la Chine des années 1970 est dans le but de mettre en avant l'importance du Japon pour la romancière. Les jours apocalyptiques du personnage en Chine sont le résultat du départ de son pays préféré ; de l'autre, l'emploi du mot manifeste un désir d'Apocalypse qui sauverait l'esprit et le corps en perte d'identité.

Le seizième roman d'Amélie Nothomb s'intitule *Ni d'Ève ni d'Adam*②, qui utilise directement les noms de deux personnages de la Bible : Ève et Adam. Le titre du roman s'inspire de l'expression française « Ne connaître ni d'Ève, ni d'Adam » :

> « Cette expression date de 1752. Tout le monde connaît l'histoire d'Adam et Ève créés par Dieu à l'origine de l'humanité. Cette expression est

① Amélie Nothomb, *Biographie de la Faim*, Paris, Éditions Albin Michel, 2004, p. 59.

② Amélie Nothomb, *Ni d'Ève ni d'Adam*, Paris, Éditions Albin Michel, 2007.

donc employée pour renforcer l'idée que l'on ne connaît pas du tout quelque chose ou quelqu'un, que l'on n'en a jamais entendu parler. »①

Les personnages d'Adam et Ève sont généralement évoqués en lien avec le Jardin d'Éden, au péché originel et à la fin de leur séjour paradisiaque, mais d'après Laureline Amanieux :

> « Amélie Nothomb inverse alors de valeurs inférées par l'hypotexte mythique : la sexualité ne débute pas entre Adam et Ève après leur faute et la punition divine. Elle appartient au contraire à un temps d'innocence absolue. »②

L'analyse des connotations bibliques chez Nothomb laissent une image particulière de la littérature nothombienne. Cet univers que l'on a exploré dans *Métaphysiaue des tubes*, *Stupeur et tremblements* et *Ni d'Ève ni d'Adam*, met en évidence une image mystique. En quelque sorte, avec ses intertextualités bibliques, Amélie Nothomb réalise une réinterprétation ou réécriture de la Bible, qui propose de nouvelles problématiques et de nouveaux défis. Généralement, comme Laureline Amanieux écrit : « L'originalité du palimpseste biblique d'Amélie Nothomb réside sans doute dans cette juxtaposition d'un récit dans lequel le salut échoue et d'un récit dans lequel le personnage s'invente un salut comme on s'invente une histoire. »③

Les connotations bibliques et mythologiques mettent l'accent sur l'importantce de la lecture pour Amélie Nothomb. Mis à part ces connotations, nous avons analysé cinq autres facteurs essentiels qui exercent également une

① « Ni d'Ève ni d'Adam », Linternaute. fr, http://www. linternaute. fr/expression/langue-francaise/6672/ne-connaitre-ni-d-eve--ni-d-adam, en ligne, consulté le 14 juillet 2017.

② Laureline Amanieux, *Le récit siamois : Identité et personnage dans l'œuvre d'Amélie Nohthomb*, Paris, Éditions Albin Michel, 2009, p. 192.

③ *Ibid*, p. 206.

forte influence sur l'écriture d'Amélie Nothomb : la lecture à l'âge de trois ans qui l'accoutume à l'écriture, l'interaction avec ses lecteurs qui renforce sa capacité d'écriture, les pensées de Nietzsche qui nourrissent son inspiration, et l'« anorexie » qui lui offre une aspiration d'écriture. L'ensemble de ces facteurs participe à concevoir la figure de l'écrivaine.

Chapitre IV Œuvres représentatives et personnages symboliques

« Quelle est la relation entre Amélie Nothomb et l'Orient ? » Après la lecture de notre corpus, cette question se pose en deux temps. Le premier temps est celui de la naissance et de la croissance d'Amélie Nothomb dans les pays orientaux tels que le Japon. Le deuxième temps correspond à l'âge adulte où Amélie Nothomb retourne en Asie comme interprète professionnelle dans une entreprise japonaise, pour tenter de retrouver ses souvenirs japonais : « À vingt-et-un ans, mon diplôme de philologie en poche, j'achetai un aller simple pour Tokyo. »①

La réalité est parfois cruelle, le Japon d'alors se montre différent de celui de son souvenir. Alors, elle choisit finalement de devenir écrivaine :

> « C'est en 1989 que je me mis à écrire à plein régime. Retrouver le sol japonais m'en donna l'énergie. C'est là que j'adoptai ce qui est devenu mon rythme : consacrer un minimum de quatre heures par jour à l'écriture. »②

À travers l'étude des romans d'Amélie Nothomb, nous allons déceler et déterminer quelle est la relation entre l'auteur et l'Orient et comment cette relation se manifeste dans les récits autofictionnels. Les points clés de ce chapitre

---

① Amélie Nothomb, *Biographie de la Faim*, Paris, Éditions Albin Michel, 2004, p. 182.

② *Ibid*, p. 185.

se déploieront autour de trois romans *Stupeur et tremblements*, *Ni d'Ève ni d'Adam et La Nostalgie heureuse*, et de quatre personnages symboliques Nishio-san, Kashima-san, Rinri Mizuno et FubuKi Mori.

4.1 *Stupeur et tremblements*

> « Pour elle, les succès de son livre tiennent au fait "qu'ils abordent, précisément, des thèmes à des années-lumière d'une époque on ne peut plus matérialiste ; et qui, de plus, ont le chic d'être agréable et distrayant". Il est certain que si le cadre du récit est "on ne peut plus matérialiste" la narratrice de Stupeur et tremblements est à " des années-lumière " par son comportement, de l'esprit d'entreprise japonaise, et anti "matérialiste", par l'exaltation qu'elle trouve dans sa déchéance. Par le récit distancié de sa difficile relation au monde réel, de la cohabitation forcée de valeurs indomptables, et qui fondent cependant notre rapport au monde, Amélie Nothomb a donc su toucher un large public. »①

Stupeur et tremblements est le huitième roman d'Amélie Nothomb, paru en 1999 chez Albin Michel. Ce roman est un récit autofictionnel dans une entreprise japonaise, cette période est considérée comme un moment clef de la vie d'Amélie Nothomb, où elle réalise qu'elle doit vivre de sa plume. Tout est décidé lorsqu'*Hygiène de l'assassin* est envoyé aux éditions Albin Michel en 1992 et remporte un certain succès. Pourtant, en 1999, le succès de *Stupeur et tremblements* dépasse celui de tous ses anciens ouvrages. Le grand prix du roman de l'Académie française et le prix des libraires du Québec en témoigne, il est intéressant de découvrir le succès de cette œuvre. En fait, Amélie Nothomb

① Cécile Narjoux, *Étude sur Stupeur et tremblements*, Paris, Éditions Ellipses, 2004, pp. 10-11.

est une romancière qui ne se limite pas à l'imaginaire ; elle retrace une expérience personnelle à laquelle tout un chacun peut s'identifier, dans l'absurdité et la fantasmagorie, et qui permet à chacun d'entrer dans le monde littéraire.

Le succès littéraire de la romancière est lié aux changements qui ont lieu dans sa vie pendant l'année 1989. En cette année, après avoir achevé ses études universitaires à Bruxelles, Amélie Nothomb « retourne » au Japon dans le but de découvrir de nouveau son pays préféré — le Japon. Une fois arrivé au pays du Soleil-Levant à l'âge de vingt-trois ans, la romancière se rappelle son expérience au pays de sa naissance et le plaisir de son enfance. Avec une différente identité, cette fois, Amélie travaille dans une entreprise japonaise d'import-export de Tokyo comme employée : « Après tout, ce que j'avais voulu, c'était travailler dans une entreprise japonaise. J'y étais. »① C'est une année influente, le récit de sa vocation est fondé sur une altérité culturelle irréductible entre la culture occidentale et orientale, qui révèle l'image conventionnelle et accablante qu'ont les Occidentaux de l'Orient. Pendant cette période, elle trouve alors « le mépris des femmes, la phobie de l'individualisme et l'exercice sadique du pouvoir ne sévissent pas qu'au Japon ».② La romancière produit ici une image différente de celle qu'elle avait sur le Japon dans *Métaphysique des tubes* :

> « « Ne dites pas trop de mal de vous-même : on vous croirait. » L'ogre tira de sa poche un mouchoir, sécha ses larmes de rire et, à ma grande stupeur, se moucha, ce qui est au Japon l'un des combles de la grossièreté. Étais-je donc tombée si bas que l'on pouvait sans vergogne vider

① Amélie Nothomb, *Stupeur et tremblements*, Paris, Éditions Albin Michel, 1999, p. 14.

② Jean-Pierre Tison, « Stupeur et tremblements par Amélie Nothomb », Revue Lire, septembre 1999, n° septembre, p. 63.

son nez devant moi ? »①

Malgré une hiérarchie rigide, des coutumes étranges et un nationalisme agressif, Amélie la protagoniste cherche à s'intégrer dans la culture de son pays de naissance. Or, ses écarts de comportement par rapport à la culture traditionnelle à l'intérieur de l'entreprise ne semblent pas supportables et énervent ses camarades japonais.

> « Cherchant à expliquer le comportement de leur employée, ceux-ci la ramènent perpétuellement à son étrangeté, puisqu'ils incriminent « l'infériorité du cerveau occidental »②: ce handicap expliquerait pourquoi Amélie est incapable de se plier à des ordres que n'importe quel employé japonais est en mesure d'exécuter. »③

En tant qu'étrangère qui parle couramment le japonais, Amélie subit le choc culturel lorsque son supérieur lui demande de ne plus comprendre le japonais. Certes, la narratrice trouve que c'est un ordre inacceptable, « elle conforte ses supérieurs dans l'idée que le cerveau occidental est limité par rapport au cerveau japonais. »④ Dans la pratique, cet ordre n'est pas grand-chose pour la narratrice, il établit directement une opposition entre la protagoniste et la culture japonaise. Même si elle essaie de devenir Japonaise : « Ce premier exil m'avait tant marquée que je me sentais capable de tout accepter afin d'être réincorporée à ce pays dont je m'étais si longtemps crue

① Amélie Nothomb, *Stupeur et tremblements*, *op. cit.*, pp. 180-181.

② *Ibid*, p. 168.

③ Nausicaa Dewez, *Stupeur et tremblements d'Amélie Nothomb* (*Fiche de lecture*), Wroclaw, LePetitLittéraire.fr, 2004, p. 18.

④ Nausicaa Dewez, *Stupeur et tremblements d'Amélie Nothomb* (*Fiche de lecture*), Wroclaw, LePetitLittéraire.fr, 2004, p. 18.

originaire. » ① Selon Jean-Michel Lou,

> « cette séquence est révélatrice d'une caractéristique de la société traditionnelle japonaise, dans laquelle chacun est à sa place liée à une tâche bien précise [...] « L'effort principal des créateurs du système impérial était dédié à la tâche d'éviter en toutes circonstances la possibilité qu'à l'intérieur de cette structure politique un quelconque sujet décidant ne s'affirme. » À chacun sa tâche, et l'ordre social et cosmique est assuré. » ②

Tout ce qu'elle fait est en vain, la réalité est qu'elle ne peut être acceptée chez Yumimoto en tant que Belge, en tant que non-Japonaise. La narratrice perçoit un nationalisme radical. Avec le développement de l'intrigue, la protagoniste fait l'expérience d'une série de situations semblables provoquées par les altérités culturelles entre Orient et Occident.

> « Le rejet des Japonais la conduira à s'autoexclure de l'entreprise, en ne demandant pas la prolongation de son contrat. Toutefois, après l'échec japonais, elle reçoit, à la publication de son premier livre, un message de félicitation de Fubuki « écrit en japonais » : cette missive, qui offre à la narratrice une reconnaissance, la « ravit au plus haut point ». Elle arrive toutefois trop tard, lorsque Amélie s'est définitivement coupée du pays pour vivre en Europe. » ③

Afin qu'une interaction entre les camarades japonais et elle-même soit

---

① Amélie Nothomb, *Stupeur et tremblements*, Paris, Éditions Albin Michel, 1999, p. 26.

② Jean-Michel Lou, *Le Japon d'Amélie Nothomb*, Paris, Éditions L'Harmattan, 2011, p. 73.

③ Nausicaa Dewez, *Stupeur et tremblements d'Amélie Nothomb* (*Fiche de lecture*), *op. cit.*, p. 19.

réalisée, on a besoin de bien analyser l'environnement dans lequel se trouve la narratrice : dans l'entreprise, c'est seulement la protagoniste qui cherche à se transformer dans le but de s'adapter à la culture japonaise, mais pas le contraire. Cela est compréhensible, car en tant qu'employée étrangère, elle appartient à ce moment-là à un groupe social inférieur. Le protagoniste voudrait sincèrement s'intégrer puisque le Japon est son pays préféré, plein de son souvenir « idyllique » sous l'influence d'un « culte ». À peine retournée en Belgique, elle ne cesse de penser à rentrer au pays du Soleil-Levant et à y vivre :

> « D'autant que je n'avais aucune envie de m'en aller. Je m'étais quand même donné du mal pour entrer dans cette compagnie : j'avais étudié la langue tokyoïte des affaires, j'avais passé des tests. Certes, je n'avais jamais eu l'ambition de devenir un foudre de guerre du commerce international, mais j'avais toujours éprouvé le désir de vivre dans ce pays auquel je vouais un culte depuis les premiers souvenirs idylliques que j'avais gardés de ma petite enfance. »①

Les images ironiques sont omniprésentes dans le roman, étroitement liées aux thèmes de l'altérité culturelle entre Orient et Occident. La narratrice effleure l'autofiction, met l'accent à la fois sur son expérience douloureuse au sein de la firme japonaise et sur son incapacité devant certains travaux difficiles. De plus, la protagoniste fait aussi appel à l'ironie à mesure qu'elle s'adapte pour correspondre aux différents usages japonais. Le procédé ironique, à travers les différents emplois du mot, ne signifie aucune marque d'imperturbabilité. Ainsi donc, la mise en scène de cette altérité culturelle ne se distinguera comme étant ironique que par le lecteur qui comprend les indices laissés par la narratrice et ses perceptions. Dans le même temps, dans son récit de vocation, Amélie

① Amélie Nothomb, *Stupeur et tremblements*, Paris, Éditions Albin Michel, 1999, p. 22.

possède un point de vue particulier, qui relève une opposition irréductible entre elle et la culture japonaise.

4.2 *Ni d'Ève ni d'Adam*

La naissance inoubliable de *Métaphysique des tubes* et l'aventure de *Stupeur et tremblements* pourraient être lues de deux manières complètement différentes, mais les deux œuvres provoquent une émotion intense à l'égard du Japon. Après l'échec de l'intégration de *Stupeur et tremblements*, nous retrouvons l'histoire de *Ni d'Ève ni d'Adam*, paru en 2007.

> « *Ni d'Ève ni d'Adam* se présente comme un prologue heureux de ce séjour à Tokyo. Ou comment la jeune Amélie, convaincue que le moyen le plus efficace d'apprendre le japonais est d'enseigner le français, se retrouve à donner des cours à un certain Rinri, fils d'un bijoutier japonais fortuné, qui va rapidement s'éprendre d'elle. Il s'avère un chevalier servant de premier ordre, prompt à promener la jeune fille à bord de sa Mercedes blanche et à lui faire découvrir les hauts lieux touristiques nationaux. Ce « fiancé » singulier, assez extravagant il faut bien le dire, est surtout un sésame précieux pour pénétrer les mystères de ces us japonais si hermétiques pour l'esprit occidental. »①

Ce roman permet de continuer le récit inachevé par rapport au pays du Soleil-Levant. Si en vérité ces deux œuvres représentent la vie personnelle et la vie professionnelle de la narratrice, le lecteur est néamoins capable d'y découvrir les différents aspects de la culture japonaise.

Dans *Ni d'Ève ni d'Adam*, on trouve un style plus proche de *Métaphysique*

---

① Delphine Peras, « Jours hereux au Japon », Revue Lire, septembre 2007, n° septembre, p. 37.

des tubes. Il raconte le récit amoureux qu'Amélie a vécu avec un jeune Japonais nommé Rinri. Différente d'autres œuvres liées au Japon, *Ni d'Ève ni d'Adam* se distingue par l'intrigue émotionnelle et l'émotion. Amélie Nothomb présente un aspect plus affectif et plus attachant de sa personne. Sous sa plume, les sentiments et émotions sont mis en lumière d'une manière détaillée dans le but de transmettre son bien-être : « Et ce fut affreusement fort, sept années d'émotions vécues en dix secondes. C'était donc cela, Rinri et moi : l'étreinte fraternelle du samouraï. Tellement plus beau et plus noble qu'une bête histoire d'amour. »① À travers ces récits d'amour, il n'est pas difficile de trouver une relation spéciale entre les deux personnages. D'après Laureline Amanieux, cette relation

> « permet de s'humaniser, de s'ouvrir à l'inconnu de l'autre, à son étrangeté. [C'est] un amour courtois, comme dans les romans de chevalerie du Moyen Âge, dans lesquels la femme est une image divinisée. Il y a transposition du régime féodal dans le domaine amoureux : la femme est la suzeraine et l'amant est son vassal ; il lui prête allégeance, accepte des épreuves pour elle, dans une soumission absolue. »②

La fusion des deux différentes cultures se manifeste par le fait de « s'humaniser, de s'ouvrir à l'inconnu de l'autre, à son étrangeté ». Cela correspond au concept chinois *zhonghe*, qui signifie une synthèse de la centralité et de l'harmonie,

> « Quand le contentement ou la colère, la tristesse ou la joie ne se sont point encore déployés, c'est ce que l'on appelle la centralité ; et quand ces

① Amélie Nothomb, *Ni d'Ève ni d'Adam*, Paris, Éditions Albin Michel, 2007, p. 183.

② Laureline Amanieux, *Amélie Nothomb l'éternelle affamée*, Paris, Albin Michel, 2005, pp. 67-68.

sentiments se déploient, mais demeurent tous en équilibre et modérés, c'est ce qu'on appelle harmonie. La centralité est le grand fondement du monde, l'harmonie est sa voie universelle : que la centralité et l'harmonie soient portées à leur point suprême, et le Ciel et la Terre sont bien à leur place, tous les existants prospèrent. »①

D'après ZHOU Xinzhan,

« l'expression « centralité et harmonie « (中和, *zhonghe*) apparaît pour la première fois dans le *Zhongyong* ; même si cela ne permet pas d'affirmer que c'est une invention confucéenne, l'utilisation conjointe des deux termes, leur élévation au rang d'un concept philosophique fondamental expirant l'unité de l'homme et de l'univers doit porter au crédit du confucianisme. »②

Aux yeux d'Amélie, la « centralité » de Rinri est formulée par « Les trois garçons l'écoutaient poliment alors qu'à l'évidence, ils ignoraient sur quelle côte américaine se situait ce bled et s'en fichaient. »③ Et

« Rinri faisait comme eux. Je finis par lui demander :
— Vous aimez ?
— Je ne sais pas.
— Cela vous intéresse ?
— Pas beaucoup.

① ZI Si, *Zhong yong*, *ou*, *La régulation à usage ordinaire*, traduction François Jullien, Paris, Éditions Imprimerie Nationale, coll. « La salamandre », 1995, p. 36.

② ZHOU Xinzhan, *La Chine face au choc culturel : images erronées et illusions*, *Orient — Occident : dialogue sur l'ailleurs*, traduction Marianne Dunlop, études réunies par Jean-Paul Rosaye et Siyan Jin, Arras, Éditions Artois Presses Université, 2010, pp. 160-161.

③ Amélie Nothomb, *Ni d'Ève ni d'Adam*, Paris, Éditions Albin Michel, 2007, p. 19.

J'éclatai de rire. Les gens me regardèrent avec gêne. »①

Et l' « harmonie » dans le récit de Rinri se manifeste par

« Rinri attendait seulement que je l'écoute. Comme il avait raison ! Écouter quelqu'un, c'est énorme. Et je l'écoutais avec ferveur. [...] Ce qui pouvait combien nous étions tous deux admirablement ouverts à la culture de l'autre »②

À cause d'une différente compréhension de *Hiroshima, mon amour*, la fusion de la « centralité » et l' « harmonie » (le zhonghe) sont réalisées quand Rinri commence à lire cet ouvrage de Marguerite Duras :

« Rinri sort de sa poche le livre de Marguerite Duras. Je l'avais oublié. Lui ne pensait qu'à cela. Il me lut tout haut, du début à la fin, *Hiroshima mon amour*.

J'avais le sentiment qu'il récitait mon acte d'accusation et que je devais rendre compte de ce qui m'était reproché. Vu la longueur du texte et l'effet ralentissant de l'accent japonais, j'eus le temps de préparer ma défense. Le plus dur fut de m'empêcher de rire quand il lut, irrité d'incompréhension : « Tu me tues, tu me fais du bien ». Il ne le disait pas comme Emmanuelle Riva.

Deux heures plus tard, quand il eut fini, il ferma le bouquin et me regarda.

— C'est magnifique, n'est-ce pas, osai-je murmurer.

— Je ne sais pas, répondit-il, implacable. »③

---

① Amélie Nothomb, *Ni d'Ève ni d'Adam*, Paris, Éditions Albin Michel, 2007, p. 32.

② *Ibid*, pp. 55-56.

③ *Ibid*, pp. 78-79.

Finalement, le résultat est qu'ils se réconcilient en allant manger un okonomiyaki. L'inconscience et l'exaspération qu'ils peuvent parfois provoquer se retrouvent assumées d'une manière humoristique par ce personnage japonais.

En réalité, on pourrait considérer l'interaction entre Amélie et Rinri comme une situation de compréhension interculturelle qui pourrait être déchiffrée par les trois niveaux du *zhonghe* :

> « Premièrement, la pluralité. Le sens fondamental de *he* est d'accorder des choses différentes pour leur permettre d'atteindre une unité harmonieuse, c'est pourquoi la pluralité est une condition préalable à l'harmonie ; sans les différences impliquées par la pluralité, il ne peut pas y avoir d'harmonie. Chaque individu est lui-même une entité consitutée de yin et de yang, c'est pourquoi ce n'est qu'en affirmant la pluralité que l'on peut affirmer l'individualité.
>
> Deuxièmement, l'entraide. Bien que la pluralité subsiste, si l'on s'exclut l'un l'autre, si l'on se détruit l'un l'autre, il est impossible de réaliser l'harmonie. C'est pourquoi, au sein de la pluralité, il est nécessaire de se lier, de s'entraider, afin de former un tout harmonieux. »
>
> Troisièmement, la différence. Car le sens du « même », de l'identique, est la recherche de l'unique, la suppression des différences, ce qui serait en totale contradiction avec la condition de pluralité exigée par l'harmonie ; c'est pourquoi l'affirmation de l'harmonie implique la négation de l'identique. »①

Par la voie de l'amour entre Amélie et Rinri, on constate une altérité culturelle basée sur la pensée du *zhonghe*. D'un côté, leur relation s'établit sur leur différente identité ; de l'autre, cette différence culturelle les sépare. Si l'on examine la relation amoureuse entre les deux personnages, sa caractéristique

① ZI Si, *Zhong yong, ou, La régulation à usage ordinaire*, traduction François Jullien, Paris, Éditions Imprimerie Nationale, coll. « La salamandre », 1995, p. 36.

principale peut se résumer à deux aspects, l'un s'exprime comme une convergence ouverte sur le monde, l'autre semble une divergence qui fait que les héros restent eux-mêmes. À l'égard de la convergence ouverte sur le monde, l'harmonie implique par nature la diversité, et leur relation mutuelle présuppose naturellement une approche mutuelle ; en même temps, la divergence présuppose que l'identité des deux personnages se manifeste principalement par leur altérité culturelle entre, et cette divergence explique que leur relation ne peut pas durer à la fin du roman.

4.3 *La Nostalgie heureuse*

En 2013 parait le 22e roman d'Amélie Nothomb : *La Nostalgie heureuse*, publié aux Éditions Albin Michel comme les autres œuvres de l'auteur. Dans ce roman, Amélie Nothomb prévoit de passer six jours au Japon et trois jours à Tokyo dans le but de faire un pèlerinage sur tous les lieux qui ont marqué son enfance, qui sera le contenu d'un reportage que la télévision veut réaliser sur son enfance japonaise. Au-dehors des retrouvailles avec des personnes chéries — cela fait quinze ans qu'Amélie n'est pas venue dans son pays préféré, mais vingt-trois ans qu'elle n'a pas vu Kobé :

> « Je n'avais plus mis les pieds au pays du Soleil-Levant depuis décembre 1996. Nous étions en février 2012 […] Quand on m'a proposé ce reportage sur les traces de mon enfance japonaise, j'ai accepté pour une raison simple : j'étais persuadée que le projet serait refusé par la chaîne de télévision […] En janvier, l'équipe m'avertit que France 5 acceptait. Je tombai des nues. J'allais donc vraiment retourner au Japon. Sidérée, je m'aperçus que cette perspective, à laquelle je n'avais jamais cru, m'enthousiasmait. »①

① Amélie Nothomb, *La Nostalgie heureuse*, Paris, Éditions Albin Michel, 2013, pp. 21-22.

À peine arrivé au Japon, elle commence à chercher le numéro de téléphone de Rinri, son premier amour et le héros de *Ni d'Ève ni d'Adam*, qui apparait de nouveau dans ce récit chaste et mélancolique.

Après le « fiancé éconduit », c'est la rencontre avec sa seconde mère Nishio-san, sa nounou bien aimée qui l'a élevée. C'est une rencontre pleine d'émotions. La communication des deux côtés est difficile, car cela fait longtemps qu'Amélie ne parle pas la langue japonaise. La nounou la reconnaît, mais elle a vieilli, et sa condition physique et mentale inquiète beaucoup la protagoniste : « Comme Nishio-san est vieille ! Elle a presque quatre-vingts ans »①, « À quoi sait-on qu'une personne âgée n'a plus toute sa tête ? Il y a un flottement »② et « C'est une personne très âgée »③. Ensuite, la protagoniste rend visite à son école maternelle, qui n'a pas changé. Après le séjour à Kyoto et Tokyo, Amélie se rend à Fukushima où c'est le choc, l'apocalypse a bien eu lieu.

L'Orient est un sujet qui intéresse la littérature de langue française depuis longtemps. Pierre Loti, Victor Segalen, Paul Claudel et Roland Barthes subissent un choc lorsqu'ils rendent visite à ce continent lointain et ont contribué à forger une certaine perception de l'Orient à travers une série de chefs-d'œuvre étroitement liés à leur expérience de ce continent. Pourtant, sous la plume d'Amélie Nothomb, l'Orient, surtout le Japon est décrit comme support de sa personnalité. Ses œuvres s'expriment très souvent d'une manière autofictionnelle. Pour chacune d'entre elles, il est facile de percevoir des tentatives différentes d'énoncer l'indicible et l'indéfinissable, qui suscite la curiosité des Occidentaux.

① Amélie Nothomb, *La Nostalgie heureuse*, Paris, Éditions Albin Michel, 2013, p. 53.

② *Ibid*, p. 56.

③ *Ibid*, p. 58.

4.4 Les personnages symboliques chez Amélie Nothomb

Certain nombre de personnages chez Amélie Nothomb laissent une profonde impression au lecteur, comme Prétextat Tach d'*Hygiène de l'assassin*, Hazel de *Mercure*, Prétonille de *Pétronille*. Mais Nishio-san, Kashima-san, Rinri Mizuno et Fubuki Mori exposent leur valeur symbolique quand on parle de la relation Orient-Occident chez Amélie Nothomb. Ils exercent tous une forte influence sur la croissance d'Amélie Nothomb, au même titre que les membres de sa famille.

4.4.1 Nishio-san : La nounou japonaise

La relation entre la protagoniste et la gouvernante japonaise Nishio-san (telle qu'on la relève dans *Métaphysiqe des tubes*, *Biogaphie de la faim* et *La Nostalgie heureuse*) est particulière. Différente d'une autre gouvernante Kashima-san d'origine noble ou de sa supérieure Fubuki, Nishio-san ne met jamais en lumière ses traits physiques. Aux yeux d'Amélie, Nishio-san donne toujours des réponses satisfaisantes à ses questionnements métaphysiques, c'est elle qui représente un lien entre Orient et Occident :

> « Ce n'était pas un hasard si j'avais révélé plus tôt ma connaissance de la langue nippone que de la langue maternelle [...] J'avais besoin d'un idiome pour communiquer avec mes fidèles. Ces derniers n'étaient pas très nombreux, mais ils me suffisaient par l'intensité de leur foi et par l'importance de leur place dans mon univers : c'était Nishio-san, les *futago* et les passants. » ①

① Amélie Nothomb, *Métaphysique des tubes*, Paris, Éditions Albin Michel, 2000, pp. 58-59.

La position de Nishio-san est mise en valeur par « l'intensité de leur foi » et « l'importance de leur place ». Les paroles portant sur la mort de sa sœur donnent une profonde impression : « À chaque occurrence de ce récit, sans faillir, les mots de ma gouvernante tuaient la petite fille. Parler pouvait donc servir aussi à assassiner »①. En réalité, par le biais de la langue japonaise, cette communication entre Nishio-san et la petite fille établit inconsciemment un lien entre Orient et Occident ; « inconsciemment », parce que la gouvernante n'a pas conscience que la petite Amélie comprend ses paroles sur la mort de sa sœur :

« Nishio-san : Ça, je ne sais pas pourquoi c'est possible. Tu comprends tout ce que je te raconte ?

Amélie : Oui.

Nishio-san : Alors, tu parles japonais avant de parler français ?

Amélie : Non. C'est la même chose. »②

Résultat de ce lien entre Orient et Occident est évident : cette Belge de deux ans s'aperçoit que la langue japonaise est « la même chose » que sa langue maternelle — la langue française. Le japonais que parlent Nishio-san et Amélie est plein d'un sentiment maternel et assume un rôle didactique. La gouvernante japonaise raconte à cette petite des contes, des histoires et des chansons de la culture japonaise : « Je préférais les contes, dont j'avais faim et soif. Au Japon, c'étaient ceux racontés par Nishio-san ».③

Aux yeux de la narratrice, ces contes et histoires de la tradition japonaise lui évoquer ceux de la tradition occidentale racontée par sa mère, par exemple

① Amélie Nothomb, *Métaphysique des tubes*, Paris, Éditions Albin Michel, 2000, p. 43.

② *Ibid*, p. 49.

③ Amélie Nothomb, *Biographie de la Faim*, Paris, Éditions Albin Michel, 2004, p. 74.

Blanche-Neige, *Cendrillon*, *Barbe-bleue*, *Peau d'Âne*, etc. Ils s'installent dans un univers particulier. Parfois, la culture japonaise se transmet sous une autre forme — des chansons japonaises : « elle abandonnait son activité pour me prendre dans ses bras, me dorloter, me chanter des chansons où il était question de chatons ou de cerisiers en fleur. »① Grâce à cette gouvernante japonaise, Amélie développe son admiration pour la culture du pays du Soleil-Levant en exprimant : « Je serais japonaise »②, « J'étais japonaise »③ et « À deux ans et demi, dans la province du Kansai, être japonaise consistait à vivre au cœur de la beauté et de l'adoration »④.

En plus d'assurer le lien entre deux cultures, la langue sert également à apaiser la douleur devant des catastrophes. Amélie et Nishio-san partagent le même code à travers la langue japonaise, qui n'appartient qu'à elles seules dans le cadre de la famille.

La mort est un sujet éternel des œuvres nothombiennes. Amélie se risque à poser des multitudes de questions à sa gouvernante sur le sens de la mort, notamment après le décès de sa grand-mère : « La mort, je savais ce que c'était. Cela ne me suffisait pas à la comprendre. J'avais des tas de questions à poser. »⑤ Nishio-san est contente d'avoir une auditrice pour écouter son récit, même si celle-là n'a que deux ans. En raison de la curiosité de la petite, Nishio-san se plonge dans l'histoire où elle lui raconte comment elle a vécu le moment des bombardements de Kobé en 1945. En rappelant à plusieurs reprises comment elle a perdu sa famille, surtout sa sœur, Nishio-san dédramatise l'influence et le résultat tragique de la mort. Cette interprétation détaillée incarne une figure de témoin de l'histoire japonaise devant une Occidentale. Cette tragédie, relatée à

① Amélie Nothomb, *Métaphysique des tubes*, *op. cit.*, p. 57.

② Amélie Nothomb, *Métaphysique des tubes*, Paris, Éditions Albin Michel, 2000, p. 56.

③ *Ibid*, p. 57.

④ *Ibid*.

⑤ *Ibid*, p. 48.

travers les expériences de Nishio-san, a une signification plus humaine, émouvante et impressionnante que l'histoire réelle.

Nishio-san a fait beaucoup pour la petite Amélie : raconter des histoires, chanter des chansons et révéler la signification de mort. Tout cela renforce le rôle maternel de la gouvernante japonaise. « Nishio-san me traitait comme une divinité » dit la narratrice. Elle n'a que deux ans, l' « âge sacré »① dans la culture japonaise. En s'occupant de la petite Amélie, Nishio-san suit l'un des préceptes décrits dans Stupeur et tremblements :

> « Tu as pour devoir d'avoir des enfants que tu traiteras comme des divinités jusqu'à leurs trois ans [...]. Tu es obligée de mettre au monde des êtres qui seront d'autant plus malheureux que leurs trois premières années de vie leur auront inculqué la notion du bonheur. »②

Bien qu'Amélie ne soit pas sa propre fille, Nishio-san la traite comme une divinité, et il semble qu'elle se contente d'assumer ce rôle maternel. Grâce à elle, Amélie commence à connaître le code de la société japonaise. Finalement, sa démission arrive comme une surprise pour la famille des Nothomb :

> « Le lendemain, Nishio-san annonça à mon père qu'elle démissionnait [...] Mes parents, effondrés, ne purent qu'accepter [...] J'allai me suspendre au cou de Nishio-san : — Ne pars pas ! Je t'en supplie ! [...] — Nishio-san doit rester avec moi ! Nishio-san doit rester avec moi ! »③

Les parents d'Amélie sont « effondrés », Amélie « pleure » et « supplie »

---

① Amélie Nothomb, *Biographie de la Faim*, Paris, Éditions Albin Michel, 2004, p.55.

② Amélie Nothomb, *Stupeur et tremblements*, Paris, Éditions Albin Michel, 1999, p. 97.

③ Amélie Nothomb, *Métaphysique des tubes*, Paris, Éditions Albin Michel, 2000, pp. 121-122.

sa nounou de ne pas quitter. On pourrait en induire que Nishio-san rend heureuse tous les membres de la famille et reçoit en retour leur amour et leur affection à travers son rôle du lien entre Orient et Occident.

4.4.2 Kashima-san : La Japonaise traditionelle

Si Nishio-san « était la bonté même »① et « dorlotait »② Amélie dans *Métaphysique des tubes*, Kashima-san la deuxième gouvernante est totalement différente. Elle déclare que les Nothomb sont « ses ennemis »③. Elle « les méprise »④. Kashima-san est une femme Japonaise aux idées préconçues. Amélie cherche à attirer l'attention de Kashima-san : « J'apportai à Kashima-san le plus beau camélia du jardin en précisant que je l'avais cueilli pour elle », « je cours appeler Kashima-san pour qu'elle l'admire ». En retour, elle ne sent que le rejet : « bouche plissée, merci sec » et « elle haussa les épaules »⑤. Les différences entre les deux gouvernantes nippones viennent peut-être de ce que nous avons évoqué dans la section précédente : Kashima-san a une origine noble et Nishio-san est issue du milieu populaire, c'est-à-dire d'une famille modeste.

Au début, Kashima-san apparaît comme une femme qui impose le respect par son origine, correspondant mal au type d'emploi qu'elle exerce au sein de la famille Nothomb. Le traitement des parents d'Amélie pour Kashima-san montre leur respect, ils lui parlent avec les égards dus à une grande dame. Mais l'attitude de Kashima-san est insupportable, elle refuse de parler avec le couple belge et travaille le moins possible. Quand Danièle Nothomb lui demande de l'aider pour telle ou telle tâche, ce qui l'attend n'est qu'un soupir et un regard

① Amélie Nothomb, *Métaphysique des tubes*, Paris, Éditions Albin Michel, 2000, p. 42.

② *Ibid*, p. 92.

③ *Ibid*.

④ *Ibid*, p. 54.

⑤ *Ibid*, p. 63.

qui signifie : « Pour qui vous prenez-vous ? »①. En effet, dès son arrivée chez Nothomb, il est évident qu'elle n'exprime pas le désir de travailler. Pour se soustraire à sa responsabilité de gouvernante, elle soumet Nishio-san en soulignant son propre côté noble :

> « Je sais ce que tu penses. Même si tu n'es pas de mon avis, tu ferais bien de t'inquiéter. Tu n'es pas aussi aimée que tu le crois, ici. Tu es bien naïve si tu ne vois pas le mépris qui se cache derrière leur sourire. C'est normal. Les gens de ton milieu ont tellement l'habitude d'être traités comme des chiens qu'ils ne le remarquent même plus. Moi, je suis une aristocrate : je sens si l'on me manque de respect. »②

Nous pouvons comprendre l'opposition de l'attitude des deux gouvernantes envers la famille Nothomb : pour Kashima-san, bien que les Nothomb soient Belges, ils sont avant tout « Blanc », Occidentaux. Ils ne se distinguent pas des Américains, qui ont détruit le Japon du passé, des ennemis avec qui l'on ne doit pas avoir de relations. Il est naturel pour elle d'adopter une attitude hostile envers cette famille belge : « La femme belge te parle comme à une subalterne. », « [l]es Blancs ont toujours méprisé les Japonais » et « [i]ls (les Blancs) nous ont pris le plus beau pays du monde. »③ Ses points de vue pendant la discussion avec Nishio-san lui permettent de donner des arguments qui légitiment cette position.

Quant à Nishio-san, elle demeure l'antithèse de Kashima-san : « Il y a une seule personne qui me parle comme à une subalterne ici : c'est toi. », « Si j'ai remarqué. Mais tu acceptes leur argent. » Et « Ils (les Belges) ne nous

---

① Amélie Nothomb, *Métaphysique des tubes*, Paris, Éditions Albin Michel, 2000, p. 53.

② *Ibid*, p. 120.

③ *Ibid*, pp. 118-119.

doivent rien. »① Aux yeux de Nishio-san, ce n'est pas un affrontement entre les Orientaux et les Occidentaux, elle parvient à relativiser les événements, les considère comme faisant partie de sa vie personnelle. Elle connaît la différence entre la famille belge et les Américains, entre les sentiments personnels et l'honneur de la nation. Elle réplique aux opinions de Kashima-san, mais demeure soumise, puisqu'elle n'est pas capable de changer la situation présente. En fait, la réaction de Kashima-san signifie l'absence du plaisir chez elle :

> « Si l'aristocratique gouvernante ne m'aimait pas, c'était qu'elle avait un problème. [...] Chaque fois qu'il y avait une occasion de se réjouir de régaler, de s'extasier ou de s'amuser, la bouche de la noble dame se serrait, ses lèvres devenaient rigides : elle se retenait. C'était comme si les plaisirs étaient indignes d'elle. Comme si la joie lui était une abdication. »②

« Se retenait », « étaient indignes d'elle » et « une abdication » mettent en valeur le rejet du plaisir, ce rejet est en quelque sorte une attitude exclusive pour la culture occidentale et les Occidentaux. Ainsi, on pourrait la considérer comme un manque de réciprocité entre Kashima-san et la famille des Nothomb. En effet, il est intéressant de constater que cette attitude ne se limite pas à Kashima-san, elle représente une certaine idée de la société japonaise :

> « Sans doute les habitants du pays du crucifié avaient-ils les mêmes principes que les Japonais : sauver la vie d'un être revenait à le réduire en esclavage pour cause de reconnaissance exagérée. Mieux valait le laisser mourir que le priver de sa liberté. »③

---

① Amélie Nothomb, *Métaphysique des tubes*, Paris, Éditions Albin Michel, 2000, p. 119.

② *Ibid*, pp. 62-63.

③ *Ibid*, p. 73.

La description des réactions lors de la noyade de la petite Amélie met en lumière la passivité de certains Japonais devant l'urgence. Cette attitude s'explique d'un point de vue idéologique : la soumission absolue à l'autorité, l'impossibilité de contester ou contredire une parole, un ordre qui vient d'une autorité (même s'il n'est pas fondé) est généralement respecté — tandis que l'Occident est ouvert au débat, à la confrontation d'idées par réflexe.

La comparaison entre les deux gouvernantes nippones n'est pas sans rappeler celle que l'on peut établir entre la narratrice et Fubuki. C'est à travers ces deux personnages que l'on pourrait comprendre l'attitude d'exclusion devant la culture étrangère.

4.4.3 Rinri Mizuno : Le fiancé japonais

Rinri Mizuno, le fiancé japonais d'Amélie dans *Ni d'Ève ni d'Adam* et *La Nostalgie heureuse* est « originaire de Tokyo, où son père dirigeait une importante école de joaillerie »①. Comparé avec Kashima-san et Fubuki Mori, qui sont l'incarnation du Japonais exclusif avec une attitude orgueilleuse vis-à-vis de la culture occidentale, Rinri laisse l'impression d'être un homme cultivé. C'est un Japonais courtois exquis, sensible, à l'attitude modeste. Selon Jean-Michel Lou, ce personnage remplit « une condition nécessaire pour que la relation amoureuse avec Amélie puisse avoir lieu », puisqu'il n'est pas ce « typiquement japonais »②. Comme beaucoup de jeunes Japonais de sa génération, Rinri est né au Japon à l'époque où son pays a enregistré une croissance économique rapide qui signifiait pour les habitants bonheur et liberté. Ces deux concepts de bonheur et de liberté « se sont révélés être les nouvelles aspirations japonaises qui s'expriment ouvertement au sein de la génération née

① Amélie Nothomb, *Ni d'Ève ni d'Adam*, Paris, Éditions Albin Michel, 2007, p. 9.
② *Ibid.*

bien après la Seconde Guerre mondiale »①. Selon Malovic Dorian, la poursuite de la liberté et du bonheur est le but de la génération de Rinri. C'est pourquoi sous la plume d'Amélie Nothomb, Rinri apparaît comme jeune japonais élégant et atypique. Avec lui tout semble magnifique, clair et limpide :

> « D'un autre côté, son goût de l'imitation, sa curiosité pour tout ce qui est nouveau, sa passion pour les gadgets, pour le matériel adéquat, son éclectisme, son ludisme, sa naïveté, tout cela l'assigne à un Japon non moins caractéristique, un Japon paradoxal à la pointe de la postmodernité. »②

Du point de vue de Jean-Michel Lou, cette attitude d'ouverture à la culture étrangère de Rinri ne s'insère pas dans la société japonaise traditionnelle. D'après l'interaction entre Rinri et Amélie, on trouve un Japonais « à la fois typique et atypique »③. Tout d'abord, le caractère atypique de Rinri s'exprime par l'emploi du mot japonais :

> « Ce que j'éprouvais pour ce garçon manquait de nom français moderne, mais pas en japonais, où le terme de *koi* convenait. *Koi*, en français classique, peut se traduire par goût. J'avais du goût pour lui. Il était mon *koibito*, celui avec lequel je partageais le *koi* : sa compagnie était à mon goût. En japonais moderne, tous les jeunes couples non mariés qualifient leur partenaire de *koibito*, une pudeur viscérale bannit le mot amour. Sauf accident ou accès de délire passionnel, on n'emploie pas ce mot énorme que

---

① Que valent nos valeurs ?, Malovic Dorian, la-croix.com, le 14 novembre 2002, adresse web : https://www.la-croix.com/Archives/2002-11-14/Que-valent-nos-valeurs-Les-Japonais-aspirent-aussi-au-bonheur-_NP_-2002-11-14-169838, en ligne, consulté le 24 août 2018.

② Jean-Michel Lou, *Le Japon d'Amélie Nothomb*, Paris, Éditions L'Harmattan, 2011, p. 147.

③ *Ibid*, p. 148.

l'on réserve à la littérature ou à ces sortes de choses. Il avait fallu que je tombe sur le seul Nippon qui ne dédaignait ni ce vocabulaire ni les manières ad hoc. »①

Le « koibito » est : « être aimé, amant, petit ami, amoureux »②. « Sauf accident ou accès de délire passionnel » signifie que le mot n'est pas employé souvent dans la vie quotidienne, mais d'après la description de l'auteur, Rinri est « le seul Nippon qui ne dédaignait ni ce vocabulaire ni les manières ad hoc »③, « le seul » met en lumière le caractère atypique de ce jeune homme japonais, et la protagoniste lie rapidement cette « différence » à l' « exotisme » : « Mais je me rassurai en pensant que l'exotisme linguistique devait avoir largement contribué à cette bizarrerie. »④« Exotisme linguistique » et « bizarrerie » indiquent là encore le caractère atypique de Rinri. Devant cette spécificité, l'auteur s'exprime ainsi :

> « Il n'était pas indifférent que les déclarations de Rinri s'adressant à une francophone s'énoncent soit en français, soit en japonais : la langue française représentait sans doute ce territoire à la fois prestigieux et licencieux où l'on pouvait s'encanailler de sentiments inavouables. »⑤

En plus de la langue française, un autre élément met en lumière le caractère atypique de Rinri : « Il n'était pas le Japonais type. Ainsi, il avait énormément voyagé, mais seul et sans appareil photo. »⑥ Atypique, parce

① Amélie Nothomb, *Ni d'Ève ni d'Adam*, Paris, Éditions Albin Michel, 2007, p. 55.

② Koibito, dictionnaire-japonais.com, le 29 octobre 2005, adresse web : http://www.dictionnaire-japonais.com/w/2642/%E6%81%8B%E4%BA%BA, en ligne, consulté le 22 juillet 2018.

③ Amélie Nothomb, *Ni d'Ève ni d'Adam*, Paris, Éditions Albin Michel, 2007, p. 55.

④ *Ibid*, p. 55-56.

⑤ *Ibid*, p. 56.

⑥ *Ibid*, p. 63

qu'il aime « voyager seul sans compagnie, c'est passer pour un dérangé. »①, dans la langue japonaise « le mot « seul » contient une idée de désespoir. »② Lorsque la protagoniste lui demande pourquoi qu'il ne photographie pas comme d'autres Japonais « typiques », il répond : « Je ne sais pas. Ça m'énerve, d'autant qu'ils prennent tous des photos identiques. C'est peut-être pour se prouver qu'ils n'ont pas rêvé. »③ Ces détails indiqués par la narratrice parviennent à distinguer Rinri et ses compatriotes qui « ne s'attroupent jamais autant qu'à l'étranger. »④

Pourtant, on découvre la triste expérience d'un jeune Japonais « typique » : Rinri a connu l'échec lorsqu'il n'a pas réussi à entrer dans l'une des meilleures universités. Cela le mène à déclarer que « C'est difficile aussi d'être un Japonais. »⑤ En effet, le choc que Rinri subit expose son caractère typique :

> « À cinq ans, comme les autres enfants, j'ai passé les tests pour entrer dans l'une des meilleures écoles primaires. Si j'avais réussi, j'aurais pu, un jour aller dans l'une des meilleures universités. À cinq ans, je le savais. Mais je n'ai pas réussi. »⑥

De l'opinion de Jean-Michel Lou, cet échec de Rinri en a fait un « de ces fameux « exclus du système » japonais »⑦ Le Japon est connu pour des programmes d'études très rigides qui poussent les étudiants au-delà de leurs limites. L'éducation est synonyme de compétition au Japon, surtout dans les

① Amélie Nothomb, *Ni d'Ève ni d'Adam*, Paris, Éditions Albin Michel, 2007, p. 64.

② *Ibid*.

③ *Ibid*.

④ *Ibid*.

⑤ *Ibid*, p. 51.

⑥ *Ibid*.

⑦ Jean-Michel Lou, *Le Japon d'Amélie Nothomb*, Paris, Éditions L'Harmattan, 2011, p. 150.

niveaux supérieurs. Comme fils de dirigeant d'une importante école de joaillerie, Rinri est issue sans aucun doute d'une famille aisée, il a donc ressenti une pression particulièrement intense pour entrer dans les meilleures universités. Au Japon, être étudiant est un travail à temps plein. Pour avoir un accès à la meilleure éducation, Rinri doit exceller à l'école dès le premier âge. Donc, après avoir consacré tous efforts à l'étude, le résultat est un « échec », Rinri décrit la réaction de ses parents : « Mes parents n'ont rien dit. Ils étaient déçus. Mon père, à cinq ans, avait réussi, lui. J'ai attendu la nuit, et j'ai pleuré. »① Et puis, Rinri « éclata en sanglots. Je pris dans mes bras son corps tout contracté de souffrance. »② La protagoniste réalise l'existence « ces horribles sélections nippones, imposées mille fois trop tôt à des enfants conscients de l'importance de l'enjeu. »③« J'ai senti que mon père pensait : « Ce n'est pas grave. Il est mon fils, il aura ma place. » Ma honte a commencé et n'a pas cessé. »④

« Même si Rinri n'est pas un *otaku*⑤, et si l'aisance de sa famille lui permet de rester relativement socialisé, il n'est pas de plein-pied dans le lieu « Japon ». »⑥ À travers l'analyse de Jean-Michel Lou, on retrouve la réaction typique d'un Japonais devant ce système sélectif, « typique » parce qu'il est accablé d'une honte qui va rester avec lui toute la vie. Pourquoi l'échec à un examen est tellement honteux ? On pourrait trouver la réponse à travers la narratrice :

① Amélie Nothomb, *Ni d'Ève ni d'Adam*, *op. cit.*, p. 52.

② *Ibid.*

③ *Ibid.*

④ *Ibid.*

⑤ Otaku désigne une personne qui consacre une partie de son temps aux activités comme le manga, les dessins animés, les jeux vidéo, c'est-à-dire à des activités d'intérieur. Le terme otaku vient du japonais, qui est composé du substantif "taku" signifiant "chez soi" et de la préposition honorifique "o".

⑥ Jean-Michel Lou, *Le Japon d'Amélie Nothomb*, Paris, Éditions L'Harmattan, 2011, p. 150.

« Rinri s'en tirait en étant le fils de son père : c'était compenser une douleur par une honte. Mais les autres, qui échouaient aux tests, savaient dès leur plus jeune âge qu'ils deviendraient, au mieux, de la chair à entreprise, comme il y eut de la chair à canon. Et l'on s'étonne que tant d'adolescents n'opposent suicident. »①

L'échec peut mener au suicide. Ce phénomène culturel de la société japonaise provoque l'étonnement par le biais du personnage de Rinri, qui représente une position intermédiaire dans la culture japonaise entre Nishio-san, Kashima-san et Fubuki. Le caractère inclusif et exclusif s'exprime complètement par le personnage de ce jeune Japonais typique et atypique.

4.4.4 Fubuki Mori : La supérieure japonaise

En tant que personnage féminin principal de notre corpus, au côté des autres, Nishio-san est présentée comme une figure presque parfaite. « Presque », puisque le seul point imparfait est qu'elle n'est pas aussi « jolie » que certains personnages féminins sous la plume d'Amélie Nothomb. Jolie ou pas est une affaire importante, car la narratrice est sensible à la beauté féminine. Lorsqu'elle fait une comparaison des deux gouvernantes Nishio-san et Kashima-san, la beauté est au premier rang :

« Kashima-san devint donc la deuxième gouvernante. Elle était le contraire de la première. Nishio-san était jeune, douce et gentille ; elle n'était pas jolie et venait d'un milieu pauvre et populaire. Kashima-san avait une cinquantaine d'années et d'une beauté aussi aristocratique que ses origines [...]. »②

---

① Amélie Nothomb, *Ni d'Ève ni d'Adam*, Paris, Éditions Albin Michel, 2007, p. 52.

② Amélie Nothomb, *Métaphysique des tubes*, Paris, Éditions Albin Michel, 2000, pp. 52-53.

Amélie Nothomb « invente des jeunes femmes magnifiques, emprunte les références du portrait idéaliste et valorise la pâleur. »① Fubuki Mori, la supérieure d'Amélie dans le roman *Stupeur et tremblements*, est une autre manifestation de la sensibilité à la beauté. Elle apparaît tout d'abord comme supérieure ayant une beauté extraordinaire : « Elle était svelte et gracieuse à ravir, malgré la raideur nippone à laquelle elle devait sacrifier. Mais ce qui me pétrifiait, c'était la splendeur de son visage. »② La « splendeur » impressionne la protagoniste dès le premier regard. Elle s'enthousiasme sur la beauté de Fubuki :

> « Deux mètres devant moi, le spectacle de son visage était captivant. Ses paupières baissées sur ses chiffres l'empêchaient de voir que je l'étudiais. Elle avait le plus beau nez du monde, le nez japonais, ce nez inimitable, aux narines délicates et reconnaissables entre mille. Tous les Nippons n'ont pas ce nez, mais, si quelqu'un a ce nez, il ne peut être que d'origine nippone. Si Cléopâtre avait ce nez, la géographie de la planète en eût pris un sacré coup. » ③

À travers ces mouvements intérieurs, la narratrice met en valeur l'extrême beauté de cette Japoanaise. Fubuki va occuper de ce fait une place primordiale

① Laureline Amanieux, *Le récit siamois : Identité et personnage dans l' œuvre d'Amélie Nohthomb*, Paris, Éditions Albin Michel, 2009, p. 235.

② Amélie Nothomb, *Stupeur et tremblements*, Paris, Éditions Albin Michel, 1999, p. 13.

③ Cléopâtre, dernière reine de la dynastie macédonienne des Ptolémées Lagides, est née à Alexandrie en 69 av. J. -C.. Âgée de 17 ans à la mort de son père Ptolémée XII, et comme le veut la tradition, elle épouse son frère Ptolémée XIV âgé de 11 ans, qui a pour tuteur Pompée. En 48 av. J. -C., l'Égypte tombe dans la tourmente de la guerre civile qui oppose César à Pompée. Chassée d'Alexandrie par son époux qui craint une prise du pouvoir, Cléopâtre entreprend de reconquérir le trône, seule et sans appui. Son rêve s'arrête aux portes de la capitale quand elle tombe aux mains des Romains. Adresse web : http://www.egyptologie.com/cleopatre.htm, en ligne, consulté le 17 août 2018.

dans les replis de son cœur. Fubuki donne une figure de perfection, le son de sa voix est « douce » et « pleine d'intelligence ». De plus, la beauté de Fubuki se montre non seulement par son visage, mais aussi par son corps. Si son visage montre une beauté typiquement nippone, sa grande taille la distingue et l'écarte des critères japonais : « Une fille haute et longue comme un arc marcha vers moi. Toujours, quand je repense à Fubuki, je revois l'arc nippon, plus grand qu'un homme. »① L'emploi du mot « arc » souligne la taille démesurée de Fubuki. Cette particularité correspond en quelque manière à l'esthétique occidentale, où la grandeur et la minceur impliquent la beauté, une figure d' « une fille des allures de mannequin »② est établie chez la protagoniste.

Derrière ce joli visage, se cache une ambivalence inhérente à Amélie, c'est-à-dire un changement d'attitude :

> « Initialement, elle compatit aux brimades subies par Amélie, qui croit voir en elle une amie, et semble même « apeurée » par empathie [...] Mais par la suite elle fait preuve d'une délectation sadique par laquelle elle s'efforce de rabaisser Amélie, d'anéantir en elle tout individualisme. »③

En réalité, c'est le sadisme de sa supérieure qui écrase le rêve japonais de la narratrice, et qui provoque la décision d'Amélie à la fin du roman de rentrer en Europe et de se mettre à écrire son premier roman, *Hygiène de l'assassin*. Pendant cette année au service de la compagnie Yumimoto, elle supporte suffisamment l'éducation japonaise de sa supérieure pour la contrarier de manière sournoise.

---

① Amélie Nothomb, *Stupeur et tremblements*, Paris, Éditions Albin Michel, 1999, pp. 12-13.

② *Ibid*, p. 119.

③ Cécile Narjoux, *Étude sur Stupeur et tremblements*, Paris, Éditions Ellipses, 2004, p. 30.

« Ensuite, bizarrement jalousée puis dénoncée sans doute par Mlle Mori, par celle qu'elle admirait et dont elle attendait le moindre signe d'amitié, la narratrice, ne « comprend pas » et traverse un épisode nocturne erratique. »①

Ces quatre personnages nous semblent les plus représentatifs chez Amélie Nothomb. La relation entre la protagoniste et ces personnages importants renferme trois sens : la relation avec Nishio-san présente l'attachement éternel à la culture japonaise ; celle avec Rinri Mizuno révèle en profondeur la culture japonaise ; celle avec Kashima-san et Fubuki Mori fait réaliser une confrontation de valeurs entre Orient et Occident.

Conclusion de la Partie I

Il y a une interdépendance entre la vie et la création littéraire d'Amélie Nothomb. D'un côté, les membres de la famille des Nothomb, la lecture et l'écriture, tous les éléments concernant la vie quotidienne de l'écrivaine se transforment en une source d'inspiration ; de l'autre, ses œuvres autofictionnelles reconstituent en partie sa vie. Les romans d'Amélie Nothomb aident le lecteur à accéder à l'Orient et relever les obsessions récurrentes de son identité qui marquent l'altérité culturelle. Quant à son univers intérieur — le plaisir, le souvenir, le défi, le rejet, la solitude et la mort, etc., l'écriture du soi prédomine également chez Nothomb à travers des situations provoquées par

① Michel David, *Amélie Nothomb : l'écriture illimitée*, Paris, Éditions L'Harmattan, 2013, p. 123.

les différentes manifestations de l'altérité culturelle. La vie en Orient se révèle comme un parcours en quête d'identité et comme une source d'indices que l'on ne pourrait figurer autrement que par l'ensemble de la réalité et la fiction. Les deux éléments sont complémentaires chez Amélie Nothomb, dans la mesure où l'illusion trouve son origine dans l'expérience personnelle, ce qui en retour produit une autobiographie impressionnante.

L'amour divin voué au pays de la naissance et la réflexion portant sur l'altérité culturelle se dissimulent dans les replis des mémoires d'Amélie Nothomb. Baptiste Liger exprime cela à propos de *La Nostalgie heureuse* :

> « Le problème, avec le mot "amour", c'est qu'il peut aussi bien se rattacher à une passion pour un individu que pour un plat, un animal, une œuvre ou un lieu. Ainsi, Amélie Nothomb et le Japon, c'est une véritable histoire d'amour, au sens strict, avec tous ses ingrédients : "rencontre éblouie lors de la petite enfance, arrachement, deuil, nostalgie, nouvelle rencontre à l'âge de vingt ans, intrigue, liaison passionnée, découverte, péripéties, ambiguïtés, alliance, fuite, pardon, séquelles". »①

① Baptiste Liger, « La Passante du sans sushi », Revue Lire, septembre 2013, n° septembre, p. 46.

Deuxième partie
Altérité culturelle entre Orient et Occident chez Amélie Nothomb

Les romans autofictionnels d'Amélie Nothomb relèvent différents genres d'altérité, surtout l'altérité culturelle entre Orient et Occident, celle qui soulève la contradiction entre Amélie et ses collègues japonais. Dans l'entreprise japonaise, les abus verbaux et les comportements violents auxquels la protagoniste fait face reflètent les différentes manifestations du racisme, de l'enthnocentrisme, du relativisme et du culturalisme. La hiérarchie stricte, le collectivisme et la culture de la « face » lui permettent de mieux connaître la culture orientale. Le statut de la femme au Japon lui donne à réfléchir sur la situation des femmes dans l'entreprise de l'humiliation. Devant ces manifestations d'altérité, Amélie Nothomb laisse apparaître des émotions contradictoires dans les replis de ses mémoires.

La deuxième partie de ce livre contient quatre chapitres.Le premier chapitre se concentre sur les notions portant sur la culture et l'altérité comme le racisme, l'ethnocentrisme, le relativisme et le culturalisme ; le deuxième chapitre montre différents phénomènes culturels dans *Stupeur et tremblements*, qui se caractérisent par la hiérarchie, la comparaison du collectivisme et l'individualisme et la culture de la « face » ; le troisième chapitre se fonde sur l'analyse du statut de la femme ; le dernier chapitre s'intéresse aux émotions contradictoires d'Amélie Nothomb entre Orient et Occident pendant ses séjours dans les pays orientaux et occidentaux.

Chapitre V
Altérité culturelle

L'altérité culturelle est un des sujets récurrents chez Amélie Nothomb. Nous cherchons dans ce chapitre à introduire les notions concernant la culture et l'altérité selon les théories de Lorenzo Bonoli, Hesna Cailliau et Habib Bourguiba, etc. Nous aborderons aussi différents éléments étroitement liés à l'altérité culturelle tels que le racisme, l'ethnocentrisme, le relativisme et le culturalisme, qui apparaissent tous sous des formes subtiles dans les romans autofictionnels d'Amélie Nothomb. L'analyse de leur effet contribue à la compréhension de l'altérité culturelle entre Orient et Occident.

5.1 La culture

Lorsque l'on parle des phénomènes culturels, il est inévitable de commencer par discuter du sens de la culture. Dans son article intitulé *Orient-Occident : le choc culturel dans l'œuvre d'Amélie Nothomb*, Luc Collès indique :

« La culture désigne aujourd'hui presque tous les phénomènes de la société. Elle ne se limite plus aux arts et aux lettres. La notion de culture s'est déployée jusqu'à recouvrir tout type d'activité de la vie sociale ; elle englobe tout, sans jugement de valeur. Cette dilution du terme de culture est cependant le résultat d'une longue évolution à travers l'histoire, qui a abouti à différentes conceptions de la culture ou des cultures, avec des glissements sémantiques. Aujourd'hui, deux tendances contradictoires et pourtant simultanées prévalent : d'un côté, l'exaltation des particularismes, la réaffirmation des racines de chaque peuple, et de l'autre, l'essor fulgurant d'un penchant vers l'uniformisation à dimension mondiale, en ligne directe des États-Unis. »①

La culture est toujours considérée comme un fondement de l'homogénéité sociale et de la rationalisation dans la coexistence de soi avec les autres. Il semble que l'auteur met en évidence une première évolution sémantique entre culture et civilisation, la première retenant plutôt du savoir-être, alors que la seconde remarquant du savoir-faire. Une civilisation est en fait l'ensemble des moyens techniques qui donne la possibilité de maîtriser un environnement particulier et de résoudre des problèmes de nature matérielle.

Dans la pratique, il faut remarquer également l'évolution sémantique entre culture et nationalité. « À l'intérieur de chaque nation, il existe une grande diversité de cultures liée aux classes sociales, aux identités régionales ou ethniques, aux formes d'habitat, aux groupes socioprofessionnels, aux sexes et aux classes d'âge. »② L'existence d'une culture multinationale est rendue possible. La complémentarité entre culture et nation n'est plus acceptable et on peut dire que toutes les cultures semblent interculturelles par définition.

En fait, un extrait de *Stupeur et tremblements* semble infirmer le propos de H. Cailliau : « les peuples (seraient) très sensibles au fait que l'on connaisse leur culture », ③ ou autrement dit, il est nécessaire de trouver des points de

---

① « Orient-Occident : le choc culturel dans l'œuvre d'Amélie Nothomb », Luc Collès, canalblog.com, le 6 juillet 2014, adresse web : http://luccolles.canalblog.com/archives/2014/07/06/30204156.html, en ligne, consulté le 5 avril 2019.

② « Orient-Occident : le choc culturel dans l'œuvre d'Amélie Nothomb », Luc Collès, canalblog.com, le 6 juillet 2014, adresse web : http://luccolles.canalblog.com/archives/2014/07/06/30204156.html, en ligne, consulté le 5 avril 2019.

③ Hesna Cailliau, *L'esprit des religions : connaître les religions pour mieux comprendre les hommes*, Milan, Éditions Milan, 2003, p. 22.

rencontre entre de différentes cultures. À l'évidence, d'après l'intrigue de *Stupeur et tremblements*, Amélie Nothomb cherche à montrer qu'il existe une grande différence entre la culture japonaise et la culture occidentale à sa supérieure :

> « — Entre vous et moi, il y a la même différence qu'entre Ryuichi Sakamoto et David Bowie. L'Orient et l'Occident. Derrière le conflit apparent, la même curiosité réciproque, les mêmes malentendus cachant un réel désir de s'entendre.
>
> J'avais beau m'en tenir à des litotes pour le moins ascétiques, je me rendais compte que j'allais déjà trop loin. »
>
> — Non, dit sobrement ma supérieure. »①

Selon la compréhension du conflit apparent entre de différentes cultures de la narratrice et la réaction négative de sa supérieure hiérarchique, on pourrait percevoir une confrontation culturelle entre la pensée japonaise et celle de l'Occident. Il paraît que celui qui connaît la distinction d'autres cultures peut comprendre la spécificité de la sienne, les idées d'Amélie montrent une opinion : « On ne sait ce qu'est un excentrique si l'on n'a pas rencontré un excentrique nippon. J'avais dormi sous les ordures ? On en avait vu d'autres. Le Japon est un pays qui sait ce que "craquer" veut dire. »② Si nous mettons ensemble les valeurs de ces deux cultures pour en dégager les différences, nous découvririons ce qu'est l'altérité culturelle.

Lorsqu'il s'agit de l'altérité culturelle, le premier problème qu'il faut résoudre est alors le suivant : trouver l'émergence de quelque chose qui n'appartient pas à notre système représentatif et qui s'exprime en guise d'altérité ;

① Amélie Nothomb, *Stupeur et tremblements*, Paris, Éditions Albin Michel, 1999, p. 156.

② Amélie Nothomb, *Stupeur et tremblements*, Paris, Éditions Albin Michel, 1999, p. 89.

ce qui demande, entre autres, de penser d'une forme de « reconnaissance » de l'altérité qui ne signifie pas un manque de celle-ci à des mots et des notions familières.

En fait, selon la formule de l'altérité culturelle de Lorenzo Bonoli, les problèmes que cette notion soulève

> « découlent directement d'un cadre théorique qui recherche l'altérité culturelle à un niveau exclusivement *symbolique* ou *représentatif*, c'est-à-dire à un niveau où celle-ci devrait se révèle à travers des *formes symboliques* familières (traductions, descriptions, interprétations, etc., formulées dans notre langue) censées *représenter* l'autre culture. »①

Pourtant, Habib Bourguiba prend une différente position dans son ouvrage intitulé *Pour une synthèse culturelle entre Orient et Occident* :

> « Notre univers actuel est traversé par des conflits permanents entre les hommes de diverses ethnies, langues, religions et idéologies. Partir du constat de la diversité comme caractéristique inhérente à l'humanité, permet de penser que les problèmes qui se sont de tout temps posés (comme en témoignent les événements sanglants de l'Histoire), relèvent de phénomènes fondamentaux de survie. »②

Aux yeux d'Habib Bourguiba, l'altérité culturelle se considère en quelque sorte comme « des conflits permanents entre les hommes de diverses ethnies, langues, religions et idéologies ». À l'égard de ces conflits, les questions de la relation entre la culture et l'altérité se posent dans *Lire les cultures*.

① Lorenzo Bonoli, *Lire les cultures*, Paris, Éditions Kimé, 2008, p. 54.

② Henda Dhaouadi, « Pour une synthèse culturelle entre Orient et Occident. Habib Bourguiba et Edgar Morin », Synergies Pologne, n° 6, 2009, pp.215-222.

« De quelle façon est-il possible de penser la connaissance de cultures radicalement différentes des nôtres ? Comment penser tout simplement l'apparition de l'altérité culturelle ? Comment concevoir la possibilité de *re-connaître* l'altérité, si l'on ne peut pas se référer à ce qu'on connaît déjà pour l'identifier ? Et ensuite, comment en parler, sans pour autant la réduire mécaniquement à des concepts familiers ? »①

De façon générale, les problèmes liés à l'altérité culturelle naissent des difficultés que nous éprouvons, à nous affranchir du système symbolique et à rechercher les interactions qui pourraient souligner « la validité des hypothèses interprétatives que nous formulons pour essayer de comprendre les significations de l'autre culture. »② Ces deux facteurs de l'altérité culturelle se manifestent par les deux différentes identités d'Amélie Nothomb, lors d'une interview, elle exprime

« Il n'y a aucun pays dans lequel l'identification a été faite comme au Japon. J'imagine que je fais partie de ces espèces fossiles qui sont surtout attachés à leur toute petite enfance. Mais c'est aussi que ce pays est le Japon : pays capable d'exercer un pouvoir de fascination à nul autre pareil [...] Au Japon, j'y étais née, mes parents m'avaient inscrite à l'école japonaise alors qu'ils avaient mis mon frère et ma sœur à l'école américaine. J'avais donc le sentiment d'une élection. Il y a un rapport profond entre ce pays et moi, du moins c'est ce que je pensais à l'époque. En plus, ma gouvernante japonaise m'aimait comme si j'étais sa fille et je l'aimais comme ma mère. Mes parents voyaient en moi une vocation japonaise du fait d'être née au Japon. »③

---

① Lorenzo Bonoli, *Lire les cultures*, Paris, Éditions Kimé, 2008, p. 49.

② *Ibid.*

③ Josyane Savigneau, « Écrire, Écrire, Pourquoi ? Amélie Nothomb », entretien recueilli par Josyane Savigneau, openedition.org, l'an 2010, https://books.openedition.org/bibpompidou/1179, en ligne, consulté le 4 septembre 2018.

Avant la « belgitude »①, pour la romancière, c'est toujours le sentiment japonais :

> « Joysane Savigneau : Avant de découvrir le sentiment de « belgitutde », vous vous êtes sentie japonaise.
>
> Amélie Nothomb : Oui, avec beaucoup d'obstination et plus longtemps que l'on y a cru. Jusqu'à mon retour du Japon, à l'âge de vingt-et-un ans, j'ai entretenu très intimement cette mythologie d'être japonaise. Je ne le disais pas, car au fil des années, je voyais la perplexité dans le regard des autres lorsque je disais que j'étais japonaise. Cependant, je le pensais d'autant plus au fond de moi.
>
> Joysane Savigneau : Malgré tout, vous sentez-vous toujours partiellement japonaise ?
>
> Amélie Nothomb : Il y a toujours beaucoup de Japon en moi et il est le pays que j'aime le plus au monde. Mais j'ai appris à vivre cet amour de loin. »②

Un autre écrivain occidental partageant une impression proche de celle d'Amélie Nothomb est Paul Claudel, qui était à la fois écrivain et diplomate. Il a été nommé ambassadeur de France au Japon en 1921, où il a passé sept ans. À peine arrivé au Japon, Paul Claudel a trouvé une grande familiarité avec ce pays oriental si extraordinaire et si différent pour les Occidentaux. Il a partagé son expérience japonaise avec sa sœur, Camille Claudel (1864-1943). Aujourd'hui, les années japonaises de Claudel sont considérées comme l'une des périodes les plus instructives de toute sa carrière.

---

① Belgitude : Ensemble de caractéristiques propres aux Belges, sentiment d'appartenance à une commauté des Belges, Définition de belgitude, universalis.fr, adresse web : https://www.universalis.fr/dictionnaire/belgitude, en ligne, consulté le 4 septembre 2018.

② Josyane Savigneau, « Écrire, Écrire, Pourquoi ? Amélie Nothomb », entretien recueilli par Josyane Savigneau, openedition.org, l'an 2010, adresse web : https://books.openedition.org/bibpompidou/1179, en ligne, consulté le 4 septembre 2018.

Pour Amélie Nothomb, la Belgique semble un pays inconnu :

> « Joysane Savigneau : Qu'en est-il pour la Belgique ?
>
> Amélie Nothomb : J'ai fini par comprendre, ne serait-ce que par élimination, que c'était mon pays. Je le crois d'autant plus à l'heure où ce pays est en crise. Le fait que cette identité belge soit si problématique me permet de mieux m'identifier à ce pays. »①

En réalité, à travers l'expérience d'Amélie Nothomb et Paul Claudel, une communication interculturelle semble possible, mais celle-ci n'est jamais à l'abri d'erreurs et de malentendus dus à l'impossibilité d'établir des relations directes et contrôlables entre une signification symbolique dans la culture orientale et une éventuelle signification correspondante dans la culture occidentale.

Les complexités marquées par l'apparition du sentiment d'altérité culturelle nous confrontent directement à l'originalité et à l'exclusivité.

> « [D] e notre appartenance historico-linguistique et de l'autre, du conditionnement qui en dérive et qui oriente tous nos actes cognitifs ; un conditionnement qui prend la forme d'un horizon de significations possibles dans lequel la connaissance peut seule avoir lieu. »②

5.2 L'altérité

> « Compte tenu de ces prémisses, le premier problème qu'il s'agira

① Josyane Savigneau, « Écrire, Écrire, Pourquoi ? Amélie Nothomb », entretien recueilli par Josyane Savigneau, openedition.org, l'an 2010, adresse web : https://books.openedition.org/bibpompidou/1179, en ligne, consulté le 4 septembre 2018.

② Lorenzo Bonoli, *Lire les cultures*, Paris, Éditions Kimé, 2008, p. 49.

d'affronter sera celui de l'apparition de l' « altérité » en tant que telle : comment concevoir *l'émergence de quelque chose d' « autre »*, si l'on pense la connaissance comme résultat d'un travail de construction de formes symboliques et la compréhension comme élaboration d'anticipations de sens ? Ou alors, en faisant référence à la perspective herméneutique, comment limiter — en supposant que cela soit possible — l'emprise du cercle des compréhensions pour rencontrer effectivement quelque chose de différent, quelque chose d' « autre » ? Toute conception de la connaissance qui reconnaît son caractère conditionné et médiatisé doit se confronter au problème de la fermeture de son propre système symbolique et des limites intrinsèques que celui-ci pose à la connaissance de quelque chose qui lui serait externe. Le problème étant de faire émerger « quelque chose qui ne vient pas de nous », mais que l'on suppose provenir de la chose étudiée. »①

Évidemment, Lorenzo Bonoli établit une relation entre l' « altérité » et « l'émergence de quelque chose « d'autre » ». Pour bien comprendre cette relation, il est nécessaire de trouver l'accès dans ce « système symbolique » et franchir la « limite intrinsèque ». Lorenzo Bonoli s'exprime ainsi :

« Il faut toutefois reconnaître que le fait de désigner *quelque chose* par le terme « altérité » est déjà une tentative de réduire ce *quelque chose* à un rôle conceptuel familier. « Altérité » est le terme qui, dans notre système conceptuel, nous permet de désigner ce qui lui est externe, ce qui ne s'y réduit pas, avec ce geste de désignation, nous opérons déjà une forme de réduction, en soi problématique : d'une part, la désignation générique « altérité » ne saisit pas la spécificité des nombreuses altérités possibles, en les réduisant artificiellement à un unique ensemble indéfini ; d'autre part, ce

① Lorenzo Bonoli, *Lire les cultures*, Paris, Éditions Kimé, 2008, p. 51.

terme ne nous dit pas grand-chose sur ces altérités. Le terme d' « altérité » ne désigne qu'un vide, dans la mesure où son signifié ne nous permet pas de remonter à un référent correspondant ; ou mieux, il désigne un référent impossible, indicible, inaccessible, c'est-à-dire une « culture en soi » indépendamment de la façon dont elle est dite. »①

Si l'on combine cette notion de l' « altérité » et les phénomènes transculturels, on perçoit que « l'étranger est un miroir révélateur qui permet la prise en compte de la particularité de sa propre identité culturelle. »② Cette formule sur le rôle de l'étranger met en lumière les phénomènes d'ethnocentrisme, de culturalisme et de racisme. Selon Lacan, la première définition du Moi se réalise par le stade du miroir. Le Moi-sujet exerce une influence sur son image, avant même que d'attacher son regard sur le monde extérieur. L'observation de l'environnement signifie la seconde étape dans le processus d'identification du Moi. À ce moment-là, l'Autre devient le miroir. On s'incarne dans une fascination, dans un amour du Moi pour toute image d'un Autre qui est identique au Moi. Dans ces conditions, cette image est différente de notre réflexion, le sujet est appréhensif et se rend agressif.

5.3 Le racisme

« La xénophobie et le racisme ne sont jamais que les conséquences extrêmes de malentendus interculturels. Le récit de *Stupeur et tremblements* fait office de révélateur. Il ne s'agit pas ici de mettre au pilori un Japon qui serait par nature « raciste », mais de dévoiler des mécanismes qui peuvent

① Lorenzo Bonoli, *Lire les cultures*, Paris, Éditions Kimé, 2008, p. 51.

② « Orient-Occident : le choc culturel dans l'œuvre d'Amélie Nothomb », Luc Collès, canalblog.com, le 6 juillet 2014, adresse web : http://luccolles.canalblog.com/archives/2014/07/06/30204156.html, en ligne, consulté le 5 avril 2019.

s'enclencher, si les circonstances les suscitent, dans n'importe quelle société. Il y a partout des cadavres dans les placards : les mauvais instincts de l'homme n'attendent que l'occasion de se manifester. J'insiste : il n'est nullement question d'essentialiser ; mais le contexte est résolument japonais et l'examiner peut nous aider à comprendre les causes de la catastrophe interculturelle qui se déroule sous nos yeux. »①

À travers l'analyse de Jean-Michel Lou, on parvient à introduire une notion par rapport à l'altérité culturelle dans les œuvres d'Amélie Nothomb — le « racisme », une idéologie fondée sur la croyance. En fait, l'intrigue des différentes œuvres de la romancière révèle des tentations et des ressentiments xénophobes, et même explicitement racistes de la part de différents personnages ; donc, ce n'est pas un écart faible, mais une atmosphère dominante.

Dans *Métaphysique des tubes*, la protagoniste éprouve un sentiment amer d'injustice :

> « À presque trois ans, on sait qu'on va mourir un jour. Ça n'a aucune importance : ce sera dans si longtemps que ce soit comme si ça n'existait pas. Seulement, apprendre, à cet âge, que dans un, deux, trois ans, on sera chassé du jardin, sans même avoir désobéi aux consignes suprêmes, c'est l'enseignement le plus dur et le plus injuste, l'origine de tourments et d'angoisses infinis. »②

À l'annonce de son départ du Japon, la protagoniste âgée de trois ans perçoit une vie douloureuse. Un jour, la petite fille belge comprend qu'elle restera toujours une étrangère au Japon par son apparence occidentale et sa

① Jean-Michel Lou, *Le Japon d'Amélie Nothomb*, Paris, Éditions L'Harmattan, 2011, p. 55.

② Amélie Nothomb, *Métaphysique des tubes*, Paris, Éditions Albin Michel, 2000, p. 125.

nationalité belge. Sa première rentrée scolaire au yôchien, l'école maternelle du quartier où elle habite, est considérée d'abord comme une façon de reconnaître son appartenance à la culture japonaise. Mais sa tentative bientôt se révèle être un échec.

Métaphysique des tubes n'est pas le seul roman à traiter cet échec. On retrouve la même situation dans *Stupeur et tremblements*. La protagoniste doit tout d'abord essuyer les propos racistes de M. Saito :

> « Vous avez créé une ambiance exécrable dans la réunion de ce matin : Comment nos partenaires auraient-ils pu se sentir en confiance, avec une Blanche qui comprenait leur langue ? À partir de maintenant, vous ne parlez plus japonais. [...] Le cerveau nippon est probablement capable de se forcer à oublier une langue. Le cerveau occidental n'en a pas les moyens. »①

Puis c'est le tour de M. Omochi :

> « — Taisez-vous. Ce pragmatisme odieux est digne d'un Occidental.
> Je trouvai un peu fort que cela soit dit sans vergogne sous mon nez.
> Pardonnez mon indignité occidentale. Nous avons commis une faute, soit. Il n'empêche qu'il y a un profit à tirer de notre méfait... »②

Ce ne sont pas seulement certains personnages qui usent de ce répertoire à l'égard d'Amélie. Même M. Tenshi, un homme tellement gentil, dans une scène de discussion animée, montre son impatience de limiter les dégâts et de couvrir Amélie, employant l'argument banal implicitement xénophobe, si bien exprimé qu'il en est devenu inconscient, de l' « étrangère ».

---

① Amélie Nothomb, *Stupeur et tremblements*, Paris, Éditions Albin Michel, 1999, pp. 20-21.

② *Ibid*, p. 48.

« Tout étranger au Japon fait cette expérience : il se voit pardonner, souvent avec une nuance d'indulgence méprisante, ses inévitables manquements aux codes de conduite par sa nature de « gaijin »①, l'étranger, l'Occidental, le blanc ; que de fois lit-on dans les yeux de l'interlocuteur japonais : « *Gaijin* ? Tout s'explique ». Je me demande si ce n'est pas devenu une caractéristique occidentale d'avoir exclu du vocabulaire correct le mot désignant l'étranger, dans le sens de l'Autre, le « barbare » des anciens Grecs. Ce mot unique, sans équivoque, est resté partout ailleurs : c'est le *gaijin* japonais, le waiguoren chinois, le gringo en Amérique du Sud, le toubab en Afrique occidentale, le naserait en zone arabophone... »②

Selon Jean-Michel Lou, cette situation ne signifie pas la disparition de la xénophobie en Europe, loin de là, mais exerce néanmoins sur les esprits une influence décisive ; au pire, on utilise des euphémismes, comme « ethnocentrisme », « relativisme », « culturalisme » ; si un locuteur s'avance au-delà de ce registre dans certaines situations, il accomplit consciemment une désobéissance, ce qui n'est pas le cas d'un Japonais disant le mot de *gaijin*.

Dans ce contexte troublé, Amélie est au risque de glisser sur le même terrain. Dans l'intrigue suivante, elle s'excuse à plusieurs reprises de ne pas savoir que « GMBH », en allemand dans le texte, ne représente pas une entreprise particulière, ce qui lui a coûté des heures de calculs pour rien :

« Je fus sur le point de prononcer une horreur que, grâce au Ciel, je

① Gaijin (外人 en kanji japonais) veut dire tout simplement « personne de l'extérieur ». Il existe aussi une variable au mot Gaijin qui est le mot Gaikokujin (qui s'écrira 外国人 en kanji japonais) et dont la signification est « personne d'un pays extérieur », gaijinjapan.org, Aala, le 6 mai 2011, adresse web : https://www.gaijinjapan.org/gaijin-gaikokujin/, en ligne, consulté le 5 avril 2018.

② Jean-Michel Lou, *Le Japon d'Amélie Nothomb*, Paris, Éditions L'Harmattan, 2011, pp. 57-58.

gardai pour moi ! « La Belgique a peut-être une frontière avec l'Allemagne, mais le Japon, pendant la dernière guerre, a eu bien plus qu'une frontière en commun avec l'Allemagne ! »①

Elle se retient à la dernière seconde. « La génération d'Amélie, dans le monde entier, est plutôt libre de ressentiments, mais elle dispose d'un réservoir d'images et de stéréotypes dans lequel elle peut à tout moment puiser. »②

5.4 L'ethnocentrisme, le relativisme et le culturalisme

Mis à part le racisme, il y a encore d'autres notions culturelles qui sont considérées comme une partie de l' « altérité » de la présente thèse, et qui jouent également le rôle significatif dans les romans d'Amélie Nothomb. Ce sont l'ethnocentrisme, le relativisme et le culturalisme.

Tout d'abord, c'est le culturalisme, un courant anthropologique qui met l'accent sur l'influence du milieu culturel et des formes acquises de comportement sur l'individu, il « rend l'Autre inaccessible par une insistance sur les différences culturelles. »③

Deux extraits de *Stupeur et tremblements* portent la marque du culturalisme dans un premier temps :

« — qui songe à contester la supériorité japonaise ? dis-je en prenant un air contrit.

— Si vous apparteniez à la catégorie des handicapés mentaux, il fallait

① Amélie Nothomb, *Stupeur et tremblements*, Paris, Éditions Albin Michel, 1999, p. 64.

② *Ibid.*

③ « Orient-Occident : le choc culturel dans l' œuvre d'Amélie Nothomb », Luc Cole, canalblog.com, le 6 juillet 2014, adresse web : http://luccolles.canalblog.com/archives/2014/07/06/30204156.html, en ligne, consulté le 5 avril 2019.

me le dire, au lieu de me laisser vous confier cette tâche. »①

Et

« Toutes les Nippones ne sont pas belles. Mais quand l'une d'entre elles se met à être belle, les autres n'ont qu'à bien se tenir.

Toute beauté est poignante, mais la beauté japonaise est plus poignante encore. D'abord parce que ce teint de lys, ces yeux suaves, ce nez aux ailes inimitables, ces lèvres aux contours si dessinés, cette douceur compliquée des traits ont déjà de quoi éclipser les visages les plus réussis. »②

Après le culturalisme, c'est l'ethnocentrisme, une doctrine « qui mène à penser l'autre selon soi et donc à ignorer l'envergure de sa propre subjectivité culturelle. »③

Dans *Stupeur et tremblements*, il y a un exemple typique de l'ethnocentrisme :

« Dans ma douce candeur, j'avais imaginé qu'en m'humiliant ainsi pour le salut de leur réputation, en m'abaissant moi-même afin de n'avoir aucun reproche à leur adresser, j'allais susciter des protestations polies, du genre : « Si si, voyons, vous étiez à la hauteur ! »

Or c'était la troisième fois que je sortais mon laïus et il n'y avait toujours pas eu de dénégation. Fubuki, loin de contester mes manques, avait tenu à préciser que mon cas était plus grave encore. Monsieur Saito, si gêné qu'il fût de mes mésaventures, n'avait pas mis en cause le bien-fondé de mon autodénigrement. Quant au vice-président, non seulement il ne trouvait rien

---

① Amélie Nothomb, *Stupeur et tremblements*, *op. cit.*, p. 68.

② Amélie Nothomb, *Stupeur et tremblements*, Paris, Éditions Albin Michel, 1999, p. 92.

③ *Ibid.*

à redire à mes allégations, mais il les accueillait avec une hilarité des plus enthousiastes. »①

D'après cette formule, Amélie manifeste sa logique occidentale dans le système de la pensée japonaise.

Finalement, c'est le relativisme, une doctrine qui admet le caractère relatif des valeurs en prétendant que toutes les cultures sont égales et se valent. La parole de Fubuki conteste son relativisme :

> « Entre vous et moi, il y a la même différence qu'entre Ryuichi Sakamoto et David Bowie. L'Orient et l'Occident. Derrière le conflit apparent, la même curiosité réciproque, les mêmes malentendus cachant un réel désir de s'entendre.
>
> J'avais beau m'en tenir à des litotes pour le moins ascétiques, je me rendais compte que j'allais déjà trop loin.
>
> — Non, dit sobrement ma supérieure. »②

Lorsqu'on parle de ces doctrines étroitement liées à l'altérité culturelle, il s'agit d'affronter la question de savoir comment dire l'altérité, en d'autres mots, comment fixer et transmettre son apparition sans la limiter mécaniquement aux mots et aux catégories des différents systèmes culturels ? « En faisant référence à la discipline de l'anthropologie, cette fixation et cette transmission seront pensées essentiellement comme le travail de traduction se concrétisant »③ au cours de la création d'un texte qui se manifeste comme analyse de la culture étudiée, par exemple la culture orientale et occidentale de la présente thèse.

Généralement, après une discussion des différentes manifestations de

① Amélie Nothomb, *Stupeur et tremblements*, Paris, Éditions Albin Michel, 1999, p. 180.

② *Ibid*, p. 156.

③ Lorenzo Bonoli, *Lire les cultures*, Paris, Éditions Kimé, 2008, p. 52.

l'altérité culturelle, il est nécessaire de s'interroger sur leur rôle, et de se demander ce qui peut bien rester de l' « altérité » dans un texte qui est censé la décrire : que reste-t-il de l' « autre » après la médiation réalisée par Amélie Nothomb ? Est-il possible d'en parler sans cacher son étrangeté ? Ces questions n'ont de sens que dans la perspective d'une lecture possible de notre corpus. Ainsi, dans les chapitres suivants, il est nécessaire de poser la question sur ce qui reste de l' « autre » dans la lecture des textes portant sur l'altérité.

Chapitre VI
Le choc culturel dans l'entreprise japonaise

Pour Amélie Nothomb, la vie influence la création littéraire, la création littéraire agit sur la vie. Les membres de la famille et les personnages fictifs constituent la totalité de son univers singulier. Pour mieux comprendre cet univers, on a besoin d'incarner l'altérité culturelle, à travers laquelle l'auteur met en scène les conflits entre Orient et Occident qui se caractérisent par les récits dans l'entreprise de l'humiliation, comme la hiérarchie stricte, l'opposition entre le collectivisme oriental et l'individualisme occidental, la culture de la « face ». Toutes ces expressions d'altérité culturelle sèment la graine de sa quête d'identité.

6.1 La hiérarchie stricte

> « C'est avec ce livre qu'elle franchit ce pas supplémentaire qui l'amène à être reconnue quasiment personnellement pourrions-nous dire, c'est-à-dire en tant qu'écrivain, mais aussi comme personne, comme sujet écrivant et exposant dorénavant sa vie, y compris sous des allures un tantinet rocambolesques, tragi — comiques. Car *Stupeur et tremblements* atteint des sommets dans le genre. »①

---

① Michel David, *Amélie Nothomb : l'écriture illimitée*, Paris, Éditions L'Harmattan, 2013, p. 120.

Ce récit, qui parle d'une « humiliation suprême » ainsi qu'elle l'indique, est en même temps un « livre d'amour. » Mais d'amour critique qui lui permet — toujours par le moyen du comique satirique et de l'enfoncement assumé dans le monde invraisemblable d'une des entreprises typiques de la société japonaise, ce monde plein de tabous sociaux, voire d' « atrocité » et d' « abjection » — de comprendre encore un peu mieux les origines. À l'évidence, c'est à l'issue de l'expérience nippone mentionnée dans cette œuvre qu'elle décide de se replonger dans la création littéraire et, surtout, d'essayer de publier ses œuvres : « S'il n'y avait pas eu cette humiliation totale [...] peut-être que mon orgueil ne m'aurait pas rendue capable de montrer mon manuscrit à quelqu'un ... bizarre ! »① On s'aperçoit d'une relégation, voire d'une négation de soi qui va paradoxalement lui apporter l'appui, si ce n'est l'énergie nécessaire à écrire pour être publiée. Avec ce roman, Amélie Nothomb réalise une inversion complète d'une idée subjective d'effacement ou d'abaissement vers l'affirmation et l'énonciation d'un pacte personnel qu'elle conçoit via la publication assumée.

Stupeur et tremblements semble le symbole de l'exagération au sein des ouvrages d'Amélie Nothomb, nous mettons l'accent sur ce cours de composition qui implique beaucoup de décompositions. C'est également la dénomination d'une voix à cibler et à faire taire au bénéfice de la création d'un texte qui la contient, qui essaie de le limiter, tout en décrivant la dégradation dans laquelle l'héroïne-narratrice est prise face à ce plaisir esthétique intrusif, un texte qui permet finalement d'entendre certaines voix.

> « Monsieur Haneda était le supérieur de monsieur Omochi, qui était le supérieur de monsieur Saito, qui était le supérieur de mademoiselle Mori, qui était ma supérieure. Et moi, je n'étais la supérieure de personne. On

① Michel David, *Amélie Nothomb : l'écriture illimitée*, Paris, Éditions L'Harmattan, 2013, p. 120.

pourrait dire les choses autrement. J'étais aux ordres de mademoiselle Mori, qui était aux ordres de monsieur Saito, et ainsi de suite, avec cette précision que les ordres pouvaient, en aval, sauter les échelons hiérarchiques. Donc, dans la compagnie Yumimoto, j'étais aux ordres de tout le monde. »①

La première description du premier paragraphe de *Stupeur et tremblements*, le troisième roman autofictionnel d'Amélie Nothomb, établit le ton du roman et montre au lecteur la structure hiérarchique d'une compagnie japonaise, Yumimoto, ainsi que la place du narrateur dans cette hiérarchie. Après quelques années d'études en Europe, Amélie Nothomb retourne au pays du Soleil-Levant pour travailler comme interprète.

> « Je suis arrivée au Japon et, tout de suite, j'ai eu l'impression d'exister. J'avais quitté le Japon à l'âge de cinq ans. J'y retourne à vingt-et-un ans sans y avoir remis un pied entre-temps et tout de suite j'ai l'impression de renaître ! Je rencontre un garçon beau comme tout, qui tombe éperdument amoureux de moi ! Et j'ai commencé à écrire follement. L'une des choses qui a déclenché mon écriture est dramatique : c'était le fait de quitter ma sœur. Je ne l'avais jamais quittée. Tout ce que j'ai écrit avant le Japon n'était pas grand-chose : c'était peu quantitativement et qualitativement. »②

Amélie maîtrise la langue japonaise pour avoir vécu au Japon jusqu'à l'âge de cinq ans. Lors de son retour au Japon à l'âge adulte, la compagnie Yumimoto lui offre un contrat d'un an. Malgré tout, la réalité du pays se révèle éloignée de ses souvenirs heureux et elle s'aperçoit immédiatement de la hiérarchie implicite de l'entreprise, ainsi que de l'autorité oppressive et souvent

---

① Amélie Nothomb, *Stupeur et tremblements*, Paris, Éditions Albin Michel, 1999, p. 7.

② Laureline Amanieux, *Le récit siamois : identité et personnage dans l'œuvre d'Amélie Nothomb*, Paris, Éditions Albin Michel, p. 363.

misogyne de ses supérieurs.

> « [...] à un moment je me suis plainte à mon père en lui disant : "Je vais quitter cette entreprise parce que ce n'est pas possible autrement" et lui qui, à l'époque, était ambassadeur au Japon m'a dit : "Écoute, ça me mettrait vraiment dans une situation délicate. Pour moi, restes-y". Donc, pour lui, je suis restée. Finalement, je ne l'ai pas regretté. Je me souviens du moment où j'ai le plus voulu partir : c'est quand j'ai reçu l'ordre de ne plus parler japonais. Alors là, j'étais pratiquement sûre de donner ma démission le lendemain. J'en ai parlé à mon père au téléphone qui m'a dit : "Écoute, tu as signé pour un an. Pour moi, reste. Dis-toi bien aussi qu'à leurs yeux, tu perdrais la face." Je trouvais cela absurde, mais je suis restée. C'est vrai que c'est la chose qui m'est le plus restée en travers de la gorge. On m'avait engagé pour ma compétence en japonais et on m'interdisait de parler la langue ! »①

Au lieu d'obtenir une promotion dans la compagnie, la protagoniste perd progressivement sa place. Au début, elle travaille comme traductrice, mais à la fin de l'histoire sa mission est de nettoyer les toilettes de l'immeuble Yumimoto comme "dame pipi".

D'un côté, au premier coup d'œil, *Stupeur et tremblements* semble l'histoire de la quête identitaire d'une Occidentale qui n'est pas capable de s'intégrer dans une firme japonaise dont les normes sociales et culturelles sont très différentes des siennes et celle de la quête identitaire du narrateur ; de l'autre, on peut considérer le roman comme une caricature de la société japonaise et un miroir de la culture japonaise, qui relèvent les hiérarchies sociales et les rapports inégaux de pouvoir qui en résultent. Ruth Benedict

① Laureline Amanieux, *Le récit siamois : identité et personnage dans l'œuvre d'Amélie Nothomb*, Paris, Éditions Albin Michel, p. 364.

propose l'analyse de ce phénomène de la hiérarchie japonaise dans son essai intitulé *Le Chrysanthème et le Sabre* :

> « Toute tentative pour comprendre les Japonais doit commencer par une interrogation sur ce qu'ils entendent par « chacun à sa place ». Leur croyance en l'ordre et la hiérarchie, et notre foi en la liberté et l'égalité sont aux antipodes l'une de l'autre ; il nous est difficile de donner à la hiérarchie le rôle qui devrait lui revenir comme mécanisme social possible. La confiance des Japonais dans la hiérarchie est la base de leur conception des rapports d'homme à homme, ainsi que de l'individu à l'État, et c'est seulement en décrivant quelques-unes de leurs institutions comme la famille, l'État ou encore leur vie religieuse et économique, que nous comprendrons leur vision de vie. »①

Et

> « Tout Japonais apprend à respecter la hiérarchie d'abord dans sa famille ; et ce qu'il y apprend, il l'applique dans des domaines plus vastes, ceux de l'économie et de la politique. Il apprend qu'on accorde tout son respect à ceux qui occupent une place supérieure dans la hiérarchie, qu'il s'agisse ou non de ceux qui dominent vraiment le groupe. »②

Dès la première lecture du roman, ce sont les noms des personnages qui attirent notre attention : Saito, Omochi, Haneda, Fubuki, qui sont les principaux indicateurs que l'histoire se produit au Japon. On s'aperçoit que la narration met l'accent sur une hiérarchie rigide et les rapports compliqués entre

---

① Ruth Benedict, *Le Chrysanthème et le Sabre*, Essai traduit de l'américain par Lise Mécréant, Arles, Éditions Picquier Poche, 1995, p. 62.

② *Ibid*, pp. 76-77.

les personnages. Amélie décide de changer la situation inégale et les abus de pouvoir. En outre, selon la théorie de Gaston Bachelard,

> « Le véritable destin d'un grand artiste est un destin de travail. Vient dans sa vie une heure où le travail domine et conduit la destinée. Les malheurs et les doutes peuvent longtemps le tourmenter. L'artiste peut plier sous les coups du sort. Il peut perdre des années à une préparation obscure. Mais la volonté d'œuvre ne s'éteint pas quand une fois elle a trouvé son vrai foyer. Alors commence le destin de travail. Le travail ardent et créateur traverse la vie de l'artiste et donne à cette vie des vertus de ligne droite. Tout va vers le but dans une œuvre qui grandit. Chaque jour, cet étrange tissu de patience et d'enthousiasme devient plus serré dans la vie de travail qui fait d'un artiste un maître. »①

Amélie Nothomb retrace son expérience personnelle au sein de la firme japonaise comme point de départ. La forme du roman est autofictionnelle, c'est-à-dire il y a les éléments réels dans le roman, par exemple les nombreuses dates précises — « En cherchant le cours de la couronne suédoise à la date du 20/2/1990, ma bouche prit l'initiative de parler »②; « Retour à la compagnie pour seulement trois jours de travail. Le monde entier avait les yeux dardés sur le Koweït et ne pensait qu'au 15 janvier. »③; « Le 14 janvier 1991, je commençai à écrire un manuscrit dont le titre était *Hygiène de l'assassin* »④; en effet, on pourrait trouver la même description dans d'autres ouvrages de Nothomb : « À Amélie Nothomb. Oui, je sais, vous vous en fichez. Signature

---

① Gaston Bachelard, *Le Droit de rêver*, Paris, Presses Universitaires de France, 1978, p. 43.

② Amélie Nothomb, *Stupeur et tremblements*, Paris, Éditions Albin Michel, 1999, p. 80.

③ *Ibid*, p. 183.

④ *Ibid*, p. 186.

11/7/2003. »① Il semble que cette façon permet d'enraciner la fiction dans le réel. Le réel, parce que l'histoire se développe dans la vraie ville de Tokyo, la capitale du Japon :

> « Si l'ambition du texte réaliste est de copier le réel, les romans d'Amélie Nothomb semblent dans un premier temps s'inscrire dans cette perspective. Quel est le rapport des récits à la réalité ? Les romans d'inspiration autobiographique proposent une situation réaliste comme point de départ. »②

Puisque la compagnie Yumimoto n'existe pas dans le réel, elle pourrait être n'importe quelle grande entreprise japonaise. :

> « l'intrusion brutale du mystère dans le cadre de la vie réelle [...] liée généralement à des états morbides de la conscience, qui, dans les phénomènes de cauchemars ou de délire, projettent devant elle des images de ses angoisses et de ses terreurs. »③

En réalité, l'intrigue du roman se développe souvent autour des réalités de l'entreprise japonaise, qui est représentée par le modèle stéréotypé, un fort respect de la hiérarchie, ainsi qu'une loyauté absolue envers les supérieurs. Au Japon, la position des employés est au bas de l'échelle et l'entreprise décide le destin de l'individu. La situation est plutôt inverse en Occident, où l'importance de l'individu est toujours à la première place. Ce modèle donne lieu à une description vivante et à la caricature.

---

① Amélie Nothomb, *Biographie de la Faim*, Paris, Éditions Albin Michel, 2004, p. 9.

② Laureline Amanieux, *Le récit siamois : Identité et personnage dans l' œuvre d'Amélie Nohthomb*, Paris, Éditions Albin Michel, 2009, p. 30.

③ Pierre Castex, *Le Conte fantastique en France de Nodier à Maupassant*, Paris, José Corti, 1951, p. 8.

Sous la plume de Nothomb, la caricature « se caractérise par des événements magiques et miraculeux qui sont acceptés par le héros et le lecteur comme allant de soi. D'une certaine manière, les textes d'Amélie Nothomb font subir aux faits une distorsion merveilleuse. »① À l'aide de ce dessin satirique, la romancière peint une image entre la réalité et la fantaisie. On trouve ainsi tout d'abord une exagération du bâtiment de Yumimoto dans *Stupeur et tremblement* :

> « Yumimoto était l'une des plus grandes compagnies de l'univers. Monsieur Haneda en dirigeait la section Import-Export, qui achetait et vendait tout ce qui existait à travers la planète entière.
>
> Le catalogue Import-Export de Yumimoto était la version titanesque de celui de Prévert : depuis l'emmenthal finlandais jusqu'à la soude singapourienne en passant par la fibre optique canadienne, le pneu français et le jute togolais, rien n'échappait. »②

Après le bâtiment, on voit une exagération sur la fonction de l'argent :

> « L'argent chez Yumimoto, dépassait l'entendement humain. À partir d'une certaine accumulation de zéros, les montants quittaient le domaine des nombres pour entrer dans celui de l'art abstrait. Je me demandais s'il existait, au sein de la compagnie, un être capable de se réjouir d'avoir gagné cent millions de yens, ou de déplorer la perte d'une somme équivalente. »③

En tant que seule étrangère, la protagoniste considère la compagnie comme

① Laureline Amanieux, *Le récit siamois : Identité et personnage dans l' œuvre d'Amélie Nohthomb*, Paris, Éditions Albin Michel, 2009, p. 36.

② Amélie Nothomb, *Stupeur et tremblements*, Paris, Éditions Albin Michel, 1999, pp. 15-16.

③ *Ibid*, p. 16.

« abîme »① et montre au lecteur une image emphatique des abus psychologiques qui y ont lieu. Les personnages principaux de la hiérarchie, tels que les supérieurs d'Amélie, se manifestent sous la forme de caricature : « Une voix rauque finit par prononcer mon nom, derrière moi. Je me retournai. Un homme d'une cinquantaine d'années, petit, maigre et laid, me regardait avec mécontentement. »②. Cette première description a pour le sujet non pas sa responsable madame Fubuki Mori, mais le responsable de cette dernière, M. Saito. L'emploi des termes « énorme » et « effrayant » donne une image caricaturale de ce cadre de la compagnie : « Il m'introduisit ensuite dans le bureau où siégeait son supérieur, M. Omochi, qui était énorme et effrayant, ce qui prouvait qu'il était le vice-président. »③ Lorsqu'il s'agit du président, M. Haneda, c'est presque un personnage sans étiquette, Amélie n'a pas la chance de le voir au début du récit : « Puis il me montra une porte et m'annonça d'un air solennel que, derrière elle, il y avait monsieur Haneda, le président. Il allait de soi qu'il ne fallait pas songer à le rencontrer »④. La supérieure directe d'Amélie, Mlle Mori, est le seul personnage féminin dans le roman à part Amélie elle-même et a le plus grand nombre d'interactions avec la protagoniste ; Fubuki Mori semble représenter la perfection de la beauté japonaise, Amélie est étonnée par cette beauté idéalisée qu'elle n'atteindra jamais :

> « Enfin et surtout parce qu'une beauté qui a résisté à tant de corsets physiques et mentaux, à tant de contraintes, d'écrasements, d'interdits absurdes, de dogmes, d'asphyxie, de désolations, de sadisme, de conspiration du silence et d'humiliations — une telle beauté, donc, est un

---

① Amélie Nothomb, *Stupeur et tremblements*, Paris, Éditions Albin Michel, 1999, p. 85.

② *Ibid*, p. 8.

③ *Ibid*, p. 9.

④ *Ibid*.

miracle d'héroïsme. »①

Comparées aux satires sur les supérieurs, comme employée au bas de la hiérarchie, il est difficile de trouver les descriptions d'Amélie dans le livre. Il semble qu'Amélie ne fasse pas partie des membres de la compagnie japonaise. Elle est plutôt un juge de ces caricatures, son identité d'étrangère ou d'Occidentale dans le récit a pour rôle de faire ressortir les différentes manifestations d'altérité et de préjugés culturels entre la culture japonaise et la culture occidentale. Il faut souligner que ce sont ces expressions d'altérité et de préjugé culturels influençant le déroulement de l'intrigue.

La romancière emploie également plusieurs métaphores satiriques afin de dévaloriser le comparé (les rapports inégaux entre les supérieurs et Amélie et les assauts verbaux de ses supérieurs) à travers les descriptions telles que l'abus sexuel, le viol et le meurtre. Comme personnages féminins, Fubuki Mori et Amélie ne peuvent pas éviter les cas d'abus psychologiques qui sont décrits métaphoriquement par des scènes des violences physiques et verbales. Dans le cas du hurlement du vice-président pour des raisons inconnues, « nous entendîmes au loin le tonnerre dans la montagne : c'était M. Omochi qui hurlait. Le grondement se rapprocha. Déjà nous nous observions avec appréhension. »② Cette scène étonnante associe ce grondement à un meurtre horrible : « Omochi allait sortir un sabre caché entre deux bourrelets et lui trancher la tête. Si cette dernière tombait vers moi, je l'attraperais et la chérirais jusqu'à la fin de mes jours »③. En regardant ce comportement violent, Amélie croit qu' « il était en train de violer mademoiselle Mori, et s'il se livrait à ses plus bas instincts en présence de quarante personnes, c'était pour ajouter à sa

① Amélie Nothomb, *Stupeur et tremblements*, Paris, Éditions Albin Michel, 1999, p. 92-93.

② *Ibid*, p. 115.

③ *Ibid*, p. 116.

jouissance la volupté de l'exhibitionnisme. »①. Dans les bas-fonds de la compagnie, Amélie est incapable d'éviter la « violence » du vice-président en pensant qu' « Il va te violer et t'assassiner. Oui, mais dans quel ordre ? Pourvu qu'il te tue avant ! »② Devant ses supérieurs qui sont considérés comme « tortionnaires », « ogres » et « monstres », Amélie choisit la soumission absolue : « Ma soumission à l'autorité est absolue et cela m'est égal qu'on humilie les étrangers. D'ailleurs, ces derniers n'ont pas leur place chez Yumimoto. »③ L'emploi des métaphores dans le récit entre le réel et la fantaisie met l'accent sur les échelons de la hiérarchie et les rapports de pouvoir entre personnages. Dans ces conditions, il n'est pas difficile de trouver la distinction entre les supérieurs et les subalternes dans l'entreprise, notamment la relation entre Amélie et ses supérieurs, derrière laquelle on trouve des conflits issus des préjugés culturels.

> « Le préjugé culturel est un jugement qui s'applique à un groupe de personnes appartenant à une culture donnée et sur lequel circule des à priori, des idées fausses, des impressions hâtives, qui n'ont pas lieu d'être, et qui ont été établis au fil du temps, sans réelle connaissance de leurs us et coutumes fondamentales. »④

Les malentendus fréquents entre la narratrice et ses supérieurs font ressortir des préjugés culturels.

> « Ces préjugés sont en quelque sorte des stéréotypes, qui ont été édifiés

① Amélie Nothomb, *Stupeur et tremblements*, Paris, Éditions Albin Michel, 1999, p. 119.

② *Ibid*, p. 151.

③ *Ibid*, pp. 148-149.

④ « Culturel », prejuges.com, adresse web : www.prejuges.com/culturel.html, en ligne, consulté le 28 février 2019.

au fil du temps auprès des communautés qui partagent les mêmes courants spirituels, les mêmes accointances intellectuelles, le même habitat géographique, le même mode de vie, les mêmes habitudes culinaires ou vestimentaires. »①

On entend souvent affirmer qu'en Orient, notamment en Chine et au Japon, la société préconise l'importance du collectivisme, mais qu'en Occident, c'est l'inverse, l'individualisme est toujours à la première place. Dans le récit, Amélie est accusée à plusieurs reprises d'être une individualiste, ce trait occidental est inacceptable dans cette entreprise japonaise :

« Je suis votre supérieure directe et tout le monde le sait que c'est moi qui vous ai donné ce poste. C'est donc moi qui suis responsable de vos actes. Et vous le savez bien. Vous vous conduisez aussi bassement que les autres Occidentaux : vous placez votre vanité personnelle plus haut que les intérêts de la compagnie. »②

Cet exemple dévoile le préjugé de Fubuki Mori, qui demande souvent si tous les Belges sont aussi peu intelligents que la protagoniste. Lorsqu'elle se révèle « incapable » de recopier des colonnes de chiffres par exemple, Fubuki lui dit qu' « [a]u Japon, ce genre de personne n'existe pas »③. Aux yeux des observateurs japonais, l'incompétence s'explique par un « handicap mental » : « Si vous apparteniez à la catégorie des handicapés mentaux, il fallait me le dire, au lieu de me laisser vous confier cette tâche »④. En fait, Amélie se considère comme l'objet des préjugés de ses supérieurs japonais en se disant :

---

① « Culturel », prejuges.com, adresse web : www.prejuges.com/culturel.html, en ligne, consulté le 28 février 2019.

② Amélie Nothomb, *Stupeur et tremblements*, *op. cit.*, pp. 66-67.

③ Amélie Nothomb, *Stupeur et tremblements*, Paris, Éditions Albin Michel, 1999, p. 68.

④ *Ibid.*

« Qui songe à contester la supériorité japonaise ? dis-je en prenant un air contrit. »① Or, il est possible de constater qu'elle est plutôt en train de se débarrasser de ces préjugés en répondant : « Aucun Belge n'est semblable à moi ». Dans la pratique, la question de Fubuki est pleine des préjugés culturels, ils « sont énoncés en faveur ou au détriment de personnes qui appartiennent à une autre communauté, car il est rare d'en édicter pour son propre groupe »②. En réalité, les préjugés de Fubuki sont sur des stéréotypes des Japonais envers les Occidentaux, leur apparence occidentale, leur nationalité et leur culture d'origine. Comme Ruth Benedict l'écrit :

> « En dépit de sa récente occidentalisation, le Japon demeure une société aristocratique. Chaque salutation, chaque contact doit témoigner de la nature du lien entre les hommes et de la distance qui les sépare dans la société. Chaque fois que quelqu'un dit à quelqu'un d'autre « mangez » ou « assez-vous », il utilise des termes différents selon qu'il adresse à un familier ou qu'il parle à un inférieur ou à un supérieur. Il existe un « vous » différent à employer dans chaque cas, et les verbes ont des radicaux différents. »③

Les jugements de la part de ses supérieurs sont donc arbitraires. Ils sont tous fondés uniquement sur une vision japonaise de la romancière. Nul ne réfléchit à la particularité occidentale.

> « Pour qu'une communication interculturelle soit réussie, il faut que les parties en présence y mettent au moins un peu du leur. Or, chez Yumimoto, il n'y a qu'Amélie qui essaie de s'adapter, ce qui est compréhensible : elle est en

---

① Amélie Nothomb, *Stupeur et tremblements*, Paris, Éditions Albin Michel, 1999, p. 68.

② « Culturel », prejuges.com, adresse web : www.prejuges.com/culturel.html, en ligne, consulté le 28 février 2019.

③ Ruth Benedict, *Le Chrysanthème et le Sabre*, Essai traduit de l'américain par Lise Mécréant, Arles, Éditions Picquier Poche, 1995, p. 67.

position d'infériorité, en tant qu'employée, femme, étrangère, seule dans sa position ; de plus, elle désire sincèrement s'intégrer puisqu'elle aime le Japon et n'a de cesse d'être admise, « d'en être » ; sa réussite dans l'entreprise décidera de son avenir, son projet étant de s'installer au Japon pour y vivre. »①

Pour Jean-Michel Lou, il s'agit d'une situation d'échec de l'interaction, parce que c'est Amélie qui cherche à communiquer avec ses collègues, mais on ne voit pas de réponse positive de leur côté. Cette interaction dévoile l'absurdité des stéréotypes et des préjugés culturels. En un sens, la situation d'Amélie est due à ses compétences et à son application, « ce qui montre que celle-ci ne suffit pas à garantir la réussite d'une séquence interculturelle. »② Il est impossible pour la protagoniste d'anticiper l'effet que provoquerait son attitude pourtant irrépréhensible à ses yeux ; alors, sa réaction affective est celle d'un énorme sentiment d'injustice. L'explication donnée par monsieur Saitio, d'une impolitesse sans pareille, met en évidence le répertoire raciste : « comment nos partenaires auraient-ils pu se sentir en confiance, avec une Blanche qui comprenait leur langue ? »③ La dureté de cette scène nous évoque la fonction contestable que peut remplir toute culture fermée sur elle-même : celle de défendre et de ressentir le lien existant ; pour réaliser cela, elle a besoin de l'Autre pour l'exclure. En l'occurrence, c'est Amélie qui fait les frais de cette tendance, inhérente à tout groupe humain, de vouloir rester entre soi. Les plus érudits au cœur de chaque culture connaissent bien l'innommable qu'elle comporte, et c'est pourquoi ils sont indifférents, détachés et soupçonneux, impertinents par rapport à la « culture », en particulier de leur propre culture tribale.

---

① Jean-Michel Lou, *Le Japon d'Amélie Nothomb*, Paris, Éditions L'Harmattan, 2011, p. 79.

② *Ibid*, p. 80.

③ Amélie Nothomb, *Stupeur et tremblements*, Paris, Éditions Albin Michel, 1999, p. 20.

> « Certaines données sont justes, mais édulcorées dans la masse, et puis un jour, elles s'immiscent dans l'imaginaire collectif, se tracent un chemin, s'implantent dans l'esprit de ceux qui n'appartiennent pas au même groupe et finissent par devenir des banalités, validées par le reste du monde, approuvées, alors qu'elles sont le plus souvent faussées ou exagérées. »①

Dans le récit autofictionnel de *Stupeur et tremblements*, Amélie arrive à traiter les rapports de pouvoir entre différents personnages.

En conclusion, *Stupeur et tremblements* montre un récit drôle plein des malentendus culturels, qui est aussi une vision panoramique des hiérarchies sociales dans une entreprise japonaise. La caricature de l'auteur permet au lecteur d'éprouver directement les rapports inégaux entre supérieur et subordonné, la situation des femmes et les préjugés culturels. Quoi qu'il en soit, c'est sans aucun doute à un véritable choc interculturel qu'Amélie est soumise pendant son séjour à Yumimoto, toute « japonaise » qu'elle est. Ce qui l'attend est un rejet à cause de son identité — une femme étrangère. La compréhension de la « hiérarchie » de Ruth Benedict dans *Le Chrysanthème et le Sabre* semble expliquer pour partie l'expérience d'Amélie :

> « Les Japonais, eux aussi, quand ils s'en remettaient au " chacun a sa place", c'est-à-dire ils se montraient fidèles à une règle de vie qui s'était incrustée progressivement en eux et à mesure de leur expérience au sein de leur société. L'inégalité a été produite pendant des siècles et la règle de leur organisation sociale s'applique dans les domaines où elle est la plus prévisible et la mieux acceptée. Respecter la hiérarchie est aussi naturel aux Japonais que de respirer. »②

---

① « Culturel », prejuges.com, adresse web : www.prejuges.com/culturel.html, en ligne, consulté le 28 février 2019.

② Ruth Benedict, *Le Chrysanthème et le Sabre*, Essai traduit de l'américain par Lise Mécréant, Arles, Éditions Picquier Poche, 1995, p. 66.

6.2 Le collectivisme oriental et l'individualisme occidental

« Observer la hiérarchie est un art qui implique de soupeser l'importance d'innombrables facteurs, parmi lesquels il arrive que certains s'annulent ou au contraire s'additionnent. »① Cette analyse de Ruth Benedict montre que la hiérarchie joue un rôle remarquable dans la société japonaise. Il est souvent dit que les pays occidentaux sont marqués par une culture individualiste, notamment les États-Unis, l'Angleterre et la France. Des idées libérales y ont été adoptées depuis plusieurs siècles, qui promeuvent l'initiative individuelle. L'Orient, notamment la Chine et le Japon, est marqué par une culture collectiviste qui s'enracine dans l'histoire depuis plusieurs siècles.

Dans *Stupeur et tremblements*, derrière les descriptions de la hiérarchie dans l'entreprise et la recherche de liberté et d'égalité de la protagoniste, nous pouvons observer le dilemme existant entre collectivisme et individualisme. Ce dilemme est examiné par Charles Hampden-Turner et Fons Trompenaars dans leur ouvrage intitulé *Au-delà du choc des cultures : Dépasser les oppositions pour mieux travailler ensemble* :

> « Le dilemme entre individualisme et collectivisme est fondamental dans l'entreprise ou toute culture, quelle qu'elle soit. On ne peut en effet définir l'individualité sans préciser le groupe ou le contexte social dont l'individu provient ou se démarque. De même, le groupe est forcément constitué de ses membres individuels et ne saurait donc exister sans une

① Ruth Benedict, *Le Chrysanthème et le Sabre*, Essai traduit de l'américain par Lise Mécréant, Arles, Éditions Picquier Poche, 1995, p. 68.

multiplicité d'allégeances. »①

Avant de définir l'« individualisme » et le « collectivisme », Charles Hampden-Turner et Fons Trompenaars soulignent les facteurs déterminants : « préciser le groupe ou le contexte social ». Naturellement, dans *Stupeur et tremblements* le groupe signifie le personnel de Yumimoto, et le contexte social est la culture japonaise de l'entreprise. Par la suite, les auteurs posent une série de questions étroitement liées à ce dilemme :

> « Nous avons constamment besoin de nous demander ce qui est plus important : le bien-être, le développement, l'épanouissement personnel, l'expression de soi, la richesse, la satisfaction, la liberté individuelle ? Ou le partage avec toute une collectivité ou la société des ressources, des biens et des legs du passé, la propreté de l'eau, du sol et de l'air, la fierté d'appartenir à un groupe, les richesses culturelles, les expériences et les souvenirs communs ? Avons-nous des obligations d'abord envers nous-mêmes ou envers les autres ? Sommes-nous nés pour donner l'exemple par nos prouesses ou pour contribuer au bonheur de notre famille, de nos voisins, de notre pays ? »②

Le dilemme contient deux aspects : d'un côté, c'est la dimension individualiste telle que le « bien-être », le « développement et l'épanouissement personnel » et « l'expression de soi », etc. De l'autre, c'est la vision collective comme le « partage avec toute une collectivité », la « société des ressources » et de « la fierté d'appartenir à un groupe », etc.

Charles Hampden-Turner et Fons Trompenaars s'interrogent en ces termes

① Charles Hampden-Turner et Fons Trompenaars, *Au-delà du choc des cultures : Dépasser les oppositions pour mieux travailler ensemble*, traduit de l'anglais par Larry Cohen, Paris, Éditions d'Organisation, 2004, p. 61.

② *Ibid.*

sur ce dilemme :

« Devons-nous tenir compte des convictions individuelles et des idées divergentes, même quand elles semblent contredire un consensus patiemment établi ou, au contraire, nous préoccuper surtout du bien du groupe (de l'entreprise, de la société...) dans son ensemble, constitué comme il est d'individus divers ? »①

À l'égard de l'individualisme et du collectivisme, les auteurs proposent de

« définir avec le plus grand soin les mots *individualisme* et *collectivisme*. Il n'est pas vrai, par exemple, que les sociétés individualistes récusent la charité, la collaboration, l'entraide, la compassion et le progrès social. Ce qui rend une société individualiste est la conviction que ces qualités sont à chercher chez la personne et qu'elles résultent d'un choix et d'un engagement personnels. »②

Également, l'esprit collectif d'une société est en mesure de se glorifier du nombre des élites qu'il produit, « de l'espérance de vie de sa population et de l'augmentation du revenu par habitant qu'elle génère. »③ Son essence collective basée sur la conviction que ces ascensions tirent leur origine du partage des connaissances, de l'intervention des valeurs communes et du support réciproque que se dévouent ses membres.

Dans la pratique, la différence significative entre les notions individualistes et collectivistes réside dans l'attribution de la réussite à l'individu lui-même ou

---

① Charles Hampden-Turner et Fons Trompenaars, *Au-delà du choc des cultures : Dépasser les oppositions pour mieux travailler ensemble*, traduit de l'anglais par Larry Cohen, Paris, Éditions d'Organisation, 2004, p. 62.

② *Ibid.*

③ *Ibid.*

au groupe social dans son ensemble :

> « Dans l'individualisme, la valeur trouve sa source dans la personne qui crée, ressent, recherche, découvre, qui a pour but son épanouissement personnel et qui s'attribue toute la responsabilité des choix et des idées qui en découlent. Dans un système collectif, la valeur trouve sa source dans le discours global de la société vivante, qui nourrit et forme ses membres et qui assume la responsabilité de l'état d'esprit engendré. »①

En réalité, dans les pays orientaux tels que la Chine et le Japon, le collectivisme joue un rôle prédominant. C'est-à-dire que la place laissée à l'espace de l'individualité est limitée du point de vue occidental. À propos des valeurs collectives, l'analogie entre la hiérarchie sociale et la mise en valeur du clan familial sont des règles implicites de la vie. Le déroulement de la société japonaise est entièrement influencé par des règles strictes, des formules de politesse et des gestes précis à respecter dans tous les aspects de la hiérarchie. Lorsqu'il s'agit d'Amélie dans le récit de *Stupeur et tremblements*, en tant qu'employée subalterne, elle a besoin de connaître les principales règles de bonne conduite, ce qui lui permettra de ne pas offenser ses supérieurs et de s'intégrer. Des règles éloignées des coutumes occidentales qui ne pourront être comprises par les étrangers sans un apprentissage préalable.

> « Les citoyens japonais, très respectueux des règles de la société, se conduisent particulièrement bien à l'extérieur : ils ne jettent ni leurs ordures ni leurs mégots par terre, ne crachent pas leur chewing-gum dans la rue, trient leurs déchets, et n'expriment jamais leur colère ou leur désapprobation

---

① Charles Hampden-Turner et Fons Trompenaars, *Au-delà du choc des cultures : Dépasser les oppositions pour mieux travailler ensemble*, traduit de l'anglais par Larry Cohen, Paris, Éditions d'Organisation, 2004, p. 63.

dans les lieux publics. Le Japon est également l'un des pays les plus sûrs au monde, en termes d'agressions et de criminalité. La politesse, la discrétion et le minimalisme sont des piliers de la vie en société au Japon. Bien que cette mise en valeur des règles collectives puisse mettre à mal certaines individualités, ce mode de vie forge l'identité japonaise et permet également de définir un individualisme qui sert avant tout la collectivité à laquelle il appartient, en faisant un principe intéressant et bien différent de l'individualisme à tendance égoïste de nos sociétés occidentales. »①

La scène durant laquelle le personnel hollandais d'une autre société rend visite à Yumimoto est à ce propos révélatrice. L'odeur corporelle des Européens est insupportable pour les Japonais :

« [...] Le chef de la section, monsieur Saito, donna le premier coup de bec :

— Je n'aurais pas pu tenir une minute de plus !

Il avait ainsi autorisé à médire. Les autres en profitèrent aussitôt :

— Ces blancs se rendent-ils compte qu'ils sentent le cadavre ?

— Si seulement nous parvenions à leur faire comprendre qu'ils puent, nous aurions en Occident un marché fabuleux pour les déodorants enfin efficaces !

— Nous pourrions peut-être les aider à sentir moins mauvais mais nous ne pourrions pas les empêcher de suer. C'est leur race.

— Chez eux, même les femmes transpirent.

Ils étaient fous de joie. L'idée que leurs paroles eussent pu m'indisposer n'avait effleuré personne. J'en fus d'abord flatté : peut-être ne me con-

① Charles Hampden-Turner et Fons Trompenaars, *Au-delà du choc des cultures : Dépasser les oppositions pour mieux travailler ensemble*, traduit de l'anglais par Larry Cohen, Paris, Éditions d'Organisation, 2004, p. 63.

sidéraient-ils pas comme une Blanche. La lucidité me revient très vite : s'ils tenaient ces propos en ma présence, c'était simplement parce que je ne comptais pas. »①

Il existe sans doute chez tout être humain, pour des raisons spirituelles, des mécanismes d'exclusion d'autrui, plus précisément un espace pour l'individualisme, racisme et l'agressivité ; il est évident qu'Amélie elle-même a essayé de s'adapter à cette ambiance étrange et à la liste culturelle correspondante (les préjugés, les clichés, les paroles étonnantes de ses supérieurs). Le respect d'un côté et les certitudes de l'autre contraignent ces sentiments à se manifester, pourtant certaines circonstances peuvent favoriser leur émergence à la surface ; les circonstances décrites par la romancière créent une scène scandaleuse et honteuse, puisqu'elles ne sont pas liées à une situation particulière qui

> « fasse éclater les barrières de la civilisation, mais au contraire d'une situation dans un contexte hautement civilisé, celui d'une entreprise japonaise, dont les membres n'ont pas du tout envie d'enfreindre les règles. »②

En réalité, il faut indiquer que leur réaction est exactement admise : « Le chef de la section, monsieur Saito, donna le premier coup de bec [...]. » La position de Jean-Michel Lou est :

> « C'est à l'intérieur du cadre admis, et même pire : encouragés par le cadre même, qu'ils donnent libre cours aux pires instincts de groupe, dans

① Amélie Nothomb, *Stupeur et tremblements*, Paris, Éditions Albin Michel, 1999, pp. 112-113.

② Jean-Michel Lou, *Le Japon d'Amélie Nothomb*, Paris, Éditions L'Harmattan, 2011, p. 60.

une scène d'une laideur qui submerge tout à coup le comique. Elle nous fournit une excellente illustration de cruauté structurelle, quand la civilisation se fait la complice des penchants les plus archaïques de l'homme. Il est aisé de la transposer sur le plan historique et de voir dans les mécanismes dévoilés ici le germe d'excès collectifs trop connus. »①

Concrètement, comme nous l'avons déjà suggéré, nous ne pensons pas qu'il faille trouver ici une caricature distinctive des structures mentales japonaises ou de la société japonaise dans la généralité des cas. Ce que les différentes scènes satiriques montrent sont des Japonais typiques qui se distinguent par deux caractères : premièrement, c'est une inaptitude, c'est-à-dire que tout ce qui n'est pas issu du cadre connu est exclus. Il est évident qu'ils ne sont pas dans le même état d'esprit que l'auteur. Deuxièmement, c'est une possibilité d'une violence omniprésente qui éclate dans certaines situations, comme résolution de la codification extrême qui domine par ailleurs dans les rapports humains. Le sujet implicite du roman est de souligner une affection profonde de la nature humaine, et aussi les mécanismes qui résident à la base de toute structure sociale.

Les codes implicites dans cette entreprise collectiviste exigent de l'individu une perte de la liberté individualiste : « Les employés de Yumimoto, comme les zéros, ne prenaient de valeur que derrière les autres chiffres. Tous, sauf moi, qui n'atteignais même pas le pouvoir de zéro. »②

Lorsque nous parlons d'individualisme, on pense souvent aux pays occidentaux qui sont, dit-on, marqués par une culture individualiste, notamment aux États-Unis, en Angleterre et en France. Des idées libérales ont été adoptées depuis plusieurs siècles, elles favorisent l'initiative individuelle. En

---

① Jean-Michel Lou, *Le Japon d'Amélie Nothomb*, Paris, Éditions L'Harmattan, 2011, p. 60.

② Amélie Nothomb, *Stupeur et tremblements*, Paris, Éditions Albin Michel, 1999, p. 16.

Orient, dont notamment la Chine et le Japon, sont marqués par la culture collectiviste qui s'implante dans l'histoire depuis des siècles. Il est par exemple facile de trouver la prédominance des valeurs collectives dans les enseignements de Confucius et dans les religions influentes comme le bouddhisme.

De fait, l'impression que l'on garde est souvent celle que l'on lit dans la presse ou dans la littérature interculturelle : Les Japonais seraient collectivistes et les Français individualistes. Mais qu'en est-il ? À l'évidence, sur certains points, les Japonais semblent plus attachés à leurs groupes d'appartenance. Néanmoins, on observe aussi des situations dans lesquelles ils expriment leur côté individualiste. Ainsi donc, il nous faut revenir sur les bases du fonctionnement de la société japonaise.

> « Il y a en France comme au Japon des écoles, des entreprises, des équipes, ou encore des syndicats. Il existe cependant une opposition fondamentale. Celle-ci a été définie dès 1969 par l'anthropologue Chie Nakane comme le contraste entre *société verticale* (タテ社会) *et société horizontale*(ヨコ社会). »①

Selon la théorie de Chie Nakane, « une société verticale est un type de société dans laquelle les *solidarités* s'établissent dans des groupes hiérarchiques très définis, par exemple une administration, une entreprise ou une école. »② Ses positions montrent une image insolite de la société japonaise. Et puis, après « la société verticale », c'est naturellement « une société horizontale » qui est

> « une société dans laquelle les solidarités s'établissent principalement dans des groupes égalitaires aux frontières floues telles qu'une classe sociale, un

① Qu'est-ce que le fameux « esprit de groupe » ?, Jean-Luc Azra, japoninfos.com, le 13 juillet 2014, adresse web : https://www.japoninfos.com/quest-ce-que-le-fameux-esprit-de-groupe-13072014.html, en ligne, consulté le 25 mars 2019.

② *Ibid.*

corps de métier (cheminots, enseignants, ouvriers du bâtiment...), ou des organisations nationales (partis, syndicats). »①

En effet, on voit rarement un Français ressentir de la solidarité envers son entreprise parce qu'il appartient sans le savoir à une société horizontale.

« Il tendra à ressentir une certaine inimitié envers ceux des classes « supérieurs » (cadres, patrons, grands capitalistes...) ou éventuellement « inférieurs » (ouvriers...), ainsi qu'envers ceux qui ne font pas partie des mêmes corporations (fonctionnaires, agriculteurs...). »②

Ce qu'on pourrait appeler son « individualisme » est la démonstration du manque relatif de solidarité avec son type de profession (entreprise, équipe...). Par contre, le même Français aspire à se sentir proche des membres de la même appartenance sociale, sans que la situation elle-même (au sein de l'entreprise, ou encore dans l'espace public...) ne montre de grandes différences. Dans ce cas, il peut facilement lier conversation avec des inconnus.

Au contraire, il semble que le « collectivisme » japonais est plus exactement l'indication d'un fort sentiment d'appartenance aux « colonnes verticales » de la société japonaise :

« Ces colonnes peuvent être emboîtées : ainsi, on appartient au service dans lequel on travaille, puis à l'entreprise elle-même, et au final au Japon, qui constitue l'ultime groupe vertical. Cependant, on ne ressentira peu ou pas de telle solidarité avec le Japonais ordinaire qu'on croise chaque jour dans l'espace public de la rue ou des transports en commun. Chacun y observera

① Qu'est-ce que le fameux « esprit de groupe » ?, Jean-Luc Azra, japoninfos.com, le 13 juillet 2014, adresse web : https://www.japoninfos.com/quest-ce-que-le-fameux-esprit-de-groupe-13072014.html, en ligne, consulté le 25 mars 2019.

② *Ibid.*

alors un comportement qu'on pourrait qualifier d' « individualiste ». »①

6.3 Perdre et sauver la face

6.3.1 Perdre la face

« "L' Orient c'est l'Orient, l'Occident c'est l'Occident, et les deux ne sauraient se rencontrer", a écrit Rudyard Kipling, écrivain, poète et chauvin anglais, il y a plus de 100 ans. Beaucoup d'eau a coulé sous les ponts depuis lors, et l'Orient et l'Occident se sont rencontrés et ont partagé des points de vue communs sur de nombreuses questions mondiales. »②

Depuis longtemps, il existe un élément essentiel dans la culture orientale (notamment la Chine et le Japon) : le concept de « face ». Un dicton exprime ainsi le sens de la « face » : « la face est à l'homme ce que l'écorce est aux arbres. » La notion de face est étroitement liée à la réputation et à l'honneur, en bref, à une image publique positive. Le concept peut être divisé en deux aspects qui sont fondamentaux au sein des relations sociales et de la hiérarchie dans la société japonaise. Le premier aspect est par rapport à l'influence positive d'une personne, il s'agit de l'éducation, la richesse et la position sociale. Le deuxième est l'intégrité morale et la conduite sociale qui contiennent le respect qu'inspire une personne en retour de sa bienséance et de son sens de l'honneur, quelle que soit sa position sociale. La face peut être considérée comme une mesure du

① Qu'est-ce que le fameux « esprit de groupe » ?, Jean-Luc Azra, japoninfos.com, le 13 juillet 2014, adresse web : https://www.japoninfos.com/quest-ce-que-le-fameux-esprit-de-groupe-13072014.html, en ligne, consulté le 25 mars 2019.

② Sauver la face, Inesa Pleskacheuskaya, chine.in, adresse web : https://chine.in/guide/sauver-face_1717.html, en ligne, consulté le 25 mars 2019.

pouvoir et de l'influence de la personne. La perte de face implique que ceux qui appartiennent à votre réseau social auront moins de confiance en vous, ce manque de confiance peut être considéré comme la perte de votre autorité et de votre statut. Dans *Stupeur et tremblements*, Amélie refuse la demande de son patron à plusieurs reprises alors qu'il essaie de la persuader de manger le chocolat, c'est un exemple typique de « perdre la face ». On comprend que la perte de face engendre évidemment une perte d'autorité, il est à peu près impossible de garder tous ces éléments lorsque la face est perdue.

Le concept de face n'est pas propre au Japon. On le retrouve également en Chine et en Corée du Sud, ce qui est une raison qui pourrait expliquer que les trois pays sont disposés à trouver un accord plutôt que de s'opposer ouvertement entre eux ou avec tout autre pays, car la culture de face exerce une grande influence sur la relation étatique. De plus, le concept de la « face » agit comme une forme d''autocontrôle dans la société en général,

> « avec les gens de votre entourage et ceux que vous rencontrez au quotidien, ces derniers n'étant pas de ceux qui vous tourneraient nécessairement le dos si votre conduite venait à être sérieusement inappropriée. »①

Lorsqu'il s'agit du récit de *Stupeur et tremblements*, malgré le choc culturel, Amélie n'abandonne pas immédiatement son travail dans la compagnie Yumimoto, intervenant comme elle souhaite être considérée, plus précisément comme une vraie Nippone :

> « J'imagine que n'importe qui, à ma place, eût démissionné. N'importe qui, sauf un Nippon. Me donner ce poste, de la part de ma supérieure, était une façon de me forcer à rendre mon tablier. Or,

① Sauver la face, Inesa Pleskacheuskaya, chine.in, adresse web : https://chine.in/guide/sauver-face_1717.html, en ligne, consulté le 25 mars 2019.

démissionner, c'était perdre la face. Nettoyer des chiottes, aux yeux d'un Japonais, ce n'était pas honorable, mais ce n'était pas perdre la face.

De deux maux, il faut choisir le moindre. J'avais signé un contrat d'un an. Il expirerait le 7 janvier 1991. Nous étions en juin. Je tiendrais le coup. Je me conduirais comme une Nippone l'eût fait. »①

L'autosatisfaction devient son moteur, même lorsque sa tâche consiste désormais à nettoyer les toilettes sous le nom de Dame pipi. Elle le fait pour montrer qu'elle n'est pas une Blanche typique, que les insultes ne l'atteignent pas et qu'elle respecte son contrat.

Pour les Occidentaux, il semble que l'une des principales règles à suivre quand on communique avec les Japonais, c'est qu'il ne faut jamais faire « perdre la face » à son interlocuteur. Même si cette situation est la conséquence d'un hasard, une telle infraction au code de bonne conduite ne vous est jamais pardonnée.

Cependant, pour celui qui ne connaît pas ces règles, il y a de nombreuses façons de faire « perdre la face » à son interlocuteur en Chine et au Japon, l'accommodement et la conciliation sont des avantages bien plus honorables qu'une vérité brute ou qu'un jugement direct.

La réalité est parfois difficile à percevoir quand elle n'est pas favorable. Vous constatez que les discours d'entreprise au Japon sont toujours très épanouissants, très positifs et valorisants. Aucune place n'est laissée à la critique ou au doute, même quand l'entreprise ne fonctionne pas bien.

De cette manière, l'affaire devient de plus en plus compliquée quand, toujours dans le cadre professionnel, il faut mettre quelqu'un devant ses erreurs et ses responsabilités. L'accusation directe n'est pas une option proposée, surtout devant d'autres collègues. Il n'y a pas plus direct et idéal pour faire « perdre la

① Amélie Nothomb, *Stupeur et tremblements*, Paris, Éditions Albin Michel, 1999, p. 133.

face » à une personne que de la réprimander ouvertement, si en plus on hausse le ton.

Dans le récit de *Stupeur et tremblements*, on trouve une scène intéressante par rapport à cette règle. M. Tenshi, qui dirige la section des produits laitiers, boycotte les salles de bain de l'étage pour protéger Amélie. Le vice-président M. Omochi cherche à humilier la protagoniste davantage dans sa tâche :

> « Il se mit à hurler convulsivement trois syllabes. Ma terreur était si grande que je ne comprenais pas : je pensais que ce devait être l'équivalent du « banzaï ! »① des kamikazes dans le cas très précis de la violence sexuelle.
>
> Au sommet de la fureur, il continuait à crier ces trois sons. Soudain la lumière fut et je pus identifier ses borborygmes : — No pêppâ ! No pêppâ ! C'est-à-dire, en nippo-américain : — No paper ! No paper !
>
> Le vice-président avait donc choisi cette manière délicate pour m'avertir qu'il manquait de papier dans ce lieu. »②

Pensant qu'Amélie ne peut comprendre le japonais, il lui parle dans la langue des étrangers au Japon, de manière à la rabaisser. Dans ce cas-là, il est évident que le vice-président ne suit pas la règle de « perdre la face », ce qu'il fait est une terrible humiliation pour la protagoniste.

Du point de vue du vice-président, la critique individuelle est la manière juste, faire Amélie perdre sa face est son but essentiel. Lors de leur dernière rencontre, M. Omochi essaie de l'humilier, de la soumettre, en lui faisant goûter du chocolat d'une couleur verdâtre. Cette fois Amélie refuse, ce qui irrite

---

① Banzaï : vocabulaire japonais fédérateur : *banzai* !! Signifiant littéralement "10,000" ans, kotoba.fr, le 30 août 2016, adresse web : https://www.kotoba.fr/banzai/, en ligne, consulté le 25 mars 2019.

② Amélie Nothomb, *Stupeur et tremblements*, Paris, Éditions Albin Michel, 1999, pp. 151-152.

directement le vice-président :

« Pour d'obscures raisons, mon refus. Il renouvela son ordre à la forme polie :

— Meshiagatte Kudasai.

C'est-à-dire : « S'il vous plaît, faites-moi la faveur de manger ».

Je refusai.

Il commença à dévaler les niveaux de langue :

— Tabete.

C'est-à-dire : « Mangez. »

Je refusai.

Il cria : — Taberu !

C'est-à-dire : « Bouffe ! »

Je refusai.

Il explosa de colère :

— Dites donc, aussi longtemps que votre contrat n'est pas terminé, vous devez m'obéir !

— Qu'est-ce que cela peut vous faire, que j'en mange ou non ?

— Insolente ! Vous n'avez pas à me poser de questions ! Vous devez exécuter mes ordres.

— Qu'est-ce que je risque, si je n'obtempère pas ? D'être fichue à la porte ? Cela m'arrangerait. »①

Si ces ordres reposent sur une relation d'autorité non nécessaire (un morceau de chocolat n'est pas grande chose), l'occasion semble idéale. Dans ce cas-là, M. Omochi s'adresse à Amélie en japonais ; inconsciemment, il reconnaît ses compétences en cette langue. Fubuki Mori retrouve la valeur du

① Amélie Nothomb, *Stupeur et tremblements*, Paris, Éditions Albin Michel, 1999, p. 177.

travail d'Amélie ; après la démission de la protagoniste, Fubuki lui envoie un message écrit en japonais pour la féliciter de son premier roman :

> « En 1993, je reçus une lettre de Tokyo. Le texte était ainsi libellé :
> « Amélie-san,
> Félicitations.
> Mori Fubuki ».

Ce mot avait de quoi me faire plaisir. Mais il comportait un détail qui me ravit au plus haut point : il était écrit en japonais. »①

Le japonais de Fubuki associe des idées de Roland Barthes dans L'*Empire des signes*, qui prétend que le roman ne permet pas aux lecteurs étrangers de se représenter l'abondance de la langue japonaise :

> « Tel chapitre de Sapir ou de Whorf sur les langues chinook, nootka, hopi, de Granet sur le chinois tel propos d'un ami sur le japonais ouvre le romanesque intégral, dont seuls quelques textes modernes peuvent donner l'idée (mais aucun roman), permettant d'apercevoir un paysage que notre parole (celle dont nous sommes propriétaires) ne pouvait à aucun prix ni deviner ni découvrir »②

Si ces quelques mots japonais simples, brièvement expliqués par l'auteur, signifient pour elle un souvenir, un voyage au pays de sa naissance, ils n'ont aucune résonance émotive pour des lecteurs en cette langue. Ils permettent, à l'heure actuelle, de se rapprocher des situations sociales, des mœurs et des rituels alimentaires qui n'existent pas en Occident. Éventuellement, il eût été

① Amélie Nothomb, *Stupeur et tremblements*, Paris, Éditions Albin Michel, 1999, p. 186-187.

② Roland Barthes, *L'empire des signes*, Paris, Éditions Seuil, 2005[1970], p. 16.

préférable de retranscrire ces caractères dans la langue du lecteur à travers l'emploi des parenthèses.

Quoi qu'il en soit, le désir d'Amélie Nothomb, en faisant appel à la langue japonaise, n'est pas conscient. A-t-elle simplement l'intention d'ajouter un élément exotique à ses récits par rapport à l'Orient en les chargeant de japonisme ? Éventuellement, il est possible de lui reprocher de reconduire la vision simpliste de l'exotisme montrée par Barthes et Claudel. Ou n'essaie-t-elle pas plutôt de persuader le lecteur (et peut-être surtout de se convaincre elle-même) qu'il est un temps où elle emploie à la perfection la langue japonaise ? Les mots transcrits du japonais qui diaprent ses œuvres sont alors les miettes d'une illusion de domination de la langue, et à travers elle de la culture japonaise, qui n'est pas à l'écart du fond de l'attitude orientale.

En général, par le biais de ce qui s'est passé entre Amélie et ses supérieurs, il est évident qu'au Japon la compétition est omniprésente et la pression qui pèse sur les épaules des gens ordinaires est énorme. La réussite sociale est un devoir et l'échec n'est pas accepté. Donc, on peut expliquer pourquoi le monde du travail d'Amélie est féroce et sans pitié. De cette façon, pointer du doigt tout ce qui ressemble à un échec ou un insuccès est une humiliation particulièrement choquante au Japon. En quelque sorte, les mots doivent rester positifs et subtils, voire fades. Dans les discours, tout semble toujours beau, tout semble toujours impeccable.

6.3.2 Sauver la face

sFace à « perdre la face », une autre question se pose : comment sauver la face ? Il semble que dans la civilisation japonaise, l'idée de « honte » est prévalente, plutôt que sur celle de « péché » que l'on retrouve, de façon générale, dans les pays occidentaux. Un Japonais dont la conduite mérite un reproche doit faire amende honorable envers la société plutôt qu'envers Dieu. Voilà pourquoi les Japonais font tout ce qu'ils peuvent pour se garder des comportements improvisés qu'ils pourraient regretter. À cause de l'effort qu'ils font pour sauver leur propre face et celle de leur partenaire, les gens de l'Asie de l'Est et de l'Asie du Sud-Est évitent de violer les règlements, tels qu'interrompre directement la parole de l'interlocuteur, critiquer ouvertement et dire "non" de manière non équivoque.

Dans les entreprises japonaises, les décisions sont prises d'une manière collectiviste à la sortie d'un processus englobant l'ensemble des personnes concernées. Il faut donc souligner que le processus se révèle souvent long et compliqué. C'est notamment le cas des affaires commerciales, on essaie de collecter le maximum d'informations pendant les négociations qui engagent une réflexion interne entre différents moments et niveaux hiérarchiques. Il vaut mieux pour un professionnel occidental se munir de patience et ne pas considérer la prudence ou l'ambiguïté de ses interlocuteurs comme un signe de mauvaise volonté ou comme un manque d'intérêt.

> « Il ne doit pas non plus privilégier les échelons supérieurs de la hiérarchie. Dans les grandes organisations, subdivisées en de nombreuses sous-unités, les cadres les plus hauts placés sont généralement assez secondaires, car ils connaissent peu le fonctionnement quotidien de chaque entité de l'entreprise. Ils se laissent donc facilement influencer par les arguments de leurs subordonnés. Rencontrer les cadres supérieurs ne sert donc qu'à sceller une relation entretenue par des contacts au niveau des cadres opérationnels. »①

Pourtant, dans la culture occidentale, les gens ont l'habitude d'exprimer directement ce qu'ils pensent dans leurs relations personnelles, nous nous apercevons souvent qu'il est difficile pour les Occidentaux de bien comprendre

---

① Les clés pour réussir vos affaires avec les Japonais, Walter Bruderer, lexpress.fr, le 11 mai 2010, adresse web : https://www.lexpress.fr/emploi/gestion-carriere/les-cles-pour-reussir-vos-affaires-avec-les-japonais_1380294.html, en ligne, consulté le 25 mars 2019.

le concept de face. Ils préfèrent dire « non » lorsqu'ils sont incapables de faire quelque chose ou qu'ils ne le désirent pas, comme Amélie devant M. Omochi. Au lieu de dire « oui » ou au moins « Je vais faire mon mieux », les Occidentaux répondent à une demande sous la forme d'un refus direct. Ce n'est pas la façon de se comporter au Japon où aucune demande n'est fermement refusée. En tant qu'interlocuteur, une réponse telle que « peut-être » ou « Je vais faire mon mieux » peut être déchiffré comme un refus, que ce soit pour des raisons d'incompétence ou parce que la personne ne désire pas faire le travail demandé.

> « Les Japonais s'efforcent toujours de ne pas formuler trop clairement un refus, au risque de faire perdre la face à l'autre. Ils prennent un air embarrassé et se réfugient dans une formule évasive et ne disent que très rarement « non ». N'essayez pas de leur soutirer absolument une réponse claire. Évitez vous-même d'exprimer un refus ou une remarque négative trop explicitement. »①

Une approbation orale montre que votre interlocuteur vous écoute en exprimant « oui » ou « très bien ». Cela ne signifie pas qu'il ait compris, encore moins qu'il soit d'accord. Et le Chinois considéra également un « peut-être » venant d'un Occidental comme un refus indirect qui permet à cet étranger de sauver sa face.

D'après une observation auprès des Chinois, la plupart déclareront valoriser le concept de face, parce qu'il représente une référence au bon caractère d'une personne, à sa moralité et à sa dignité. La perte de face est pour la très grande majorité des Chinois considéré comme une honte en public ; un autre

① Les clés pour réussir vos affaires avec les Japonais, Walter Bruderer, lexpress.fr, le 11 mai 2010, adresse web : https://www.lexpress.fr/emploi/gestion-carriere/les-cles-pour-reussir-vos-affaires-avec-les-japonais_1380294.html, en ligne, consulté le 25 mars 2019.

comportement humiliant est le manque à la parole donnée. Un certain nombre de Chinois se préoccupent de la honte si leur ignorance est dévoilée au grand jour, un sentiment que tout le monde peut ressentir, quel que soit son contexte culturel. Malgré cela, pour les Chinois, une autre occasion embarrassante est de ne pas avoir suffisamment d'argent sur eux lorsqu'ils invitent des amis à manger, qui est parfois considérée comme la pire façon de « perdre la face ».

Qu'est-ce alors la manière de sauver la face pour quelqu'un dans la culture japonaise et chinoise ? Au contraire des situations qui font perdre la face, l'attitude qui consiste à faire quelque chose que les autres ne peuvent pas faire et ainsi que recevoir des éloges en public sont les deux voies rapides vers la réputation et l'honneur personnels. C'est pourquoi tant des preuves tangibles de l'excellence morale, universitaire et sportive se trouvent mises bien en vue sous forme de diplômes dans les magasins, les restaurants, les bureaux des entreprises et les maisons.

La culture de la face révèle un point intéressant : il semble que les classes populaires font moins attention à la face que les gens des milieux plus élevés tels que les cols blancs. Plus la position d'une personne est élevée dans la société ou dans la hiérarchie professionnelle (Yumimoto de *Stupeur et tremblements*), plus sa face sera importante.

Souvent, on peut s'inspirer du nouveau Testament dans le but de « sauver la face » : « *Faites aux autres ce que vous voudriez qu'ils vous fassent.* » Voilà une méthode implacable pour sauver notre propre face et celle des autres. De cette façon, en dépit des altérités culturelles entre l'Orient et l'Occident, il est possible de convenir d'une manière commune d'agir.

En bref, derrière les conflits provoqués par l'altérité culturelle, c'est une protagoniste qui s'égare sur le chemin de sa recherche d'identité. Le récit d'Amélie implique une vision pessimiste des relations humaines. Son expérience personnelle évoque l'idée de Sartre que la vie avec les autres prive chacun de ses libertés. La communication avec ses camarades japonais semble une source permanente de conflit. L'entreprise ou travaille Amélie ne compte que trois femmes dans son personnel et le statut de la femme japonaise chez Yumimoto est aussi une manifestation de l'altérité culturelle. Le portrait de Fubuki Mori sous la plume d'Amélie Nothomb nous conduit à une réflexion sur le rôle de la femme dans la société japonaise d'aujourd'hui.

Chapitre VII
Le statut de la femme dans la culture japonaise

« Du temps de Freud, la femme devait plutôt se taire sur cet événement de corps qu'est la jouissance féminine, société patriarcale et religieuse oblige. Avec la chute des idéaux, celle du « Père » et même du « maître » qui caractérise notre « modernité », avec la montée en épingle des objets de la jouissance consumériste, addictionnelle et le plus souvent solitaire, la situation a changé. Mais c'est devenu un fait que des femmes parlent, voire revendiquent dorénavant leur autonomie, c'est-à-dire l'exposition de leur désir, voire de leur jouissance, les magazines féminins et psychologiques en sont emplis. »①

Une telle analyse révèle un sujet important chez Amélie Nothomb : le statut de la femme japonaise. Derrière la hiérarchie de l'entreprise et l'opposition entre la culture de l'individualisme et du collectivisme, et derrière le statut de la femme chez Amélie Nothomb, se cachent des manifestations de l'altérité culturelle. Fubuki Mori, la seule cadre japonaise chez Yumimoto étonne Amélie par son « extrême » beauté. La relation sensible entre les deux femmes raconte un récit illustré.

---

① Michel David, *Amélie Nothomb : l'écriture illimitée*, Paris, Éditions L'Harmattan, 2013, pp. 187-188.

7.1 Le statut de la femme chez Amélie Nothomb

Dans les récits tels que *Stupeur et tremblements*, *Métaphysique des tubes* et *Biographie de la faim*, la narratrice devient la porte-parole de la femme japonaise, notamment à travers une longue description d'une dizaine de pages suggérée par le sort de Fubuki. Cette supérieure hiérarchique d'Amélie peut révéler en quelque sorte la condition féminine au Japon. « Le statut de la femme, comme le décrit Amélie Nothomb, semble peu enviable. En effet, il n'est composé que de contraintes, d'écrasements, d'interdits absurdes, de dogmes, d'asphyxie »①:

> « Enfin et surtout parce qu'une beauté qui a résisté à tant de corsets physiques et mentaux, à tant de contraintes, d'écrasements, d'interdits absurdes, de dogmes, d'asphyxie, de désolation, de sadisme, de conspiration de silence et d'humiliations — une telle beauté, donc, est un miracle d'héroïsme. »②

La femme semble une fin en soi. Elle est irréprochable, pour cette seule raison que c'est la moindre des choses : « À part cela, tu peux espérer vivre vieille, ce qui n'a pourtant aucun intérêt, et ne pas connaître le déshonneur, ce qui est une fin en soi. »③

Cette posture révèle le phénomène des différences des injustices entre les sexes au Japon, ainsi que du respect de l'ordre social. Celui qui est différent n'a

---

① « Orient-Occident : le choc culturel dans l œuvre d'Amélie Nothomb », Luc Collès, canalblog.com, le 6 juillet 2014, adresse web : http://luccolles.canalblog.com/archives/2014/07/06/30204156.html, en ligne, consulté le 5 avril 2019.

② Amélie Nothomb, *Stupeur et tremblements*, Paris, Éditions Albin Michel, 1999, pp. 92-93.

③ *Ibid*, p. 95.

pas possibilité de changer. Pourtant, la résistance au changement est une chose difficile pour le peuple nippon. Du point de vue de Luc Collès dans son article intitulé *Orient-Occident : le choc culturel dans l'œuvre d'Amélie Nothomb* : « Ainsi ce pays a, comme une huître, avalé, « japonisé » ce qui lui semblait bon dans les autres cultures, avant de se refermer face aux aspects qui lui semblaient hostiles. »①

7.2 Le portrait des Nippones dans *Stupeur et tremblements*

> « Il s'agit moins d'un portrait que d'une effusion presque lyrique, animée par la colère rentrée qu'Amélie éprouve à cause des sévices subis, et qu'elle transfère sur la société patriarcale japonaise, en sympathisant provisoirement avec son bourreau. Elle traite successivement de la beauté obligée, durement acquise et inutile ; des interdits et du corset de conventions, concernant principalement le corps, auxquels la femme japonaise est soumise, de la panique des femmes non mariées, telle Fubuki, à partir d'un certain âge, du sacrifice pour le mari, puis pour les enfants, auquel elle est contrainte. »②

Le portrait de la femme japonaise chez Amélie Nothomb rappelle la description de Jean-Michel Lou. La narratrice change complètement son ton, elle se montre soucieuse et ses propos s'éloignent du récit proprement dit. Elle brosse en ces termes le portrait de la Japonaise :

---

① « Orient-Occident : le choc culturel dans l'œuvre d'Amélie Nothomb », Luc Collès, canalblog.com, le 6 juillet 2014, adresse web : http://luccolles.canalblog.com/archives/2014/07/06/30204156.html, en ligne, consulté le 5 avril 2019.

② Jean-Michel Lou, *Le Japon d'Amélie Nothomb*, Paris, Éditions L'Harmattan, 2011, p. 62.

« S'il faut admirer la Japonaise — et il le faut -, c'est parce qu'elle ne se suicide pas.

On conspire contre son idéal depuis sa plus tendre enfance. [...] « si un garçon t'embrasse sur la joue en public, tu es une putain », « si tu manges avec plaisir, tu es une truie », « si tu éprouves du plaisir à dormir, tu es une vache », etc. »①

En pratique, l'extrait en question manifeste de nombreux détails réalistes, mais ils tiennent compte du risque de reproduire des clichés et de montrer une image fausse. Dans les faits, les assertions de la protagoniste correspondent à un ancien portrait de la condition féminine japonaise décrit par Ruth Benedict dans *Le Chrysanthème et le Sabre* :

« La femme japonaise marche derrière son mari et se contente d'un statut inférieur. Même les femmes qui, dans les occasions où elles s'habillent à l'occidentale, marchent au côté de leur époux et le précèdent quand elles franchissent une porte, se placent à nouveau en retrait une fois qu'elles ont revêtu leur kimono. Dans la famille japonaise, la fille doit se débrouiller du mieux qu'elle peut pendant que les cadeaux, les attentions et l'argent destiné à l'éducation vont à ses frères. Même lorsqu'on créa des écoles supérieures pour les jeunes femmes, les programmes étaient lourdement chargés d'instructions sur l'étiquette et sur la façon de se mouvoir. »②

Et

« Les disciplines intellectuelles ne jouaient pas du tout le même rôle

---

① Amélie Nothomb, *Stupeur et tremblements*, Paris, Éditions Albin Michel, 1999, pp. 93-94.

② Ruth Benedict, *Le Chrysanthème et le Sabre*, Essai traduit de l'américain par Lise Mécréant, Arles, Éditions Picquier Poche, 1995, p. 73.

que dans les écoles de garçons, et le directeur de l'une de ces écoles de filles, un jour où il plaidait en faveur d'un minimum d'instruction à donner à ses étudiantes de la classe moyenne supérieure dans le domaine des langues européennes, fonda sa recommandation sur l'intérêt, pour elles, de savoir replacer au bon endroit les livres de leur mari dans la bibliothèque après les avoir époussetés. »①

À travers ces extraits, nous comprenons que le portrait des femmes japonaises a évolué. Actuellement, la femme japonaise jouit de beaucoup plus de liberté que ne le laisse entendre la description de la société japonaise d'Amélie Nothomb

« Non que la Nippone soit une victime, loin de là. Parmi les femmes de la planète, elle n'est vraiment pas la plus mal lotie. Son pouvoir est considérable : je suis bien placée pour le savoir. »②

Parmi des signes de ce pouvoir, il est par exemple notable que c'est généralement la femme qui, traditionnellement, tient les cordons de la bourse dans le ménage :

« Il n'empêche que les femmes japonaises jouissent de beaucoup plus de liberté que les femmes de la plupart des autres pays d'Asie et cela ne date pas de l'occidentalisation. [...] Dans le couple japonais, c'est la femme qui tient les cordons de la bourse et achète ce qu'il faut pour toute la famille. Si l'argent vient à manquer, c'est elle qui choisit ce que l'on va mettre en gage. Une femme dirige ses serviteurs, dit largement son mot à propos du mariage

---

① Ruth Benedict, *Le Chrysanthème et le Sabre*, Essai traduit de l'américain par Lise Mécréant, Arles, Éditions Picquier Poche, 1995, pp. 73-74.

② Amélie Nothomb, *Stupeur et tremblements*, Paris, Éditions Albin Michel, 1999, p. 93.

de ses enfants et lorsqu'elle devient belle-mère, dirige son royaume familial d'une main aussi ferme que si elle n'avait jamais été réduite, la moitié de sa vie, au rôle de violette acquiesçante. »①

En effet, les Nippones possèdent dans la situation conjugale beaucoup plus de possibilités qu'on ne peut l'imaginer. Mais le but de Nothomb n'est pas de peintre une image sociologique ; l'exploration reste littéraire, on se demande quel rôle le portrait des Japonaises joue dans le récit : on peut le considérer comme un apaisement dans la mesure où il révèle une reprise en main par la parole rationnelle : le fait de comprendre son dominateur permet de garder une distance par rapport à lui, comme Bruno Bettelheim l'a montré dans un autre contexte, celui « du camp de concentration »②; malgré cela,

« peut-être ne faut-il pas trouver une intention délibérée de l'auteure quand elle insère dans le corps du récit ce passage hétérogène qui l'interrompt ; il n'est pas interdit de penser qu'il lui est venu spontanément, comme la rêverie à partir de la contemplation de Fubuki advient à Amélie. »③

Quoi qu'il en soit, la désignation est claire, le passage donne une voix à Fubuki, qui en est dépourvue, et à travers cette Japonaise atypique proclame le retour d'Amélie :

« Pour Amélie, la meilleure option qu'a une Japonaise est de se suicider, ce qu'elle ne peut faire si elle s'est convertie au christianisme. La

① Ruth Benedict, *Le Chrysanthème et le Sabre*, Essai traduit de l'américain par Lise Mécréant, Arles, Éditions Picquier Poche, 1995, p. 74.

② Bruno Bettelheim, *Survivre*, traduit de l'anglais par Théo Carler, Robert Laffont, Paris, Éditions Robert Laffont, 1979(1952).

③ Jean-Michel Lou, *Le Japon d'Amélie Nothomb*, Paris, Éditions L'Harmattan, 2011, p. 64.

femme ne peut se permettre de laisser libre cours à son imagination, contrairement aux hommes nippons qui n'ont pas connu cet écrasement. La femme ne peut constituer un embarras pour l'homme et doit le mettre à l'aise. Celle-ci doit donc chercher à être une épouse-grande-sœur. »①

Chez Yumimoto, une entreprise impitoyable et hypermasculinisée, la seule femme qu'on trouve est Fubuki Mori, celle que la jeune narratrice considère comme « *une œuvre d'art inaccessible à l'entendement* ». Malgré son ascension professionnelle, qui est rare pour un être du sexe féminin, Fubuki n'est pas irréprochable en raison d'un paradoxe troublant dans le système japonais :

> « On ne pouvait cependant pas lui reprocher d'avoir trop travaillé, car aux yeux d'un Japonais, on ne travaille jamais trop. Il y avait donc une incohérence dans le règlement prévu pour les femmes : être irréprochable en travaillant avec acharnement menait à dépasser l'âge de vingt-cinq ans sans être mariée et, par conséquent, à ne pas être irréprochable. Le sommet du sadisme résidait dans son aporie : le respecter menait à ne pas le respecter. »②

Elle ne correspond pas aux banalités parfois répandues sur les femmes japonaises : certaines Japonaises veulent être maîtresses. Fubuki a une taille remarquable, elle est discrète et efficace dans son travail et elle n'est pas mariée. Pourtant, elle n'est pas irréprochable aux yeux de son supérieur, monsieur Saito, qui a perceptiblement peur d'elle ; elle est aussi la seule femme dans l'entreprise Yumimoto en dehors de la protagoniste. Il vaut mieux retrouver

---

① « Orient-Occident : le choc culturel dans l'œuvre d'Amélie Nothomb », Luc Collès, canalblog.com, le 6 juillet 2014, adresse web : http://luccolles.canalblog.com/archives/2014/07/06/30204156.html, en ligne, consulté le 5 avril 2019.

② Amélie Nothomb, *Stupeur et tremblements*, Paris, Éditions Albin Michel, 1999, p. 104-105.

une cause de l'avertissement qu'elle reçoit de la part de M. Omochi. Ces caractéristiques entretiennent à plusieurs reprises la sympathie qu'Amélie éprouve envers elle.

En effet, le portrait de Fubuki comporte deux aspects : d'un côté, Fubuki possède une figure mystérieuse et dotée d'une aura prestigieuse, sa personnalité révèle une féminité remarquable aux yeux de l'héroïne. De l'autre, cette cadre supérieure japonaise est en même temps une femme à deux visages : le premier souligne la femme japonaise typique, conservatrice, en d'autres termes astreinte, formatée et soumise tant à une culture exigeante qu'à l'entreprise, pour qui toute subjectivité et hypothèse réellement individuelle et a fortiori sensuelle, sexuelle ou érotique est effacée. Le second apparaît à la jeune Amélie tel le caractère indéchiffrable d'une aspiration et d'une féminité énigmatique, voire inconcevable et inexplicable.

> « Sa beauté me stupéfiait. Mon seul regret était son brushing propret qui immobilisait ses cheveux mi-longs en une coupe imperturbable dont la rigidité signifiait : je suis une exécutif woman. »①

Tout se résume en un mot, « Fubuki était irréprochable ». Le personnage est comme confondu avec les règles implicites de la culture japonaise qui depuis toujours ne laisse aux femmes que la figuration et les déterminent. Fubuki est rendue remarquable, mais devient un autre type de « chose japonaise ». Ici, elle montre pour la jeune narratrice — sans doute de façon critique —

> « le carcan social et sociétal dans lequel évolue toute femme japonaise qui est privée de tout véritable désir ou de toute singularité personnelle qu'on lui demande de ne pas afficher ou de signifier, d'où l'évidence de sa place

① Amélie Nothomb, *Stupeur et tremblements*, Paris, Éditions Albin Michel, 1999, p. 79.

dans l'entreprise capitaliste japonaise où elle peut faire merveille. »①

L'héroïne va même jusqu'à rappeler le statut subordonné, voire inférieur de la femme japonaise qui n'a pas la chance de sortir ou de se débarrasser du carcan, le modèle ou le cadre préformé pour elle. Ce qui n'interdit pas la narratrice d'être fascinée par la beauté, le charme et la perfection infinie de Fubuki Mori, qui est pour elle une énigme. Afin de chercher la réponse à cette énigme, on pose une série de questions : « Une » femme vit-elle bel et bien sous ce « plâtre » ? En général, cette femme japonaise parfaite est-elle ce qu'elle semble être ou également autre que cette « chose » japonaise ? Qui est-elle et que veut-elle ? Fubuki ne semble pas s'accorder avec la tradition sociétale japonaise : le mariage comme devoir, la procréation comme obligation, la maternité comme soumission et normalité et un *no comment* sur le sexe et le bonheur ?

Après la publication de *Stupeur et tremblements*, l'éditeur japonais d'Amélie Nothomb choisit de ne plus traduire ses romans, comme une sorte de réplique de sa critique sociale et politique du « modèle » japonais en ce qui concerne les femmes et le monde de l'entreprise japonaise ; Amélie Nothomb, de son côté, ne fait rien d'autre que de décrire et d'écrire le carcan de la femme japonaise et ses déceptions.

Paradoxalement, toute cette affaire a pour effet de mettre en évidence l'admiration, voire la fantaisie de la narratrice face à Fubuki Mori, dont la beauté la fascine. La narratrice ressent même une fantaisie érotique. Il faut indiquer que le récit mentionne explicitement que la protagoniste se reconnaît nue et coincée dans les bureaux, à déraisonner.

« Regarder, (d)écrire "la" femme japonaise, même si cette dernière

① Michel David, *Amélie Nothomb : l'écriture illimitée*, Paris, Éditions L'Harmattan, 2013, p. 133.

est quelque par une « chose » comme elle-même dans une certaine mesure, lui donnera le désir de percer l'énigme de l'intérêt voire du désir de Fubuki, ne serait-ce qu'afin de « savoir » s'il y a une vraie femme derrière le « plâtre », c'est-à-dire, donc, s'il y a du sexe !

L'air de rien, la jeune Amélie est en plein désir sensuel et son instinct ne trompe pas. Même si elle ne le « sait » pas, elle l'éprouve, ce qui n'est pas sans conséquence pour le moins sur son équilibre et ce qui la désoriente pour le moins. »①

Par la suite, ce que met en évidence la protagoniste, ce sont les compassions, les mouvements et les instincts du corps féminin, surtout des corps tus ou entravés par la contrainte de l'éducation japonaise et par les personnages cruels et impitoyables de cette entreprise japonaise. Ils sont tus, mais ne semblent pas « tués » au fond, ni donc démolis. Cela soulève la question de la femme ou de la sexualité. Ainsi, il est évident que *Stupeur et tremblements* raconte un récit de « la relation du trouble sexuel entre femmes, trouble teinté de « sadomasochisme »② et de « lesbianisme »③ diffus entre les deux protagonistes »④. La narratrice révèle que Fubuki est en quelque sorte

① Michel David, *Amélie Nothomb : l'écriture illimitée*, Paris, Éditions L'Harmattan, 2013, p. 134.

② Sadomasochisme est une pratique sexuelle qui emploie la domnination, la douleur, l'humiliation pour parvenir au plaisir. Le mot sadomasochisme est formé à partir des termes « sado » qui écrivit sur le plaisir trouvé dans la soumission, Définition du sadomasochisme, linternaute.fr, adresse web : https://www.linternaute.fr/dictionnaire/fr/definition/sadomasochisme/, en ligne, consulté le 5 avril 2019.

③ Lesbianisme : Le terme Lesbianisme est employé pour décrire une relation amoureuse, avec ou sans sexualité, entre deux personnes de sexe féminin, et parfois un mode de pensée militant sur la condition féminine sans entrave masculine, Définition de lesbianisme, linternaute.fr, adresse web : https://www.linternaute.fr/dictionnaire/fr/definition/sadomasochisme/, en ligne, consulté le 5 avril 2019.

④ Michel David, *Amélie Nothomb : l'écriture illimitée*, Paris, Éditions L'Harmattan, 2013, p. 134.

victime et supporte les assauts vocaux de son supérieur masculin dans l'entreprise, M. Omochi, et dont elle « traduit » le fantasme odieux :

> « Oui, je pèse cent cinquante kilos et toi cinquante, à nous deux nous pesons deux quintaux et ça m'excite. Ma graisse me gêne dans mes mouvements, j'aurais du mal à te faire jouir, mais grâce à ma masse je peux te renverser, t'écraser et j'adore ça, surtout avec ces crétins qui nous regardent. J'adore que tu souffres dans ton orgueil, j'adore que tu n'aies pas le droit de te défendre, j'adore ce genre de viol ! »①

Les deux femmes entretiennent une relation délicate, beaucoup plus subtile et même érotique, ce que l'héroïne évoque non sans humour parfois, mais avec toute la véritable originalité que cela engage en elle :

> « Je me revoyais la veille, nue, assise sur le clavier enlaçant la machine avec mes bras et mes jambes. Et à présent, la jeune femme posait ses doigts sur les touches. C'était la première fois que je m'intéressais à l'informatique »②

Première déclaration de l'œuvre voluptueuse à venir, *Stupeur et tremblements* touche la beauté et l'acte sexuel. Les mots se sont déjà transformés pour la narratrice, dans le roman, en moyen de contacter, d'attirer et même d'énerver Fubuki. Sous la même forme, les mots dont on comprend pour elle la valeur de « réel » et le poids contribuent à l'aider à s'enfuir, y compris par des choses irréelles. C'est un peu comme si Amélie avait eu l'intention de la « réveiller » dans tous les aspects du terme, avait tenu à réveiller la femme

① Amélie Nothomb, *Stupeur et tremblements*, Paris, Éditions Albin Michel, 1999, p. 120.

② *Ibid*, pp. 87-88.

japonaise pour en faire une femme « nippone ». Elle l'exprime ainsi : « Mais le Nippon, lui, n'est pas un asphyxié, on n'a pas détruit en lui, dès son plus jeune âge, toute trace d'idéal. Il possède un des droits humains les plus fondamentaux : celui de rêver, d'espérer. »①

La séduction plus ou moins puissante, inévitable, voire enivrante ou sensuelle entre les seules deux femmes de l'entreprise semble un remarquable et simple jeu de miroirs où la femme qui

> « perçoit l'autre comme une sorte de double inversé, de mystère voire d'idéal féminin, chacune s'imaginant que l'autre femme possède ce qu'elle n'a pas elle-même : la beauté, sensualité cachée pour l'une ; le rêve et la liberté d'être différente, voire inclassable pour l'autre. »②

C'est une voix de la raison qui hurle et rugit n'importe quoi à condition que cela démontre sa domination, un signe qui assène, un bruit qui éructe et « réprimande » permanente.

> « À l'image du cri jouissant, « *le long aboiement de malaise* », de la vieille et atroce « ZHF 911 » d'*Acide sulfurique*, *Stupeur et tremblements* porte sur la voix, sur l'injonction retentissante et néantisante qu'elle emporte pour l'héroïne-narratrice. »③

La narratrice est dans une position de soumission aux ordres des différents supérieurs qui la dirigent — et c'est à cause de ces supérieurs qu'elle se trouve démunie de l'usage de la parole, de l'emploi de la langue japonaise qu'on lui

① Amélie Nothomb, *Stupeur et tremblements*, Paris, Éditions Albin Michel, 1999, p. 102.

② Michel David, *Amélie Nothomb : l'écriture illimitée*, Paris, Éditions L'Harmattan, 2013, pp. 135-136.

③ *Ibid*, p. 121.

interdit de connaître.

D'un côté, l'autre femme fait l'objet de secrètes aspirations. Fubuki fait par exemple « œuvre d'art inaccessible » pour Amélie. Derrière la séduction, l'aversion et l'effacement, nous retrouvons tout de même l'amour-propre, d'où provient l'attention, l'attraction si ce n'est l'ambition cachée et camouflée qui circule en secret entre les deux femmes. Chacune des deux femmes est choquée de ces deux « choses » japonaises, qu'elles sont chacune à leur manière, mais se combinent et s'identifient partiellement dans leur envie d'être une femme japonaise, libre pour rêver comme pour aimer, c'est-à-dire d'être « autre ».

7.3 La réflexion sur le rôle de la femme dans la société japonaise

> « M. Haneda était le supérieur de M. Omochi, qui était le supérieur de M. Saito, qui était le supérieur de Mlle Mori qui était ma supérieure. Et moi, je n'étais la supérieure de personne [...] J'étais aux ordres de Mlle Mori, qui était aux ordres de M. Saito, et ainsi de suite [...] Donc, dans la compagnie Yumimoto, j'étais aux ordres de tout le monde. »①

La narratrice montre une structure hiérarchique, où l'on ne lui accorde que des tâches déraisonnables et inenvisageable, et où l'on exclut son travail sans l'examiner. Il semble que la protagoniste doit recommencer à perpétuité un sujet futile, que son supérieur, toujours fâché, lui demande de refaire. « Je ne servais à rien », sauf facultativement, à servir le thé. En tant qu'étrangère qui parle couramment le japonais, Amélie n'a plus le droit de parler japonais. Lorsqu'elle est en charge de distribuer le courrier, elle est désavouée dans cette

① Amélie Nothomb, *Stupeur et tremblements*, Paris, Éditions Albin Michel, 1999, p. 7.

tâche simple. Elle se voit alors confier le rôle de tourneuse de pages de calendriers. La protagoniste est étonnée par l'étrange logique de cette entreprise japonaise. Les moindres travaux la confrontent à des centaines de documents insignifiants qu'elle prend la décision d'apprendre par cœur. En face, c'est le visage sublime de Mlle Mori qui subjugue et aspire la narratrice. Tout se développe comme elle le prévoit : après quelque temps dans l'entreprise, la protagoniste se sent attiré par la fenêtre, par le vide, le ciel et le paysage visible du bâtiment de Yumimoto où elle travaille :

> « Le 8 janvier 1990, l'ascenseur me cracha au dernier étage de l'immeuble Yumimoto. La fenêtre, au bout du bal, m'aspira comme l'eût fait le hublot brisé d'un avion. Loin, très loin, il y avait la ville — si loin que je doutais d'y avoir jamais mis les pieds.
>
> Je ne songeai même pas qu'il eût fallu me présenter à la réception. En vérité, il n'y avait dans ma tête aucune pensée, rien que la fascination pour le vide, par la baie vitrée. »①

Concrètement, la protagoniste supporte sa curieuse disposition et se fait « aspirer » dans l'entreprise. Cette tendance remarquable nous évoque *Métaphysique des tubes*, ce trouble spirituel consistant à s'imaginer passer par la fenêtre, à plonger dans le vide ou sous la surface de l'eau. Sans doute n'y a-t-il alors pas d'autres alternatives pour elle que d'hésiter entre cette « aspiration » égocentrique et individualiste, qui consiste à se lancer dans le vide, ou à vivre la catastrophe de la confrontation avec M. Omochi qui l'attend :

> « Je croyais savoir ce qu'était une engueulade. Ce que je subis me révéla mon ignorance. M. Tenshi et moi reçûmes des hurlements insensés. Je

① Amélie Nothomb, *Stupeur et tremblements*, Paris, Éditions Albin Michel, 1999, p. 7.

me demande encore ce qui était le pire le fond ou la forme. Le fond était incroyablement insultant [...]. Pour que ces cris odieux s'arrêtent, j'aurais été capable du pire [...]. Je me jetai sous le flot grondant des cris du vice-président. »①

Cette fois, le récit nothombien touche la cible. Le style d'écriture de la romancière met en évidence la double situation de l'héroïne réduite d'une part à être l'objet de « l'engueulade » littérale, de l'autre se fait une pure pulsion vocale (aussi vorace que « la bouche des carpes » comme dans *Métaphysique des tubes*), alors qu'elle s'en cherche à s'en distancer et essaie de garder un ton de parole courtois. Le contraste de styles de parole entre M. Omochi et la narratrice manifeste l'incommunicabilité et la difficulté. La voix demeure le sujet principal quand la narratrice fait face à la puissante vocifération d'Omochi, un homme qui évoque le héros d'*Hygiène de l'assassin*, Prétextat Tach, dont l'enflure démesurée n'a d'égale que la dépravation humaine de ses propos méprisants et insultants. Le personnage de Tach, prix Nobel de littérature, est d'ailleurs un prétexte utilisé par la romancière pour nous proposer une méditation sur l'écriture comme mise à distance, rupture ou découpe de la voix.

« À cet égard, la narratrice de *Stupeur et tremblements* écrit autant qu'elle décrit « l'abus » de Mori Fubuki par son supérieur qui déversera également sur elle une sexualité primaire et animale, un coït verbal débridé assimilé en l'occurrence un « viol ». La voix obscène d'Omochi devient ici « cris », « nature hormonale »... »②

Nous ne trouvons pas chez l'écrivain de réflexion sur le « parasite de la

① Amélie Nothomb, *Stupeur et tremblements*, Paris, Éditions Albin Michel, 1999, pp. 43-45.

② Michel David, *Amélie Nothomb : l'écriture illimitée*, Paris, Éditions L'Harmattan, 2013, p. 123.

parole »① comme dit Lacan, cette greffe du langage liée au sujet, mais plutôt une réflexion sur le préjudice réel du sujet par la voix d'un monde réel.

Tout d'abord jalousée puis dénoncée par Fubuki Mori, par celle qu'elle affectionne et dont elle attend le moindre comportement d'amitié, l'héroïne « ne comprend pas ». Pendant une nuit de folie qu'elle a passé toute seule dans l'entreprise, elle exprime :

> « Je me retrouvai seule. C'était ma troisième nuit blanche d'affilée, dans le bureau géant. Je tapotais sur la calculette et notais des résultats de plus en plus incongrus.
>
> Il m'arriva alors une chose fabuleuse : mon esprit passa de l'autre côté.
>
> Soudain, je ne fus plus amarrée. Je me levai. J'étais libre. Jamais je n'avais été aussi libre. Je marchai jusqu'à la baie vitrée. La ville illuminée était très loin au-dessous de moi. »②

Dans son univers fictif, elle se considère comme Dieu dans les « détritus ». La protagoniste déclare à Fubuki que c'est elle qui « règne » :

> « J'étais Dieu. Je défenestrai mon corps pour en être quitte. [...] J'étais si légère que les vêtements m'accablaient. Je les enlevai un à un et les dispersai autour de moi. Quand je fus nue, je fis le poirier — moi qui de ma vie n'en avais jamais été capable. Sur les mains, je parcourus les bureaux adjacents. Ensuite, après une culbute parfaite, je bondis et me retrouvai assise à la place de ma supérieure.
>
> Fubuki, je suis Dieu. Même si tu ne crois pas en moi, je suis Dieu. Tu commandes, ce qui n'est pas grand-chose. Moi, je règne. La puissance ne

① Jacques Lacan, *Le séminaire*, *Livre XXIII*, *Le sinthome*, Paris, Éditions Seuil, 2005, p. 95.

② Amélie Nothomb, *Stupeur et tremblements*, Paris, Éditions Albin Michel, 1999, p. 81.

m'intéresse pas. Régner, c'est tellement plus beau. Tu n'as pas idée de ma gloire. C'est bon, la gloire. C'est de la trompette jouée par les anges en mon honneur. Jamais je n'ai été aussi glorieuse que cette nuit. C'est grâce à toi. Si tu savais que tu travailles à ma gloire !

[...]

Soudain, le froid s'empare de moi. J'ai beau serrer l'ordinateur dans mes bras, ça ne réchauffe pas. Je remets mes vêtements. Comme je claque toujours des dents, je me couche par terre et je renverse sur moi le contenu de la poubelle. Je perds connaissance.

On me crie dessus. J'ouvre les yeux et je vois des détritus. Je les referme.

Je retombe dans l'abîme. »①

Elle devient « froide » comme la protagoniste d'une autre œuvre, *Les Combustibles*. Elle redoute qu'on arrache ses membres et tranche sa tête. L'emploi de l'humour noir d'Amélie Nothomb apparaît à nouveau au sein de ce passage, et nous percevons la dépersonnalisation dans laquelle la romancière se transforme en objet de la jouissance de l'autre :

« Moi aussi je suis une pauvre crucifiée. Ce que j'aime, dans la crucifixion, c'est que c'est la fin. Je vais enfin cesser de souffrir. Ils m'ont martelé le corps de tant de nombres qu'il n'y a plus de place pour la moindre décimale. Ils me trancheront la tête avec un sabre et je ne sentirai plus rien.

C'est une grande chose que de savoir quand on va mourir. On peut s'organiser et faire de son dernier jour une œuvre d'art. Au matin, mes bourreaux arriveront et je leur dirai : « J'ai failli ! Tuez-moi. Accomplissez mon ultime volonté : que ce soit Fubuki qui me donne la mort. Qu'elle me

---

① Amélie Nothomb, *Stupeur et tremblements*, Paris, Éditions Albin Michel, 1999, pp. 82-85.

dévisse le crâne comme à un poivrier. Mon sang coulera et ce sera du poivre noir. Prenez et mangez ceci est mon poivre qui sera versé pour vous et pour la multitude le poivre de l'alliance nouvelle et éternelle. Vous éternuerez en mémoire de moi. »①

L'humour ravageur de la romancière se conjoint dans ce roman à la critique « politique » d'un système « autoritaire » : le système autoritaire suscite la déviance, la folie, l'aliénation, déconstruit les sujets « sensibles » :

« Singulièrement, il y a une logique à cela : les systèmes les plus autoritaires suscitent, dans les nations où ils sont d'application, les cas les plus hallucinants de déviance — et, par ce fait même, une relative tolérance à l'égard des bizarreries humaines les plus sidérantes. »②

Amélie devient « Dame pipi » aux toilettes de l'entreprise, poste dans lequel on la confine, épisode du plus haut comique de la solitude. En même temps, elle relève cette expérience avec une ironie affectueuse : L'ironie divise l'autre et le déconstruit. Amélie descend de plus en plus devant la violence verbale de sa supérieure. Mais Fubuki Mori chute également en officiant aux toilettes. Ce qu'elle fait à Amélie semble ridicule, car elle est la victime de la maltraitance de son supérieur masculin.

Cependant, en 1989, Amélie Nothomb n'en est pas encore rendue là, elle commence à travailler sur des créations littéraires dans l'intention de les publier. Elle met en lumière son désir de vivre « dans ce pays auquel je vouais un culte depuis les premières saveurs idylliques de ma petite enfance. »③ En réalité, un problème se pose : la jeune héroïne retrouve l'amère déception d'un amour,

---

① Amélie Nothomb, *Stupeur et tremblements*, Paris, Éditions Albin Michel, 1999, pp. 84-85.

② *Ibid*, p. 89.

③ *Ibid*, p. 22.

d'un « culte » secret que le livre a pour fonction de cibler, d'élaborer. Voilà le point de départ de Nothomb — sans compter que son père est un diplomate connu au Japon et qu'elle ne voudrait pas lui faire perdre la face en démissionnant trop vite. Elle sait bien que la femme japonaise « ne se suicide pas » et qu'à ce titre, il vaut mieux « l'admirer », car « on conspire contre son idéal depuis sa tendre enfance. » La critique politique, « féministe », de l'écrivain fait mouche et garde un petit peu d'idéal fragile.

> « Elles existent sur ce plan et elles le font entendre, et ce, bien au-delà des mouvements féministes. La question jadis délicate de la jouissance féminine, voire de ses manques comme de ses excès, entre en résonance avec cette autre question délicate de la définition de la féminité, à ceci près qu'elle est dorénavant posée ouvertement par des femmes. »①

À travers cette analyse de la « féminité », il est possible de comprendre le rôle de la jouissance féminine pour une femme japonaise, qui est de parler du vide, du corps, de l'aspiration et du sexuel. C'est une intervention qui semble un « acte total » d'Amélie Nothomb. La romancière réussit à révéler un Japon où la tradition et le capitalisme débridé sacrifient les femmes et ne reconnaissent pas leur bonheur en les faisant entrer dans un carcan social. La femme japonaise évolue dans ce carcan et tente de retrouver sa liberté de penser, aimer et désirer. La narratrice va passer pour quelqu'un qui « rêve ». Elle exprime sa profonde admiration pour toute Japonaise qui ne se suicident pas. À ses yeux, rester en vie semble un genre de résistance, de courage, et peut être considéré comme un acte de sublime.

Ainsi, la narratrice rêve, se plonge tant par « la une » que dans son attachement pour cette langue orientale où l'on « peut créer des prénoms à

---

① Michel David, *Amélie Nothomb : l'écriture illimitée*, Paris, Éditions L'Harmattan, 2013, p. 188.

l'infini, à partir de toutes les catégories du discours. » Ce n'est pas imprévu si l'évocation de la jouissance féminine à ce moment du récit autorise à l'auteur d'introduire le « rêve » comme la jouissance choquante de l'atrocité japonaise.

« Jacques Lacan a d'ailleurs pu dire que le Japonais (comme l'anglais et le vrai catholique) est « inanalysable », c'est-à-dire rétif aux productions linguistiques de l'inconscient comme à celles de l'ambiguïté. Selon Lacan, le Japonais considère le sujet comme S*tupeur et tremblements* en fait la démonstration — comme appartenant, et appartenant seulement, à l'entreprise, au groupe et à condition que le sujet se réduise aux identifications autorisées, consente à se glisser sous cette identification globalisante qui exclut et rejette toute marque trop personnelle. »①

Dans l'univers d'Amélie Nothomb, le récit de *Stupeur et tremblements* montre non seulement le problème du statut de la femme, mais aussi l'histoire de l'auteure :

« Écrire la femme japonaise et ses désillusions, c'est donc aussi écrire pour l'auteur sa propre histoire, ses propres désillusions, c'est se décrire dans son apprentissage abrupt des codes sociaux et dans sa découverte de « l'horreur d'un système » qui niait ce qu'elle avait aimé. »②

Et

« Amélie Nothomb, à sa façon, et quelques-unes avant elle et avec elle désormais, prend place dans les médias, dans la société et dans la culture de

① Michel David, *Amélie Nothomb : l'écriture illimitée*, Paris, Éditions L'Harmattan, 2013, pp. 125-126.

② Cécile Narjoux, *Étude sur Stupeur et tremblements*, Paris, Éditions Ellipses, 2004, p. 65.

son temps à partir de ce franchissement éthique, de cet affranchissement d'une parole féminine qui annonce les contours d'une féminité prenant appui sur ses manques, ses surprises, ses excès, ses ravages comme ses ravissements. »①

En un mot, l'évocation de la désillusion de la femme japonaise influence toute la vie d'Amélie Nothomb. On lui impose trop de devoirs pour ne jamais pouvoir être vraie, alors la romancière montre au lecteur son talent d'affecter, de feindre et de simuler. « Que penser du succès qui est celui de la narratrice, lorsque, par son art de la « comédie », elle amène sa supérieure à la jouissance. Amélie a donc parfaitement assimilé l'éducation japonaise des femmes. »②

Luc Collès souligne une manière idéale pour mieux comprendre l'altérité culturelle derrière le rôle de la femme dans *Stupeur et tremblements* :

> « c'est de se comprendre, qui serait donc d'instaurer un partage, une interaction entre les pôles européen et asiatique afin de prendre conscience de la coexistence des différentes cultures et de créer un "interculturel". En effet, il n'a pas de 'je' sans 'tu' et surtout pas de 'je' sans 'nous'. En se distançant par rapport à soi-même, en s'excentrant, le sujet prend conscience qu'il est porteur de sa propre culture. De ce fait, 'je' peut intensifier le rapport de la relation à l'autre et faciliter les échanges. L'interculturel pourrait donc remédier aux incompréhensions et au choc culturel. »③

---

① Michel David, *Amélie Nothomb : l'écriture illimitée*, *op. cit.*, 2013, p. 191.

② Cécile Narjoux, *Étude sur Stupeur et tremblements*, *op. cit.*, p. 66.

③ « Orient-Occident : le choc culturel dans l'œuvre d'Amélie Nothomb », Luc Collès, canalblog.com, le 6 juillet 2014, adresse web : http://luccolles.canalblog.com/archives/2014/07/06/30204156.html, en ligne, consulté le 5 avril 2019.

Chapitre Ⅷ L'émotion contradictoire entre Orient et Occident

Vu les circonstances chez Yumimoto, Amélie Nothomb reçoit comme un coup de massue, sa détermination de quitter le Japon devient forte, elle met en scène des sentiments contradictoires. D'un côté, elle se considère comme Japonaise ; de l'autre, les différentes expressions de l'altérité culturelle la font se sentir exclue de la société japonaise. Elle s'interroge sur sa nationalité. Est-elle Japonaise ou Belge ? Entre Orient et Occident, le bonheur et la douleur coexistent. Les sentiments ressentis par Amélie Nothomb dans les différents pays marquent le début de sa quête d'identité.

8.1 La découverte du bonheur

Au cours de la quête d'identité d'Amélie Nothomb, nous percevons une sorte de bonheur dans son écrit. Par exemple, c'est à la faveur du chocolat dans *Métaphysique des tubes* que la protagoniste se met à découvrir son identité et sa voix intérieure, la voix de son « je ».

L'emploi de « Je suis », « Je vais » et « Je veux » est omniprésent chez Amélie Nothomb. Une question se pose : de quoi il s'agit ? Qu'est-ce que le « moi » et comment se forme-t-il ? La réponse est simple : le moi existe comme un centre inchangé, quelque chose dont l'essence réside dans son caractère d'être différent du reste, dont l'ensemble est ce que l'on appelle le monde extérieur.

Métaphysique des tubes met en évidence une relation entre le sujet narrateur et le monde extérieur, il présente la question dans de vastes perspectives. On s'éloigne des réflexions de l'adulte pour se tourner vers le monde intérieur de l'enfant : c'est une œuvre qui a pour but de reconstruire et de faire voir le monde intérieur du narrateur, alors âgé de trois ans. Ce texte qui revient sur l'expérience de la petite fille nous donne, par ailleurs, la possibilité unique de chercher son identité.

L'auteur en témoigne en écrivant :

> « La volupté lui monte à la tête, lui déchire le cerveau et y fait retenir une voix qu'il n'avait jamais entendue :
>
> C'est moi ! C'est moi qui vis ! C'est moi qui parle ! Je ne suis pas « il » ni « lui », je suis moi ! Tu ne devras plus dire « il » pour parler de toi, tu devras dire « je ». Et je suis ton meilleur ami : c'est moi qui te donne le plaisir. [...] Le plaisir est une merveille, qui m'apprend que je suis moi. Moi, c'est le siège du plaisir. Le plaisir, c'est moi : chaque fois qu'il y aura du plaisir, il y aura moi. Pas de plaisir sans moi, pas de moi sans plaisir ! »①

Chez Amélie Nothomb, le bonheur joue souvent un rôle primordial. Il est considéré comme une porte vers développement intellectuel. Lorsqu'il s'agit du bonheur dans *Métaphysique des tubes*, c'est souvent le plaisir culinaire qui est mis en évidence. Dans ce roman, la joie enfantine provoquée par le fait de manger des sucreries est souvent évoquée :

> « La grand-mère m'avait rempli la bouche de sucre : soudain, l'animal furieux avait appris qu'il y avait une justification à tant d'ennui, que le corps et l'esprit servaient à exulter et qu'il ne fallait donc pas en vouloir ni à

① Amélie Nothomb, *Métaphysique des tubes*, Paris, Éditions Albin Michel, 2000, pp. 30-31.

l'univers entier ni à soi-même d'être là. Le plaisir profita de l'occasion pour nommer son instrument : il l'appela moi — et c'est un nom que j'ai conservé. »①

Dans une autre œuvre autofictionnelle *Biographie de la faim*, la narratrice affirme également que

> « Si Dieu mangeait, il mangerait du sucre. Les sacrifices humains ou animaux m'ont toujours paru autant d'aberrations : quel gaspillage de sang pour un être qui aurait été si heureux d'une hécatombe de bonbons !
>
> Il faudrait raffiner. Au sein des sucreries, il en est de plus ou moins métaphysiques. De longues recherches m'ont menée à ce constat ; l'aliment théologal, c'est le chocolat. »②

Le sentiment de vide que ressent la jeune narratrice peut se transformer en bonheur par le plaisir de goûter du chocolat. Son corps est l'objet d'une métaphore du plaisir décrivant l'effet d'accéder aux états émotionnels, par exemple quand elle prend des friandises. Dans *Métaphysique des tubes* et *Biographie de la faim*, le lecteur peut rapidement constater que les personnages adultes ne peuvent pas comprendre leurs besoins et leurs aspirations. Dans *Biographie de la faim*, on trouve une Amélie qui vole des spéculoos pour les goûter en cachette, en se regardant dans le miroir. Cette scène confirme notre supposition :

> « Je volais dans tous les garages, y compris celui de mes parents, qui n'était pas le plus mauvais. Un jour, j'y découvris une friandise belge que je

① Amélie Nothomb, *Métaphysique des tubes*, Paris, Éditions Albin Michel, 2000, p. 33.

② Amélie Nothomb, *Biographie de la Faim*, Paris, Éditions Albin Michel, 2004, p. 32.

ne connaissais pas : des spéculoos. [...] Je m'installais devant le miroir géant, sortis le butin de dessous mon pull et commençai à manger en observant mon reflet dans la glace : je voulais me voir en état de plaisir. Ce qu'il y avait sur mon visage, c'était le goût du spéculoos [...] ce sucre devait être de la cassonade, à en juger l'émoi caractéristique des fossettes. [...] Quant à la présence de miel, comment en douter, au vu de mes lèvres qui minaudaient l'extase ? [...] Ma mère entra dans la salle de bains [...] Sa première réaction fut la fureur : « Elle vole ! » [...] Enfin, elle comprit et sourit : « Elle a du plaisir et elle veut voir ça ! » »①

La mère d'Amélie ne lui permet pas de goûter au sucre, elle est d'abord furieuse par le vol de sa fille, et puis très vite elle montre sa compréhension en pensant qu' « Elle a du plaisir et elle veut voir ça ! ». La protagoniste s'abstient dans le plaisir qui l'inspire à retrouver son identité. Nous effectuerons une analyse approfondie de la relation entre la quête d'identité de l'auteur et la nourriture dans Partie Ⅲ.

8.2 Japon : Le bonheur absolu

Lorsqu'on demande à Amélie Nothomb comment était sa vie dans les différents pays qu'elle a connu, et pourquoi le Japon et la Belgique constituent deux pôles pour elle, elle répond :

« Mon père était ambassadeur de Belgique, il représentait ce pays. Il en parlait beaucoup. Je savais, sans le comprendre, que je venais de ce pays. Désormais, je suis convaincue que cette identité me va très bien même si je ne comprends toujours pas vraiment ce que veut dire « être belge ». Mais

① Amélie Nothomb, *Métaphysique des tubes*, Paris, Éditions Albin Michel, 2000, pp. 70-72.

cette bipolarité complètement absurde me résume bien. Vous chercheriez un lien philosophique, historique, esthétique entre le Japon et la Belgique, vous n'en trouveriez pas. Il est absurde d'être à la fois belge et japonais. Ce sont des pays qui n'ont pas de rapports. »①

Dans certaines de ses œuvres autofictionnelles, la romancière donne une réponse quant à son origine. La protagoniste de *Métaphysique des tubes* croit que le Japon est sa patrie, notamment à l'époque où elle se livre à la culture japonaise. Il est évident que la protagoniste préfère son identité japonaise à d'autres identités (belge ou française) : « être japonaise consistait à vivre au cœur de la beauté et de l'adoration. »② Très vite, la narratrice change de mode et passe du conditionnel temporel : « Je serais Japonaise »③ à l'imparfait de l'indicatif : « J'étais japonaise »④. Être japonaise semble avoir une existence réelle et devenir le cœur de sa vie :

« Être japonaise consistait à s'empiffrer des fleurs exagérément odorantes du jardin mouillé de pluie, à s'asseoir au bord de l'étang de pierre, à regarder, au loin, les montagnes grandes comme l'intérieur de sa poitrine, à prolonger en son cœur le chant mystique du vendeur de patates douces qui traversait le quartier à la tombée du soir.

À deux ans et demi, être japonaise signifiait être l'élue de Nishio-san. À tout instant, si je le lui demandais, elle abandonnait son activité pour me prendre dans ses bras, me dorloter, me chanter des chansons où il était

---

① Josyane Savigneau, « Écrire, Écrire, Pourquoi ? Amélie Nothomb », entretien recueilli par Josyane Savigneau, openedition.org, l'an 2010, https://books.openedition.org/bibpompidou/1179, en ligne, consulté le 4 septembre 2018.

② Amélie Nothomb, *Métaphysique des tubes*, Paris, Éditions Albin Michel, 2000, p. 57.

③ *Ibid*, p. 56.

④ *Ibid*, p. 57.

question de chatons ou de cerisiers en fleur. »①

« Être Japonaise » est comme vivre en harmonie avec la nature, à travers laquelle on aperçoit un bonheur implicite. Si on considère le jardin japonais comme une métaphore du jardin d'Éden, il apparaît tel que le paradis terrestre dans la *Genèse*, un univers clos où l'on pourrait vivre avec plaisir. C'est ainsi que le jardin de *Métaphysique des tubes* est relevé pour mettre en évidence la sensation du bonheur absolu :

> « L'aire géographique de la croyance en moi atteignait son plus haut degré de densité dans le jardin. Les murs élevés et chapeautés de tuiles japonaises qui le cloîtraient me dérobaient aux regards des laïcs et prouvaient que nous étions en un sanctuaire.
>
> Quand Dieu a besoin d'un lieu pour symboliser le bonheur terrestre, il n'opte ni pour l'île déserte, ni pour la plage de sable fin, ni pour le champ de blé mûr, ni pour l'alpage verdoyant ; il élit le jardin. »②

Sous la plume d'Amélie Nothomb, alors que si être japonaise signifie le bonheur absolu, être belge semble nettement moins intéressant. Évidemment, on peut s'expliquer pourquoi elle choisit de parler japonais avant de parler français.

Pour Amélie Nothomb, le Japon représente son enfance pleine de bonheur, c'est la période où la vie se compose de l'admiration de la beauté de la nature et de la réjouissance d'une existence éventuelle. Pourtant, la petite fille est consciente que l'existence de son paradis idéal n'est pas éternelle. Dans *Métaphysique des tubes*, après avoir appris qu'elle est obligée de quitter le

---

① Amélie Nothomb, *Métaphysique des tubes*, Paris, Éditions Albin Michel, 2000, pp. 59-60.

② *Ibid.* p. 57.

Japon, Amélie éprouve un vide et un déséquilibre flagrant :

> « Ton père ne sera pas éternellement en poste au Japon. Dans un an, ou deux ans, ou trois ans, nous partirons. [...] L'univers s'effondra sous mes pieds. Je venais d'apprendre tant d'abominations à la fois que je ne pouvais pas même en assimiler une seule. Ma mère n'avait pas l'air de se rendre compte qu'elle m'annonçait l'Apocalypse. [...] — C'est une blague, ce que tu m'as dit. On ne va pas partir. [...] — C'est mon pays ! Je meurs si je pars ! »①

La nouvelle d'un futur départ du Japon tend à donner à la petite fille le sentiment de l'instabilité de l'existence :

> « En effet : je mourais déjà. Je venais d'apprendre cette nouvelle horrible que tout humain apprend un jour ou l'autre : ce que tu aimes tu vas le perdre. « Ce qui tu as été donné te sera repris » : c'est ainsi que je me formulai le désastre qui allait être le leitmotiv de mon enfance, de mon adolescence et des péripéties subséquentes. « Ce qui t'a été donné te sera repris » : ta vie entière sera rythmée par le deuil. Deuil du pays bien-aimé, de la montagne, des fleurs, de la maison, de Nishio-san et de la langue dont tu lui parles. »②

Le départ du Japon met en évidence la clé de notre corpus : la vie de la protagoniste est toujours liée à une série de séparations, d'arrachements successifs de l'état de bonheur. La protagoniste est en quête du plaisir, du bonheur et de son identité. Cette caractéristique de la protagoniste explique son

---

① Amélie Nothomb, *Métaphysique des tubes*, Paris, Éditions Albin Michel, 2000, pp. 122-123.

② *Ibid*, p. 124.

effondrement devant la séparation du bonheur, comme cela lui arrive au Bangladesh, où elle perd son identité.

8.3 Bangladesh : Le souvenir douloureux

> « Ce fut elle qui nous conduisit, en un jour terrible de l'été 1978, à l'aéroport.
>
> J'étais hagarde de souffrance. Ce n'était pas la première fois de ma vie que c'était l'Apocalypse. Mais il n'y avait pour de tels arrachements aucun mécanisme d'habitude, rien qu'une accumulation de douleurs.
>
> [...]
>
> En 1978, le Bangladesh était une rue pleine de gens en train de mourir. »①

Après avoir savouré le bonheur à New York, Amélie la protagoniste de *Biographie de la faim* et sa famille sont allées au Bangladesh, où le quotidien est « une rue pleine de gens en train de mourir ». Les expériences de la petite fille aux États-Unis telles que les comédies musicales, la danse et l'admiration au lycée se sont toutes transformées en une misère encore bien pire que son souvenir de Pékin. Selon la narratrice, cette expérience pleine de misère exerce une influence négative sur sa santé psychique :

> « Jamais population ne me parut aussi énergique. Tout le monde avait du feu dans les yeux. On crevait avec ardeur. La faim omniprésente, incendiait le sang des Bangladeshis.
>
> Notre maison était un moche bunker où il y avait de la nourriture :

① Amélie Nothomb, *Biographie de la Faim*, Paris, Éditions Albin Michel, 2004, pp. 132-134.

luxe suprême.

[...]

Dans ce mouroir géant, je n'éprouvais rien que de l'effroi. J'étais comme une soprano envoyée sur le plus sanglant des champs de bataille et à qui ce spectacle dirait soudain l'incongruité de sa voix, sans que cela la rendît capable de changer de registre. Il valait mieux se taire. »①

« On crevait avec ardeur », « ce mouroir géant » et « rien que de l'effroi », toutes ces descriptions mettent en évidence la douleur de la narratrice. Elle commence à perdre sa croyance spirituelle. En cette période difficile, ses parents ne lui offrent pas suffisamment d'attention en raison de leur travail. C'est à ce moment-là, qu'elle perçoit un choc culturel.

« Un facteur reste cependant à prendre en compte : on ne rencontre jamais une culture, mais des individus et des groupes qui mettent en scène une culture. Dans la subjectivité d'un roman, cette remarque semble particulièrement appropriée et nous mène à nous poser la question de l'ampleur que prennent les caractéristiques individuelles de chacun dans le cadre d'un choc culturel. »②

Amélie passe au Bangladesh son existence de onze à seize ans, et y subit un choc culturel. C'est pour elle une époque pleine d'anxiété et misère. À force de vivre dans des pays sous-développés comme le Bangladesh, elle en vient à se replier sur elle-même et rejette la nourriture. Dans cette situation difficile, il ne reste que sa sœur Juliette qui parvient à lui donner un appui spirituel.

---

① Amélie Nothomb, *Biographie de la Faim*, Paris, Éditions Albin Michel, 2004, p. 134.

② « Orient-Occident : le choc culturel dans l'œuvre d'Amélie Nothomb », Luc Collès, canalblog.com, le 6 juillet 2014, adresse web : http://luccolles.canalblog.com/archives/2014/07/06/30204156.html, en ligne, consulté le 5 avril 2019.

L'enfermement mental et le refus de se nourrir provoque chez Amélie Nothomb une anorexie à l'âge de treize ans. Selon Gaëlle Séné, l'auteur d'*Anorexie mentale et fantasmes : À propos de l'œuvre d'Amélie Nothomb*, l'anorexie mentale représente un désir de résoudre le problème de la perte d'identité. En effet, la narratrice est attirée par le néant et elle cherche à construire un vide corporel dans le but de mieux se défendre contre une souffrance spirituelle. Ainsi donc, sa sœur et elle choisissent de s'enfermer dans le « moche bunker » où se loge leur famille, cherchant à se dégager de la réalité du dehors :

> « Près de vomir, je sautai sur la bicyclette et m'enfuis. Je ne voulais plus jamais rien voir.
>
> C'était devenu un gag : à n'importe quelle heure du jour, on pouvait être sûr de nous trouver, Juliette et moi, affalées sur le canapé, en train de lire. La seule transhumance consistait, le soir, à rejoindre son lit. »①

En fait, pour la narratrice, les années anorexiques de l'adolescence dans *Biographie de la faim* ont modelé la formation de son identité adulte. Comme il y avait déjà dans son enfance des difficultés pour elle à fixer son identité, la formation de son identité adulte n'en fut pas moins difficile. Le rôle de l'anorexie et de la faim est de donner à la petite Amélie le désir d'exister :

> « À présent que je ne mangeais plus, j'étais d'une activité physique et mentale intense. J'avais vaincu la faim et je jouissais désormais de l'ivresse du vide.
>
> En vérité, j'étais au paroxysme de la faim : j'avais faim d'avoir faim. »②

---

① Amélie Nothomb, *Biographie de la Faim*, Paris, Éditions Albin Michel, 2004, pp. 137-138.

② *Ibid*, pp. 172-172.

Pour la narratrice, la faim qui doit imposer une souffrance physique au corps pour apporter un vrai plaisir ; l'anorexie produite par un enfermement mental est un désir d'être vide. Au cours de la formation de l'identité, l'anorexie a pour fonction d'agir comme une protection contre le vide mental et un moyen de lutter contre l'affolement lié au risque du fractionnement du corps.

Conclusion de la Partie Ⅱ

L'altérité culturelle entre Orient et Occident est un sujet récurrent chez Amélie Nothomb, parce qu'elle se produit en même temps sur le plan abstrait et concret. Pour mieux comprendre cette altérité, on peut se référer aux mots de Lorenzo Bonoli :

> « Il apparaît utile de relever trois acceptions différentes du terme « altérité », qu'il sera important de pouvoir distinguer par la suite. Ces trois acceptions reflètent la division en trois moments présentés auparavant. Dans le premier moment, nous sommes confrontés avec ce qu'on peut définir comme une *altérité vécue*. L'émergence de l'altérité nous met face à quelque chose qui ne se laisse pas réduire à notre système symbolique. [...] Dans un deuxième moment, nous serons confrontés à cette forme d'altérité : une *altérité énoncée* ou *dite*, c'est-à-dire une forme l'altérité qui se présente essentiellement comme une description qui aspire à rendre compte de l'expérience vécue, mais qui, en soi, n'est déjà plus une « vraie » altérité dans la mesure où elle se présente à travers nos mots et nos concepts. Enfin, l'altérité présuppose la possibilité d'une lecture et, par là, la possibilité de devenir une *altérité lue*, c'est-à-dire la forme d'altérité qui procède de la

lecture d'un texte relatant une altérité vécue. »①

Comme les différentes expressions de l'altérité « vécue », le racisme, l'ethnocentrisme, le relativisme et le culturalisme sont indissociablement liés à une stricte hiérarchie, au collectivisme oriental, à la culture de la « face » et au statut de la femme. Ces chocs culturels font qu'Amélie se retrouve prise au piège entre deux civilisations différentes et a pour seul choix d'adhérer à la culture belge ou de se plier à l'humiliation de la culture japonaise. Les émotions contradictoires vis-à-vis des différents pays sont la représentation de ce choix. Elle dissimule son identité belge, mais l'humiliation brise son illusion d'être une Japonaise, même si elle a eu une enfance heureuse dans son pays préféré — le Japon. Face à cette situation, la nourriture fournit des indices sur l'avenir d'Amélie Nothomb. Le chocolat blanc, le chocolat verdâtre et le spéculoos exercent tous une influence sur la quête d'identité de l'auteure, et c'est alors l'heure pour Amélie Nothomb de dévoiler le secret de son identité.

① Lorenzo Bonoli, *Lire les cultures*, Paris, Éditions Kimé, 2008, p. 54.

Troisième partie
Quête d'identité

Les récits d'Amélie Nothomb s'appuient sur l'altérité culturelle, ils posent une question centrale : quelle est l'identité de Nothomb ? Est-elle Japonaise ou Belge ? À cause de certaines raisons historiques, un grand nombre de Belges sont confrontés au même genre de problème, Amélie Nothomb n'est qu'une représentante de cet écartèlement entre plusieurs identités.

La comparaison des deux chocolats met l'accent sur ce problème. D'un côté, Amélie retourne dans son pays préféré à cause de ses bons souvenirs, elle veut virer en tant que Japonaise, mais le chocolat verdâtre que le vice-président veut qu'elle mange représente l'humiliation japonaise ; de l'autre, le chocolat de la grand-mère lui apporte le plaisir de l'identité belge, comme si son pays natal l'appelait. Ainsi, elle est obligée de repenser la question de son identité. Dans sa quête d'identité, on peut voir en elle une femme au sein de laquelle se mélangent le narcissisme.

À travers le stade du miroir de Lacan, il est possible d'expliquer la valeur symbolique de la relation homosexuelle entre Amélie Nothomb et deux filles étrangères. L'auteure du *Sabotage amoureux* et de *Stupeur et tremblements* passe au stade du miroir avorté, le masochisme qu'elle exprime à ce stade devient un moyen efficace de déchiffrer ses différents états psychologiques.

Chapitre IX
La quête d'identité : un choix difficile

Née au Japon, Amélie Nothomb est Belge et habite à Paris. La question se pose donc : Quelle est son identité ? Face aux mêmes problèmes, un certain nombre de Belges choisissent de « dissimuler » leur appartenance nationale. L'auteure de *Stupeur et tremblements* fait presque la même chose, elle se croit Japonaise, mais l'humiliation qu'elle subit fait qu'elle est une Belge « apatride ». La romancière belge utilise sa propre langue — l'écriture, pour trancher son problème d'identité : « Très vite, j'ai compris que ma seule identité était la langue, puisque c'était la seule chose que je ne perdais pas tous les trois ans. »① Pour l'écrivaine, l'écriture est le meilleur moyen de poursuivre sa quête d'identité, elle est le déclenchement de sa graphomanie et l'appui spirituel de la vie :

> « Elle ne fera plus que cela, se logera corps et âme dans l'écriture [...] Cela deviendra une écriture-vêtement, une écriture-Péplum pour revêtir le corps féminin malmené, une solution envisageable face au douloureux corps pubère et aux excès qui envahissent adolescente... »②

---

① Lareline Amanieux, *Amélie Nothomb : L'éternelle affamée*, Paris, Éditions Albin Michel, p. 104.

② Michel David, *Amélie Nothomb : Le symptôme graphomane*, Paris, Éditions Harmattant, 2006, p. 31.

9.1 Le contexte littéraire de la quête d'identité

> « L'altérité est un concept polysémique. La définition la plus brève, mais en même temps la plus pertinente, précise que la notion de l'Autre désigne des êtres qui, par un ensemble de traits spécifiques, sont différents de nous. L'Autre, c'est celui qui n'est pas moi. »①

Dans son article « l'Autre comme un Autre ou comme la Même. La dialectique de l'altérité et de la mêmeté dans *Stupeur et tremblements* d'Amélie Nothomb », Agnieszka Pantkowska manifeste sa compréhension sur l'altérité et précise la notion de l'Autre en remarquant l'Autre, c'est celui qui n'est pas moi.

Comme nous l'avons vu dans la deuxième partie de la présente thèse, les romans autoficitonnels d'Amélie Nothomb baignent dans l'atmosphère de l'altérité, le concept de l'Autre apparaît fréquemment chez la romancière. Quand les œuvres autofictionnelles d'Amélie Nothomb croisent cet « Autre », Agnieszka Pantkowska écrit :

> « Amélie Nothomb et son œuvre méritent une attention toute particulière. L'œuvre, caractéristique par sa forme essentiellement dialoguée, est qualifiée d'étonnant phénomène littéraire ; son auteur se voit attribuer l'étiquette d'écrivain "singulier" et "surdoué" ayant un "talent exceptionnel" et "hors du commun". Si le phénomène Nothomb baigne dans l'atmosphère de l'altérité, le concept de l'Autre prend fréquemment chez elle la figure d'un personnage. »②

---

① Agnieszka Pantkowska, « L'Autre comme un Autre ou comme le Même. La dialectique de l'altérité et de la mêmeté dans *Stupeur et tremblements* d'Amélie Nothomb », Revue Francofonía, septembre 2000, p. 188.

② *Ibid.*

C'est surtout le cas de notre corpus. Dans les cinq romans, la petite Amélie possède une identité double : D'un côté, elle est belge dans des pays étrangers (Japon, États-Unis) ; de l'autre, elle est le « Moi » qui nous rappelle la célèbre formule d'Arthur Rimbaud "je est un autre". De ce fait, la romancière belge réussit à joindre deux pôles que l'on ne peut plus s'éloigner : l'Occident — des pays tels que la Belgique, la France, les États-Unis, et l'Orient — des pays tels que tel que le Japon le Bangladesh. Pantkowska écrit

> « chez Nothomb (en ceci elle suit la tradition d'un Malraux ou d'un Barthes), le double statut de l'Autre est sujet au dédoublement à son tour, car la nature de l'Autre est réversible : le sujet observant son objet en est observé à son tour, devenant ainsi l'objet, donc un autre. Ce dédoublement que Nothomb désigne comme un "renversement des valeurs" et qui est suggéré par l'auteur, lui-même, dans la partie inaugurale du roman déterminera tout le roman. »①

Avant d'explorer la vérité de l'identité d'Amélie Nothomb, il faut commencer par faire une présentation générale sur le contexte littéraire où se trouve la romancière belge. Comme écrivaine contemporaine, Amélie Nothomb est plus ou moins influencée par les genres littéraires de son époque.

> « De l'ambiguïté de leurs relations avec la France et avec la Belgique même, les romanciers belges se dérobent depuis toujours aux définitions et aux classifications. Leur histoire, comme leur culture est récente, les privant de ces fondements historiques sur lesquels s'appuie la littérature française, par

① Agnieszka Pantkowska, « L'Autre comme un Autre ou comme le Même. La dialectique de l'altérité et de la mêmeté dans *Stupeur et tremblements* d'Amélie Nothomb », Revue Francofonía, septembre 2000, p. 188.

exemple. »①

Au début de son ouvrage *Études sur Stupeur et tremblements*, Cécile Narjoux met en lumière la situation des romanciers belges dans la littérature française. Il cite la belle expression de Jean-Pierre Otte : « Nés de l'absence et de la nuit » afin de révéler que

> « ces romanciers ont souffert de leur statut ambivalent, qui les définissait comme écrivains français de Belgique et écrivains belges de langue française : exilés à Paris, lieu de passage obligé pour une véritable reconnaissance littéraire, ils étaient alors absorbés par la culture française, ou ignorés, parce que restés en Belgique, où l'académisme régnant étouffait toute poussée innovante. »②

Selon Cécile Narjoux, un des obstacles qui se présente face à des romanciers belges est la difficulté qu'ils ont de se trouver une identité et une appartenance tangible.

Dans le but de mieux préciser la situation des romanciers belges, Marc Quaghebeur écrit :

> « Dans un monde marqué durant plus d'un demi-siècle par le triomphe de l'académisme en circuit clos et par le refoulement des avant-gardes aux limites d'un confinement où elles s'enlisent, en l'absence de véritable débat d'idées comme de perception des vrais enjeux formels, qu'espérer en effet au pays de la dénégation constante de l'histoire. »③

---

① Cécile Narjoux, *Étude sur Stupeur et tremblements*, Paris, Éditions Ellipses, 2004, p. 7.

② *Ibid*.

③ Marc Quaghebeur, *Encylopeadia Universalis*, article « Belgique. Lettres françaises ».

Narjoux révèle « pourquoi les romanciers belges sont adeptes de la rêverie, de l'introspection, du « réel déclaré », et franchissent volontiers la frontière qui sépare le roman de la poésie, et le réel de l'imaginaire. »①

« Séparer le roman de la poésie et le réel de l'imaginaire » met l'accent sur les caractéristiques du roman belge, qui illustre une crise d'identité et il manifeste le repli sur soi des écrivains. Ceux-ci recréent souvent des univers intimes, de l'imaginaire, de l'inconscient, de l'irrationnel et se passent de l'Histoire.

C'est depuis les années soixante-dix que le roman belge commence à éprouver le désir de renouvellement. Deux grandes tendances portant sur le roman belge contemporain apparaissent :

> « L'une consiste dans « l'évocation » distanciée, humoristique, parodique, ou contestataire de « l'environnement contemporain », (par exemple Marcel Moreau, Paul Emond, Jean Muno) ; l'autre envisage les « étrangetés d'un surréel qui tient du rêve, de l'utopie »② (par exemple Eugène Savitzkaya, Francis Dannemark, Jean-Claude Pirotte). »③

La nouvelle génération des romanciers belges ont la chance de jouir d'une inépuisable créativité, comme en témoigne son abondance. On appelle cette nouvelle génération qui s'épanouie « la littérature française de Belgique », et l'emploi de la formule « littérature belge de langue française » semble plus fréquent qu'auparavant.

> « Amélie Nothomb, qui a commencé à écrire, à dix-sept ans, à son

① Cécile Narjoux, *Étude sur Stupeur et tremblements*, Paris, Éditions Ellipses, 2004, p. 8.

② In *Revue littéraire du Nord et d'ailleurs*, n°3, déc. 2000 ; voir aussi le n°4, avril 2001.

③ Cécile Narjoux, *Étude sur Stupeur et tremblements*, *op. cit.*, p. 8.

arrivée en Belgique, fait partie de la dernière génération de ces romanciers et son œuvre s'inscrit parfaitement dans ce courant profus, qui explore parfois le réel contemporain, mais avec un humour féroce »①

« Un humour féroce » — c'est certainement le cas du *Sabotage amoureux*, de *Stupeur et tremblements* et de *Métaphysiques des tubes*. Tous se situent dans la sphère de la fiction et mettent l'accent sur l'aventure intérieure, et c'est aussi le cas de la plupart des œuvres autofictionnelles de Nothomb. Sa position sur la situation des romanciers belges est claire :

> « Au début, il est vrai, je trouvais ce pays lourd. Je me sentais écrasée. Et je me demande si l'origine de beaucoup de talents belges n'est pas là. On a besoin de se créer une folie pour ne pas être englué dans cette espèce de conformisme épais. Quand on se met à délirer, on délire plus que nos voisins. Je dirais même, sans vouloir faire de démagogie patriotique, qu'il y a plus d'écrivains originaires en Belgique qu'en France. Et l'humour belge est magnifique, beaucoup plus drôle que le français : Philippe Geluck, Stephan Liberski... »②

Sa position reflète une situation différente de celle que l'on pouvait trouver en Belgique dans les années soixante-dix. À cette époque-là,

> « On connaît en effet l'existence d'un plafond de verre particulièrement tenace pour les femmes dans la frange la plus légitime du champ littéraire, ainsi qu'une situation de la littérature belge francophone comme « institution littéraire faible ». En outre, la production de best-sellers est souvent un frein

① Cécile Narjoux, *Étude sur Stupeur et tremblements*, *op. cit.*, p. 8.

② Entretien mené par Emmanuelle Jowa et Elisabeth Mertens pour *Le Vif/L'Express*, août 2001.

à une reconnaissance par les instances de consécration les plus légitimes du champ littéraire. » ①

À partir de la fin des années 1970, on voit apparaître de nouvelles manières de définir la valeur d'une œuvre artistique, et cette valeur semble de plus en plus associée à la mise en scène de la propre existence de l'auteur comme personne.

9.2 La fascination du Japon et l'élimination des signes belges

Dans ses romans autofictionnles portant sur le Japon, Amélie Nothomb déclare à plusieurs reprises qu'elle est « japonaise ». Dans ce pays oriental, cette Belge est en fait une « Autre ». Elle a perçu combien la civilisation japonaise est complètement différente de la civilisation européenne :

> « La plus éloignée ne veut pourtant pas dire la moins connue. [...] si leur littérature nous communique le conflit entre la réalité moderne et les hautes valeurs ancestrales nippones (comme c'est le cas dans les romans de Junichirō Tanizaki ou dans ceux de Banana Yoshimoto), les sociologues d'aujourd'hui insistent sur le dévouement au travail devenu la valeur suprême et sur la puissance intellectuelle des informaticiens japonais. La culture japonaise, sans pareilles dans la culture occidentale, sur lesquelles s'est greffé l'extraordinaire progrès technique, nourrit notre imaginaire, mais, par goût de simplification sans doute, a également contribué à la construction du stéréotype nippon. » ②

① Émilie Saunier, « Accéder à la reconnaissance en tant que femme écrivain belge », Revue Sociologie et sociétés, automne 2015, volume 47, n° 2, p. 114.

② Agnieszka Pantkowska, « L'Autre comme un Autre ou comme le Même. La dialectique de l'altérité et de la mêmeté dans *Stupeur et tremblements* d'Amélie Nothomb », Revue Francofonía, septembre 2000, p. 188.

Agnieszka Pantkowska souligne que l'analyse de la signification de l'Autre repose sur une analogie, à travers de laquelle on peut marquer la distinction d'autrui et retrouver la caractéristique de l'Autre. En tant qu'écrivaine qui a l'intention de refléter la fonction de l'Autre (surtout le Japonais), Amélie Nothomb montre une envie de se concentrer sur l'altérité en s'appuyant sur le côté exotique qu'elle n'oublie jamais. Elle s'efforce de mettre l'accent sur cette altérité en le généralisant.

> « C'est la voie de la démystification : elle insiste sur l'étrangeté japonaise tout en la dépouillant de cette aura de mystère et d'admiration. Simultanément cependant, elle utilise l'altérité comme prétexte pour mieux parler de la mêmeté ; l'Autre ne sert que pour mettre en relief le Même. »①

Dans les récits d'Amélie Nothomb, il n'est pas difficile de trouver le regard belge posé sur le Japon. Dans *La Nostalgie heureuse*, sa visite au Japon se fait par l'intermédiaire du souvenir dans laquelle elle déclare :

> « D'aucuns diraient qu'en de telles conditions, n'importe quel pays ferait l'affaire. J'en doute. Je sais que j'avais besoin d'être subjuguée, d'avoir la foi. Le Japon suscite cela chez moi. Il est le seul. »②

Pour elle ainsi que pour le lecteur, ce pays oriental fonctionne comme conquérant. La superficie du Japon n'est pas immense, et le pays est néanmoins sacré, fermé, au point de devenir hermétique. Il s'interprète par lui-même, il existe pour lui-même :

---

① Agnieszka Pantkowska, « L'Autre comme un Autre ou comme le Même. La dialectique de l'altérité et de la mêmeté dans *Stupeur et tremblements* d'Amélie Nothomb », Revue Francofonía, septembre 2000, p. 188.

② Amélie Nothomb, *La Nostalgie heureuse*, Paris, Éditions Albin Michel, 2013, pp. 30-31.

« Jusqu'à présent, mon idylle avec le Japon a été parfaite. Elle comporte les ingrédients indispensables aux amours mythiques : rencontre éblouie lors de la petite enfance, arrachement, deuil, nostalgie, nouvelle rencontre à l'âge de vingt ans, intrigue, liaison passionnée, découvertes, péripéties, ambiguïtés, alliance, fuite, pardon, séquelles. »①

Ce sentiment d'irréalité ne fait qu'augmenter l'impression que le Japon fonctionne comme conquérant. La protagoniste explique ses raisons de retourner dans ce pays :

« Il va de soi que j'en ai eu davantage. Mais la géographie délimite plus clairement le temps : ma vie japonaise a le mérite d'être moins mélangée à mes autres existences. C'est aussi cela que j'aime tant au Japon : ce que j'y ai vécu ne s'encombre pas de grésillements ou de passages à vide. J'y suis revenue à vingt-et-un ans avec le sentiment du commencement pur. »②

L'action du récit a lieu en des endroits différents du Japon grâce auxquels le lecteur se balade avec la narratrice. Il est intéressant de constater qu'il manque les descriptions de ces endroits. Ce manque démunit l'endroit de toute trace individuelle et lui offre de la sorte le caractère métaphorique nothombien.

L'observation que la narratrice effectue sur le Japon semble critique. Sociologiquement, elle démontre et met en doute la faculté du travail comme façon et manière de réussite sociale, convoitée à tout prix, et qui remplace les éléments essentiels de la vie tels que l'honneur, la réputation, la respectabilité. Dans *Stupeur et tremblements*,

---

① Amélie Nothomb, *La Nostalgie heureuse*, Paris, Éditions Albin Michel, 2013, pp. 29-30.

② *Ibid*, p. 30.

« Ce travail, qui ne procure ni bonheur ni satisfaction, cette hiérarchie qui, d'une part, suscite le désir de monter en grade, mais qui, de l'autre, ne cesse d'indiquer notre infériorité, produit des gens aigris, complexés, violents et égoïstes, dépossédés d'initiative quelconque, même intellectuelle. »①

Du point de vue de la narratrice, les Japonais se caractérisent par leur rigueur, sa position est pleine d'un attachement qui, manifestée par de dures épreuves, se nourrit du réservoir affectif composé par rapport à ses premières années au Japon. Malgré les humiliations de la part de ses supérieurs japonais, Amélie admire et estime monsieur Tenshi ; quoique Fubuki la trahisse et la fasse souffrir, elle ne cesse de lui donner son admiration en préférant y voir une marque de privilège.

À part l'expression directe du sentiment de nostalgie, la fascination pour le Japon se manifeste d'une manière subtile — par l'élimination de la belgitude. Du point de vue de Claire Nodot, l'auteure de « La Dame pipi du quarante-quatrième étage : l'exil et la marge dans *Stupeur et tremblements* d'Amélie Nothomb »②, Amélie ne se croit plus être une véritable Belge ou en d'autres mots une Occidentale. Son aspiration profonde est d'être « réincorporée ».

« Dans *Stupeur et tremblements*, ce qui se joue dans le roman est la progressive déconstruction des fantasmes identitaires d'Amélie et l'émergence d'une nouvelle identité, celle d'un auteur qui découvre la surprenante jouissance et liberté de l'univers de la marge et de la différence. Si l'échec d'Amélie chez les Nippons tient fondamentalement à son incapacité à

---

① Agnieszka Pantkowska, « L'Autre comme un Autre ou comme le Même. La dialectique de l'altérité et de la mêmeté dans *Stupeur et tremblements* d'Aémlie Nothomb », Revue Francofonía, septembre 2000, p. 199.

② Claire Nodot, « La Dame pipi du quarante-quatrième étage : l'exil et la marge dans *Stupeur et tremblements* d'Amélie Nothomb », Revue Paroles gelées, printemps 2006, volume 22.

reconnaître et accepter les règles du jeu, la victoire finale du roman tient au contraire à sa capacité de transformer son espace marginal en son propre terrain de jeux, où elle seule édicte ses propres règles. »①

Dans *Le récit siamois : identité et personnage dans l'œuvre d'Amélie Nothomb*, Laureline Amanieux pose directement le problème d'identité qui obsède Amélie Nothomb :

« En se choisissant, dans son imaginaire, une autre famille et un autre pays, la romancière tend à éliminer son pays d'origine, la Belgique. Son identité nationale pose en effet problème. Les romans autobiographiques révèlent que la romancière ne se reconnaît pas comme Belge. »②

Sous la plume de la romancière belge, on pourrait constater que les personnages étrangers sont toujours liés à la nationalité belge dans les romans. Amanieux remarque que les personnages de Français apparaissent, dans ce contexte, sous la forme des étrangers D'après son analyse, la nationalité belge n'est pas reconnue par la romancière dans les romans autofictionnels :

« *Métaphysique des tubes* ou *Biographie de la faim* commençent le récit autobiographique au Japon. La perte de ce pays, dès son jeune âge, est l'une des fractures déterminantes de l'identité de la romancière, au point qu'elle déclare appartenir par la suite au pays des « jamaisiens ». Ce néologisme arrache l'auteur à une identité géographique claire, en déplaçant l'attention du lecteur vers une souffrance psychologique et nostalgique liée cette fois à la temporalité. L'adverbe de temps ainsi substantivé signale le caractère

① Claire Nodot, « La Dame pipi du quarante-quatrième étage : l'exil et la marge dans *Stupeur et tremblements* d'Amélie Nothomb », Revue Paroles gelées, printemps 2006, p. 69.

② Laureline Amanieux, *Le récit siamois : identité et personnage dans l'œuvre d'Amélie Nothomb*, Paris, Éditions Albin Michel, p. 277.

irréversible de son départ et la fin d'une période de petite enfance privilégiée. »①

L'analyse d'Amanieux est claire. Possédant la nationalité belge, Amélie sent « une souffrance psychologique et nostalgique ». Ainsi, elle imaginait que tous les Blancs étaient belges, sauf elle qui se tenait pour Japonaise. La romancière cherche à dissimuler sa propre nationalité, et l'on se rend d'ailleurs compte d'un jeu de toponymes qui interdit de fixer Amélie Nothomb dans un pays particulier. Les premiers mots du texte mettent en relief « une description mi-scientifique, mi-parodique des îles des Nouvelles-Hébrides, en se concentrant sur Vanuatu. »② Conformément à ce dont on a parlé dans la deuxième partie de la présente thèse, le récit se déroule dans une série de pays étrangers tels que le Japon les États-Unis et le Bangladesh. Après le séjour au Bangladesh, il est possible de percevoir que le voyage à l'étranger des Nothomb est en quelque sorte terminé. Bien que l'auteur mentionne le nom de pays tels que le Laos, l'Inde et la Birmanie, ces pays ne jouent pas un rôle primordial dans les romans autofictionnels de la romancière belge.

> « Nothomb tend à effacer toute description de ces pays pour porter l'attention sur la modification psychologique et physique qu'elle traverse [...] On voit alors comment l'identification des espaces extérieurs et intérieurs lui permet de donner plus ou moins d'importance aux pays traversés. »③

Cependant, la romancière se croit étrangère dans son pays natal, elle vit en

---

① Laureline Amanieux, *Le récit siamois : identité et personnage dans l'œuvre d'Amélie Nothomb*, Paris, Éditions Albin Michel, p. 277.

② *Ibid*, pp. 277-278.

③ Laureline Amanieux, *Le récit siamois : identité et personnage dans l'œuvre d'Amélie Nothomb*, Paris, Éditions Albin Michel, p. 278.

Belgique en se rappelant ses années au Japon :

> « Seize années sans Japon. La même durée qu'entre mes cinq et mes vingt-et-un ans, qui m'avait fait l'effet d'une traversée du désert. Les pires années furent les premières. À cinq ans, à six ans, je me cachais sous la table pour souffrir en paix. Dans cette pénombre, je reconstituais le jardin, la musique de mon éden, et le souvenir devenait plus vrai que le réel. Je pouvais alors pleurer les yeux ouverts, contemplant ce monde perdu que la force de l'hallucination ressuscitait. Quand on me retrouvait, on me demandait la nature de ce chagrin et je répondais : « C'est la nostalgie. ». »①

Elle pensait que retrouver son pays d'origine, la Belgique, la guérirait de sa nostalgie du Japon, mais la réalité est cruelle :

> « Paradoxalement, la Belgique est donc associée à un maximum d'étrangeté : la perte d'identité se fait encore plus vive dans ce pays pour la romancière (rappelons que la perte d'identité commence au Bangladesh, après le viol dans la mer). »②

Ce passage nous permet de comprendre pourquoi Amélie manifeste qu'elle n'est semblable à aucun Belge dans *Stupeur et tremblements*. Derrière ce trait d'humour, il faut souligner sa situation singulière : elle est une Belge apatride, elle ne connaît son pays d'origine qu'à l'adolescence. Belge née au Japon, ou Japonaise d'origine belge, le dilemme que nous avons rappelé remarquant les errances de la littérature belge au regard de la langue française se trouve démultiplié dans le cas de l'écriture d'Amélie Nothomb.

---

① Amélie Nothomb, *La Nostalgie heureuse*, Paris, Éditions Albin Michel, 2013, p. 21.

② Laureline Amanieux, *Le récit siamois : identité et personnage dans l'œuvre d'Amélie Nothomb*, *op. cit.*, p. 278.

La narratrice met l'accent sur son statut de « Belge expatriée » dans *Biographie de la faim*, elle exprime : « De tous les pays où j'ai vécu, la Belgique est celui que j'ai le moins compris »①. Dans ce texte, Bruxelles, la capitale de la Belgique, n'occupe que quatre pages dans un discours descriptif : « Si parfois elle pense que c'est une usurpation pour elle de se dire bruxelloise, elle s'avoue très fière de l'être tout de même. »②

À propos de cette attitude, Amanieux livre son analyse :

> « Nous signalons que davantage de pages étaient consacrées à la Belgique dans le tapuscrit, mais elles ont été éliminées de l'édition publiée pour des raisons d'efficacité narrative : l'éditeur et la romancière ont estimé, à la relecture, que ces passages n'étaient pas satisfaisants du point de vue du rythme et de l'économie narrative, le récit semblant s'enliser au sens propre dans ce pays. »③

Les passages descriptifs qu'Amanieux mentionne ne font pas partie du tapuscrit initial, ce n'est qu'une récréation simple, par effacement, des pages distinctement conçues.

> « Dans *Biographie de la faim*, le frère de la narratrice est envoyé dans un pensionnat jésuite qu'une métaphore transforme en « prison belge [...] Le personnage transforme une ville belge entière en figuration du mal. Les isotopies de la maladie et du mal métaphysique dominent lorsqu'il s'agit de la Belgique. Par ces techniques d'élimination ou de dépréciation, l'importance

① Amélie Nothomb, *Biographie de la Faim*, Paris, Éditions Albin Michel, 2004, p. 179.

② Michel Zumkir, *Amélie Nothomb : de A à Z. Portrait d'un monstre littéraire*, Bruxelles, Éditions Le grand miroir, 2007, p. 26.

③ Laureline Amanieux, *Le récit siamois : identité et personnage dans l'œuvre d'Amélie Nothomb*, Paris, Éditions Albin Michel, p. 278.

du pays d'origine et de l'identité nationale est amoindrie et mise en concurrence avec une identité étrangère valorisée, c'est-à-dire l'identité imaginaire de la Japonaise, même si c'est sur le mode l'échec. »①

Devant cette élimination, c'est la fascination du pays du Soleil-Levant, « même si c'est sur le mode l'échec ». Par la suite, la narratrice de *La Nostalgie heureuse* déclare avoir découvert le mépris en Occident à cause de sa nostalgie, « qu'il s'agissait d'une valeur passéiste toxique. La cruauté du diagnostic ne m'en a pas guérie. Je demeure une nostalgique invétérée. »② Nous constatons à nouveau cette contradiction entre la Japonaise imaginaire et la Belge apatride. Amanieux dit à ce propos : « La romancière se conçoit alors comme des jumelles siamoises, dont l'un des visages est belge et l'autre japonais. »③

9.3 Une Japonaise imaginaire ou une Belge apatride

« Amélie, elle, n'atteint pas le pouvoir du zéro car elle ne sert pas le bien commun. Ce qui la rend nulle aux yeux des Japonais est cette incapacité : elle n'arrive pas à effectuer les tâches qu'on lui donne et est plusieurs fois soupçonnée ou accusée de vouloir saboter l'entreprise par ses gaffes. Mais paradoxalement elle n'atteint pas même le zéro parce qu'elle reste farouchement une et individualiste. Le roman est ainsi de façon révélatrice écrit à la première personne. Mais également tout ce que fait Amélie dans le roman, et tout ce qu'on lui reproche, est d'attirer l'attention, de se faire remarquer, de ne pas rester neutre et insignifiante. Alors qu'elle devrait jouer

① Laureline Amanieux, *Le récit siamois : identité et personnage dans l'œuvre d'Amélie Nothomb*, Paris, Éditions Albin Michel, p. 279.

② Amélie Nothomb, *La Nostalgie heureuse*, Paris, Éditions Albin Michel, 2013, p. 22.

③ Laureline Amanieux, *Le récit siamois : identité et personnage dans l'œuvre d'Amélie Nothomb*, *op. cit.*, p. 279.

les règles du jeu, Amélie retourne toujours aux règles du je. »①

Une fois entrée dans la société Yumimoto, la protagoniste se rend compte de toutes les formes d'expression de l'altérité. Elle est considérée comme l'Autre à cause de plusieurs facteurs : premièrement, elle est une femme est appartient en cela à une minorité absolue de l'entreprise ; deuxièmement, elle est Occidentale. La différence entre Amélie et ses collègues japonais est même exposée par des spécificités d'ordre physiologique qui se trouvent accentuées par les Japonais et leur chauvinisme :

> « Il n'y eut plus aucun doute : la transpiration de Piet Kramer puait. [...]
>
> — Ces Blancs se rendent-ils compte qu'ils sentent le cadavre ?
>
> — Si seulement nous parvenions à leur faire comprendre qu'ils puent, nous aurions en Occident un marché fabuleux pour des déodorants enfin efficaces!
>
> — Nous pourrions peut-être les aider à sentir moins mauvais, mais nous ne pourrions pas les empêcher de suer. C'est leur race.
>
> — Chez eux, même les belles femmes transpirent. Ils étaient fous de joie. »②

Derrière le conflit d'Amélie avec ses collègues japonais, nous voyons la frontière de la nationalité. Comme la seule étrangère dans cette entreprise japoansie, cette frontière renforce le statut apatride de la narratrice :

---

① Claire Nodot, « La Dame pipi du quarante-quatrième étage : l'exil et la marge dans *Stupeur et tremblements* d'Amlie Nothomb », Revue Paroles gelées, printemps 2006, volume 22, p. 74.

② Amélie Nothomb, *Stupeur et tremblements*, Paris, Éditions Albin Michel, 1999, p. 111-113.

« Après avoir réalisé qu'elle n'est pas "Japonaise", Amélie Nothomb réécrit une version imaginaire de sa nationalité en l'arrachant au référentiel : "Je ne me sens pas de nationalité, et c'est très bien comme ça". Elle s'invente alors une "identité floue", "poreuse" et "vague". »①

Sa situation à Yumimoto est due à une difficulté à distinguer la frontière qu'elle soit professionnelle ou personnelle.

« Les employés sont des espaces vides dans une société répressive où l'ego n'a ni sens ni place, et où l'éducation repose sur un long apprentissage de l'effacement et de l'insignifiance. Amélie explique ainsi que toute l'éducation de la Japonaise consiste à se faire couler du plâtre dans le cerveau, à n'avoir droit ni au rêve ni au désir. Personne ne doit déceler vos émotions, car les laisser deviner c'est perdre la face et s'humilier. »②

Après avoir terminé son séjour au Japon, la narratrice dit : « Une ultime fois, je me jetai dans le vide. Je regardai mon corps tomber. Quand j'eus contenté ma soif de défenestration, je quittai l'immeuble Yumimoto. On ne m'y revit jamais. »③ Lorsqu'elle revient au Japon, elle s'attend aux retrouvailles : « Les retrouvailles sont des phénomènes si complexes qu'on ne devrait les effectuer qu'après un long apprentissage ou bien tout simplement les interdire. »④ Pour la narratrice, le Japon se transforme en une initiation contrariée douloureuse. Quand elle retourne en Belgique, ce qui l'attend est la solitude et

① Laureline Amanieux, *Le récit siamois : identité et personnage dans l'œuvre d'Amélie Nothomb*, Paris, Éditions Albin Michel, p. 280.

② Claire Nodot, « La Dame pipi du quarante-quatrième étage : l'exil et la marge dans *Stupeur et tremblements* d'Amélie Nothomb », Revue Paroles gelées, printemps 2006, volume 22, p. 74.

③ Amélie Nothomb, *Stupeur et tremblements*, *op. cit.*, p. 186.

④ Amélie Nothomb, *La Nostalgie heureuse*, Paris, Éditions Albin Michel, 2013, p. 22.

l'aspiration à écrire.

« Le fait même de poser le problème de l'altérité au niveau de la mêmeté suggérerait toutefois que le Japon n'est qu'un prétexte pour mieux parler de la Belgique. Effectivement, à la difficulté d'être belge éprouvée par nombre d'écrivains, s'ajoute, dans le cas de Nothomb, le fait qu'elle découvre la Belgique à l'âge de dix-huit ans. Sans amis, sans passé belge, sans racines, elle a du mal à y trouver sa place : La Belgique est un royaume plus compliqué qu'il n'y paraît. [...] Peut-être suis-je un peu une étrangère dans ce pays ? (Morata, 1999 : IV). »①

Finalement, Amélie rentre dans son pays natal — la Belgique à l'âge de dix-sept ans. En tant que Belge, l'écrivaine pose pour la première fois le pied sur le sol de ses ancêtres. À propos de sa première impression de Bruxelles, la romancière affirme : « C'était une ville remplie de trams qui quittaient le dépôt à cinq heures et demie du matin dans un crissement mélancolique, croyant partir pour l'infini. »② Déjà, l'emploi du terme « mélancolique » nous fait ressentir un malaise. Le séjour de Nothomb en Belgique coïncide avec la fin de son anorexie et le commencement pour elle de l'âge adulte. Une fois arrivée, l'écrivaine se rend compte qu'il est difficile de s'adapter au rythme de ce pays qu'elle trouve lourd. À propos de cette période, elle déclare un besoin de « créer une folie pour ne pas être englué dans cette espèce de conformisme épais. »③ Par la suite, dans *Biographie de la faim*, Amélie la protagoniste

---

① Agnieszka Pantkowska, « L'Autre comme un Autre ou comme le Même. La dialectique de l'altérité et de la mêmeté dans *Stupeur et tremblements* d'Aémlie Nothomb », Revue Francofonía, septembre 2000, p. 203.

② Amélie Nothomb, *Biographie de la Faim*, Paris, Éditions Albin Michel, 2004, p. 179.

③ Entretien mené par Emmanuelle Jowa et Elisabeth Mertens pour *Le Vif/L'Express*, août 2001.

déclare : « Sans doute est-ce pour cette raison que j'y commençai à écrire. Ne pas comprendre est un sacré ferment pour l'écriture. Mes romans mettaient en forme une incompréhension qui crissait. »① Dans ce territoire qu'elle devrait bien connaître, Amélie semble perdre son chemin et ne sait comment absorber les chocs culturels qui se présentent à elle.

L'impression la plus forte pour l'écrivaine durant ses premières années en Belgique est l'extrême solitude, malgré son aspiration forte de s'intégrer. Ses collègues universitaires ne s'intéressent pas à son passé à l'étranger :

> « On me regardait comme une cloche absolue. Ce que j'étais peut-être, mais j'étais une cloche absolue qui voulait des amis. Je ne savais pas m'exprimer comme il fallait, m'habiller comme il fallait, j'étais ridicule. »②

Amélie Nothomb déclare à plusieurs reprises qu'elle est « enceinte » de ses œuvres littéraires et écrit ainsi plusieurs romans par an. Cette envie incontrôlée d'écrire pourrait être associée à un malaise de son univers intérieur, si l'on en croit les discours psychanalytiques. L'écriture et la création littéraire peuvent être ainsi considérées comme le remplacement de la psychanalyse. Par ce biais, il est aussi possible de discerner une similarité entre les romans autofictionnels de la romancière et sa propre vie. À vrai dire, la plupart des œuvres autofictionnelles d'Amélie Nothomb sont basées sur l'altérité culturelle, et cette altérité observée dans les personnages a une fonction dans l'autofiction. Fubuki Mori est un exemple :

> « En fait, l'ensemble des traits propres, aux yeux des Nippons, à

① Amélie Nothomb, *Biographie de la Faim*, *op. cit.*, p. 179.

② Michel Zumkir, *Amélie Nothomb : de A à Z. Portrait d'un monstre littéraire*, Bruxelles, Éditions Le grand miroir, 2007, pp. 171-172.

l'Occident, caractérise également le Japon ; l'exemple de Fubuki Mori en étant la meilleure preuve. L'Autre n'est donc plus un autre, mais le Même ce qui peut indiquer l'occidentalisation du Japon. »①

Selon Laureline Amanieux, toutes ces descriptions intérieures révèlent que l'aspiration à l'écriture est un moyen pour la romancière de s'offrir une nouvelle identité sans pour autant lui attribuer une nationalité belge :

> « Amélie Nothomb peut ainsi faire coexister deux versions de sa nationalité, l'une imaginaire (japonaise ou « vague »), l'autre réaliste (belge). La conséquence en est une perte de lieu dans lequel elle peut s'ancrer »②

Japonaise ou Belge ? Il semble que la réponse est déjà donnée par la romancière :

> « C'est un phénomène qui m'arrive souvent surtout avec les miens : je veux confier quelque chose qui me paraît important et le mécanisme se bloque. Ce n'est pas physique, il me reste de la voix. C'est de nature logique. Je suis assaillie par cette interrogation : « Pourquoi le dirais-je ? » Faute de trouver une réponse, je me tais. »③

La quête d'identité est un sujet récurrent chez Amélie Nothomb. Le

---

① Agnieszka Pantkowska, « L'Autre comme un Autre ou comme le Même. La dialectique de l'altérité et de la mêmeté dans *Stupeur et tremblements* d'Amélie Nothomb », Revue Francofonía, septembre 2000, p. 199.

② Laureline Amanieux, *Le récit siamois : identité et personnage dans l'œuvre d'Amélie Nothomb*, Paris, Éditions Albin Michel, p. 280.

③ Amélie Nothomb, *La Nostalgie heureuse*, Paris, Éditions Albin Michel, 2013, pp. 19-20.

contexte général des romanciers belges dans la littérature française montre qu'ils ont souffert de leur statut ambivalent et étaient alors absorbés par la culture française. C'est à travers leur situation qu'on peut retracer les expériences personnelles d'Amélie Nothomb. Au cours de ses déplacements dans le monde entier, la romancière belge a la chance d'aborder différentes cultures. Au Japon, elle s'adonne à sa passion pour la culture japonaise. Lors de son retour dans son pays natal — la Belgique, elle se rend compte que ce territoire inconnu est le pays qu'elle comprend le moins. Ainsi, elle décide de rentrer au Japon — son pays préféré, dans le but de devenir une citoyenne du pays du Soleil-Levant. Pourtant, la réalité est cruelle, cette Belge blanche n'est pas acceptée par ses collègues japonais, et la question de l'identité persiste.

Chapitre X
La comparaison des deux chocolats et l'histoire du stade du miroir

Dans ce chapitre, nous revenons sur l'histoire du chocolat. La grand-mère et son chocolat blanc font évoluer la protagoniste au stade oral, ou autrement dit, il marque le commencement de la reconnaissance du moi. Bien qu'elle constate son appartenance nationale — belge, le Japon semble un choix plus intéressant. À l'âge adulte, Amélie Nothomb décide de rentrer dans son « pays préféré » en tant que Japonaise imaginaire, alors le chocolat verdâtre de M. Omochi brise son illusion : c'est un voyage d'humiliation, elle est malmenée par les violences verbales de ses collègues japonais. Ils la poussent à repenser son identité. Au Japon, la fille belge se caractérise par un narcissisme primaire, par l'homosexualité et le masochisme. La dégustation du spéculoos volé laisse passer Amélie au stade du miroir avorté, elle semble trouver la réponse, mais son identité n'est pas complète, parce qu'il n'y a pas la figure de l'Autre pour lui dire : oui, c'est toi et tu prends du plaisir grâce à la Belgique.

10.1 La comparaison entre le chocolat blanc et le chocolat verdâtre

Amélie Nothomb, Belge apatride, ne s'arrête jamais dans sa quête d'identité. Japonaise, Belge ou Jamaisienne. L'enfant belge n'est pas capable d'accéder à son identité avant deux ans et demi. La grand-mère change cette situation, l'outil est la nourriture, son chocolat blanc conduit ce jeune enfant à éprouver le plaisir de l'identité belge. Pourtant, la nourriture révèle son ambivalence, le chocolat verdâtre du vice-président monsieur Omochi n'apporte que l'humiliation à la protagoniste de *Stupeur et tremblements*.

10.1.1 Le chocolat blanc et le plaisir de l'identité belge

Marie-Chrisitine Clément constate la quête d'identité de la protagoniste entre conscience et inconscience : « Amélie nous raconte les souvenirs du tube et de ses premières sensations, cette conscience de la non-conscience quasi divine d'être sans désir, toujours comblé, donc parfait. »①

Au début de *Métaphysique des tubes*, le tube survit à l'inconscience grâce à la nourriture :

> « [l]e point d'orgue en début de roman est mis sur la naissance du plaisir et la thèse avancée est particulièrement intéressante : sans plaisir, il n'est pas de conscience et la conscience naît du plaisir alimentaire — conscience de soi, puis conscience de l'autre et enfin, important moment de la conscience d'un être, naissance de la mémoire. »②

À propos du plaisir alimentaire, la narratrice déclare que « [c]e fut alors que je naquis, à l'âge de deux ans et demi, en février 1970, dans les montagnes du Kansai, au village de Shukugawa, sous les yeux de ma grand-mère paternelle, par la grâce du chocolat blanc. »③

D'après la narratrice, c'est la jouissance alimentaire du chocolat blanc qui constitue son premier souvenir véritable. Amélie considère la dégustation du

① L'enjeu des mets et des mots dans la littérature classique, Amélie Nothomb : les vertus insoupçonnées du chocolat blanc belge, Marie-Christine Clément, lemangeur-ocha.com, adresse web : https://www.lemangeur-ocha.com, en ligne, consulté le 23 juillet 2019.

② *Ibid.*

③ Amélie Nothomb, *Métaphysique des tubes*, Paris, Éditions Albin Michel, 2000, p. 30-31.

bâton de chocolat comme un moment charnière qui réalise la reconnaissance de sa conscience et l'avènement de sa mémoire.

Au début du récit, la protagoniste apparaît parfois à la troisième personne du singulier, au masculin, sous le nom de tube :

> « L'événement décisif surgit quand le « tube » connaît l'extase en ingurgitant du chocolat blanc de Belgique apporté par une forme qu'il ne sait pas encore être sa grand-mère ; le stade miroir est ramassé en une seule scène, dans laquelle le personnage, en se rendant compte de son existence séparée, passe du « il » au « je ». »①

Le changement du « il » pour le « je » signifie une reconnaissance du « moi ». Pour mieux préciser ce changement, il remonte à l'époque de « Dieu », pendant laquelle la narratrice manifeste l'insuffisance de son identification :

> « Deux ans et demi. Cris rage, haine. Le monde est inaccessible aux mains à la voix de Dieu. Autour de lui, les barreaux du lit-cage. Dieu est enfermé. Il voudrait nuire et n'y parvient pas. Il se venge sur le drap et la couverture qu'il martèle de coups de pied.
>
> Au-dessus de lui, le plafond et ses fissures qu'il connaît par cœur. Ce sont ses seuls interlocuteurs, c'est donc à eux qu'il hurle son mépris. Visiblement, le plafond s'en fout. Dieu en est contrarié. »②

Il semble que la narratrice ne peut reconnaître son existence à cette époque-là. La situation ne commence à changer qu'à l'arrivée de sa grand-mère :

① Jean-Michel Lou, *Le Japon d'Amélie Nothomb*, Paris, Éditions L'Harmattan, 2011, p. 13-14.

② Amélie Nothomb, *Métaphysique des tubes*, Paris, Éditions Albin Michel, 2000, p. 28-29.

« Soudain, le champ de vision se remplit d'un visage inconnu et inidentifiable. Qu'est-ce que c'est ? C'est un humain adulte, du même sexe que la mère, semble-t-il. La première surprise passée, Dieu manifeste son mécontentement par un long râle. »①

Le râle marque que Dieu commence à se rendre compte de son existence : « Le visage sourit. Dieu connaît ça : on essaie de l'amadouer. Ça ne prend pas. Il montre les dents. Le visage laisse tomber des mots avec sa bouche. Dieu boxe les paroles au vol. Ses poings fermés rossent les sons et les mets K. —O. »② Rapidement, on voit l'apparition du chocolat blanc :

« En effet, une main apparaît dans son champ de vision, mais — stupeur ! — il y a entre ses doigts un bâton blanchâtre. Dieu n'a jamais vu ça et en oublier de crier.

— C'est du chocolat blanc de Belgique, dit la grand-mère à l'enfant qu'elle découvre.

De ces mots, Dieu ne comprend que « blanc » : il connaît, il a vu ça sur le lait et les murs. Les autres vocables sont obscurs : « chocolat » et surtout « Belgique ». Entre-temps, le bâton est près de sa bouche. »

L'odeur de ce bâton est pleine de nouveauté pour la narratrice :

« En un soubresaut de courage, il attrape la nouveauté avec ses dents, la mâche, mais ce n'est pas nécessaire, ça fond sur la langue, ça tapisse le palais, il en a plein la bouche — et le miracle a lieu. »③

① Amélie Nothomb, *Métaphysique des tubes*, Paris, Éditions Albin Michel, 2000, p. 29.

② *Ibid*.

③ Amélie Nothomb, *Métaphysique des tubes*, Paris, Éditions Albin Michel, 2000, p. 30.

Morceau par morceau, en goûtant ce produit belge, Amélie réalise la reconnaissance du « moi » ou de la nature belge. Dans la première partie, nous avons parlé du chocolat blanc qui amène du plaisir à Amélie à l'âge de deux ans et demi. Comme l'enfant qui bouge la première fois sa main devant le miroir, Amélie trouve la fonction de ce chocolat blanc : Révéler son pays natal — la Belgique. Née au Japon, Amélie sent pour la première fois son appartenance belge. Celle-ci, curieuse pour la première fois, attrape l'aliment des dents, le mord et le laisse fondre. Elle est impatiente de le goûter.

10.1.2 Le chocolat verdâtre et l'humiliation de l'identité japonaise

Si le plaisir du chocolat blanc représente la reconnaissance de l'identité belge, l'appartenance japonaise d'Amélie est représentée par le chocolat verdâtre. Cette fois, elle refuse l'incorporation du chocolat dans son corps, car elle aperçoit l'exclusion japonaise.

Le récit du chocolat verdâtre se caractérise par l'humiliation imposée à l'identité japonaise. De tous les individus travaillant chez Yumimoto, deux personnages tentent d'humilier Amélie, le premier est Fubuki Mori, le deuxième est M. Omochi qui est devenu célèbre par ses comportements et paroles agressifs. Il a le pouvoir d'améliorer la situation professionnelle d'Amélie, mais il n'en fait rien. Lorsque la protagoniste annonce sa démission : « Nous approchons du terme de mon contrat et je voulais vous annoncer avec regret que je ne pourrai le reconduire. »① Le vice-président n'exprime aucun regret et mange du chocolat verdâtre :

> « La friandise, posée sur ses genoux, m'était dissimulée par le bureau. Il en porta une nouvelle ration à sa bouche : les gros doigts me cachèrent

---

① Amélie Nothomb, *Stupeur et tremblements*, Paris, Éditions Albin Michel, 1999, p. 175.

cette cargaison qui fut engloutie sans que j'aie pu en apercevoir la couleur. »①

En subissant l'humiliation du chocolat verdâtre, la narratrice souligne que « J'en fus contrariée. »② La friandise japonaise est « pât[euse], collant, le genre de chose dont il faut désengluer ses dents avec sa langue pendant de longues minutes. »③ Cette image reflète le dégoût d'Amélie pour cette spécialité japonaise. M. Omichi fait une présentation du chocolat en disant : « C'est du chocolat blanc au melon vert, une spécialité de Hokkaido. Exquis. Ils ont reconstitué à la perfection le goût du melon japonais. »④ Il propose à Amélie de prendre un morceau, mais la narratrice ne peut pas surmonter sa répugnance : « J'aimais le melon nippon, mais l'idée de cette saveur mêlée à celle du chocolat blanc me répugnait réellement. » Et puis, nous retrouvons la scène que nous avons citée dans la section de la perte de « face » : la narratrice n'accepte pas la proposition de M. Omichi, le vice-président lui ordonne d'avaler un morceau, la relation sadomasochiste entre les deux personnages est mise en scène (nous approfondirons la notion du sadomasochisme chez Nothomb dans le chapitre suivant), la victime humiliée cherche à résister, mais l'inquiétude grandit : « Il suffisait de voir l'expression de monsieur Omichi pour comprendre que les bonnes relations belgo-japonaises étaient en train d'en prendre un coup. »⑤ Elle commence à supplier : « Veuillez m'excuser. »⑥ M. Omochi expose sa nature de bourreau en criant de nouveau : « Bouffe ! »⑦ Amélie

① Amélie Nothomb, *Stupeur et tremblements*, Paris, Éditions Albin Michel, 1999, p. 240.

② *Ibid.*

③ *Ibid*, p. 174.

④ *Ibid*, p. 177.

⑤ *Ibid*, p. 178.

⑥ *Ibid.*

⑦ *Ibid.* p. 178.

souligne son rôle de victime en s'interrogeant : « C'était mon châtiment. Qui eût pu croire que manger du chocolat vert constituerait un acte de politique internationale ? »① Puis, elle montre sa soumission et se souvient d'Ève dans le jardin d'Éden :

> « Je tendis la main vers le paquet en pensant que les choses s'étaient peut-être passées comme cela, au jardin d'Éden : Ève n'avait aucune envie de croquer la pomme, mais un serpent obèse, pris d'une crise de sadisme aussi soudaine qu'inexplicable, l'y avait contrainte. »②

Amélie se croit Ève ne voulant pas attraper le morceau de chocolat, et le vice-président obèse s'incarne en serpent obèse. Elle croque finalement la pomme en supportant l'humiliation : « Je coupais un carré verdâtre et le portais à ma bouche. C'était surtout cette couleur qui me rebutait. Je mâchai : à ma grande honte, je trouvai que c'était loin d'être mauvais. »③ La protagoniste dit à contrecœur que le chocolat était délicieux, elle est obligée de reconnaître le triomphe du bourreau : « Il triomphait. Les relations nippo-belges étaient à nouveau excellentes. »④ Dans cette situation traumatisante, la narratrice dit :

> « Dans ma douce candeur, j'avais imaginé qu'en m'humiliant ainsi pour le salut de leur réputation, en m'abaissant moi-même afin de n'avoir aucun reproche à leur adresser, j'allais susciter des protestations polies, du genre : « Si, si, voyons, vous étiez à la hauteur ! ». »⑤

La communication avec monsieur Omochi se termine par l'humiliante

① Amélie Nothomb, *Stupeur et tremblements*, Paris, Éditions Albin Michel, 1999, p. 178.

② *Ibid*, pp. 178-179.

③ *Ibid*, p. 179.

④ *Ibid*.

⑤ *Ibid*, p. 180.

disgrâce :

> « L'ogre titra de sa poche un mouchoir, sécha ses larmes de rire, et à ma grande stupeur, se moucha, ce qui est au Japon l'un des combles de la grossièreté. Étais-je donc tombée si bas que l'on pouvait sans vergogne vider son nez devant moi ? »①

La grossièreté du vice-président provoque l'humiliation d'Amélie, cela nous évoque l'interaction avec Fubuki Mori : Amélie joue aussi le rôle de la victime dans cette relation-là. Elle est toujours maltraitée par les comportements et les paroles violentes de ses supérieurs. Malgré le fait qu'il existe aussi des gens gentils tels que M. Haneda, Yumimoto est plus proche d'une entreprise d'humiliation, la honte qu'Amélie éprouve est si profonde qu'elle décide de rentrer en Europe pour chercher sa vraie identité.

Dans cette perspective, il nous apparaît logique qu'après avoir été avalée, digérée et transformée par l'entreprise d'humiliation, Amélie a une plus claire conscience de la nature de l'entreprise japonaise, où le pouvoir ultime est concentré aux mains des supérieurs. Elle ne fait qu'obéir aux ordres, comme l'une des rares femmes employées chez Yumimoto, elle n'a qu'une place marginale. Pourtant, la cause importante de l'échec d'Amélie est son identité occidentale. Née au Japon, elle se croit Japonaise, c'est pourquoi elle décide de rentrer dans son pays préféré à l'âge adulte, dans l'espoir de continuer sa vie japonaise. L'entreprise d'humiliation enseigne à Amélie qu'elle est Belge, qu'elle le veuille ou non. Sa confiance en l'identité japonaise est ébranlée par cette humiliation. M. Omochi expose cette humiliation et met en scène la figure du bourreau dans sa relation avec Amélie, et son morceau de chocolat verdâtre se transforme en exclusion absolue de tous les Japonais de son genre. Son dénigrement envers Amélie remet en cause l'identité de celle dernière et l'incite

① Amélie Nothomb, *Stupeur et tremblements*, Paris, Éditions Albin Michel, 1999, p. 181.

à repenser son appartenance nationale.

Entre le plaisir et l'humiliation, la comparaison des deux chocolats manifeste l'ambivalence de l'auteur. D'un côté, Amélie se contente de reconnaître son identité belge en goûtant du chocolat blanc ; de l'autre, elle est fait l'expérience de l'exclusion japonaise en mangeant le chocolat verdâtre. Face à cette ambivalence, Amélie Nothomb décide de justifier le statut de son identité.

10.2 L'histoire du stade du miroir

La comparaison des deux chocolats permet à Amélie Nothomb de se lancer dans la quête d'identité. Comme l'enfant du stade du miroir de Jacques Lacan, le stade du miroir d'Amélie Nothomb se caractérise par différentes manifestations : le narcissisme primaire, le stade oral et le stade du miroir avorté. Les caractéristiques de chaque manifestation changent avec la croissance de la fille belge. En goûtant le spéculoos volé, la romancière belge passe au stade du miroir, mais contrairement à l'enfant sous la plume de Lacan, elle est toute seule devant le miroir, personne ne révèle son identité.

10.2.1 Le stade du miroir chez Amélie Nothomb

En ce qui concerne le stade du miroir, Lacan écrit :

> « La conception du stade du miroir que j'ai introduite à notre dernier congrès, il y a treize ans, pour être depuis plus ou moins passée dans l'usage du groupe français, ne m'a pas paru indigne d'être rappelée à votre attention : aujourd'hui spécialement quant aux lumières qu'elle apporte sur la fonction du je dans l'expérience que nous en donne la psychanalyse. »①

① Jacques Lacan, Le stade du miroir, Revue Française de Psychanalyse, 1949, volume 13, n° 4, p. 449.

Après être activée par le chocolat blanc de la grand-mère paternelle, Amélie commence à nommer les objets qui l'entourent pour les maîtriser et considère les mots comme des outils capables de susciter le plaisir et le chagrin. Son acte de reconnaître le monde nous évoque l'explication de Lacan :

> « Peut-être y en a-t-il parmi vous qui se souviennent de l'aspect de comportement dont nous partons, éclairé d'un fait de psychologie comparée : le petit d'homme à un âge où il est pour un temps court, mais encore dépassé en intelligence instrumentale par le chimpanzé, reconnaît pourtant déjà son image dans le miroir comme telle. »①

Bien que son intelligence soit « dépassée » par le chimpanzé, le bébé réussit à reconnaître son image devant le miroir. Dans le cas d'Amélie, il semble qu'elle est capable de reconnaître son existence à l'aide du chocolat blanc à deux ans et demi. Pour la nature de cette reconnaissance, Lacan souligne que c'est la « [r]econnaissance signalée par la mimique illuminative du Aha-Erlebnis, où pour Köhler s'exprime l'aperception situationnelle, temps essentiel de l'acte d'intelligence. »②

En goûtant le chocolat, la protagoniste manifeste une vive réaction : « La voix, qui depuis ne s'est jamais tue, continua à parler dans ma tête : — C'est bon, c'est sucré, c'est onctueux, j'en veux encore ! »③ Son acte correspond bien à la description de Lacan :

> « Cet acte, en effet, loin de s'épuiser comme chez le singe dans le contrôle une fois acquis de l'inanité de l'image, rebondit aussitôt chez

① Jacques Lacan, Le stade du miroir, Revue Française de Psychanalyse, 1949, volume 13, n° 4, p. 449.

② *Ibid.*

③ Amélie Nothomb, *Métaphysique des tubes*, Paris, Éditions Albin Michel, 2000, p. 31.

l'enfant en une série de gestes où il éprouve ludiquement la relation des mouvements assumés de l'image à son environnement reflété, et de ce complexe virtuel à la réalité qu'il redouble, soit à son propre corps et aux personnes, voire aux objets qui se tiennent à ses côtés. »①

Amélie connaît l'évolution psychologique par le biais du chocolat, elle devient une petite fille tranquille : « Je devins le genre d'enfant dont rêvent les parents : à la fois sage et éveillée, silencieuse et présente, drôle et réfléchie, enthousiaste et métaphysique, obéissante et autonome. »② Une représentation inconsciente se manifeste qui produit des réactions instinctives et spontanées. Cette représentation inconsciente est considérée comme un imago d'après Lacan :

« Il y suffit de comprendre le stade du miroir comme une identification au sens plein que l'analyse donne à ce terme : à savoir la transformation produite chez le sujet, quand il assume une image, — dont la prédestination à cet effet de phase est suffisamment indiquée par l'usage dans la théorie, du terme antique d'imago. »③

Concernant cette représentation, Amélie Nothomb écrit : « [l]e bâton disparaissait en moi, bouchée par bouchée. La voix hurlait de plus en plus fort dans ma tête. »④

Le bâton de chocolat permet à Amélie d'arriver à trouver un autre « je » dans son image spéculaire :

« L'assomption jubilatoire de son image spéculaire par l'être encore plongé dans l'impuissance motrice et la dépendance du nourrissage qu'est le

① Jacques Lacan, Le stade du miroir, *op. cit.*, p. 449.
② Amélie Nothomb, *Métaphysique des tubes*, *op. cit.*, p. 36.
③ Jacques Lacan, Le stade du miroir, *op. cit.*, p. 450.
④ Amélie Nothomb, *Métaphysique des tubes*, *op. cit.*, p. 31.

petit homme à ce stade *infants*, nous paraîtra dès lors manifester en une situation exemplaire la matrice symbolique où le *je* se précipite en une forme primordiale, avant qu'il ne s'objective dans la dialectique de l'identification à l'autre et que le langage ne lui restitue dans l'universel sa fonction de sujet. »①

Lacan met en lumière le stade du miroir, il révèle en même temps deux caractéristiques de l'enfant à ce stade : l'impuissance motrice et la dépendance du nourrissage. Chez Amélie Nothomb, la première s'interprète comme le manque de la figure de l'Autre et la seconde est un besoin d'aliments tels que le chocolat et le spéculoos.

Puis, Lacan précise l'image spéculaire :

« L'image spéculaire semble être le seuil du monde visible, si nous nous fions à la disposition en miroir que présente dans l'hallucination et dans le rêve l'imago du corps propre, qu'il s'agisse de ses traits individuels, voire de ses infirmités ou de ses projections objectales, ou si nous remarquons le rôle de l'appareil du miroir dans les apparitions du double où se manifestent des réalités psychiques, d'ailleurs hétérogènes. »②

Le psychanalyste considère la fonction du stade du miroir comme « un cas particulier de la fonction de *l'imago* qui est d'établir une relation de l'organisme à sa réalité. »③

Du point de vue de Lacan, après la reconnaissance de « je » dans le miroir, vient l'apparition du narcissisme :

---

① Jacques Lacan, Le stade du miroir, Revue Française de Psychanalyse, 1949, volume 13, n° 4, p. 450.

② *Ibid*, p. 451.

③ *Ibid*, p. 452.

« Ce moment où s'achève le stade du miroir inaugure, par l'identification à l'*imago* du semblable et le drame de la jalousie primordiale (si bien mis en valeur par l'école de Charlotte Bühler dans les faits de *transitivisme* enfantin), la dialectique qui dès lors lie le *je* à des situations socialement élaborées.

C'est ce moment qui décisivement fait basculer tout le savoir humain dans la médiatisation par le désir de l'autre, constitue ses objets dans une équivalence abstraite par la concurrence d'autrui, et fait du *je* cet appareil pour lequel toute poussée des instincts sera un danger, répondît-elle à une maturation naturelle, — la normalisation même de cette maturation dépendant dès lors chez l'homme d'un truchement culturel : comme il se voit pour l'objet sexuel dans le complexe d'Œdipe. »

Ici, l'Autre semble être celui qui brouille l'identification de l'enfant, qui fait naturellement se dérober l'illusion d'une plénitude grandiose. Être dans l'*imago*, c'est être essentiellement ailleurs, au nom du « je ». Cesser l'identification pour affronter, comme il se doit, la maturation naturelle.

« Le terme de narcissisme primaire par lequel la doctrine désigne l'investissement libidinal propre à ce moment, révèle chez ses inventeurs, au jour de notre conception, le plus profond sentiment des latences de la sémantique. Mais elle éclaire aussi l'opposition dynamique qu'ils ont cherché à définir, de cette libido à la libido sexuelle, quand ils ont invoqué des instincts de destruction, voire de mort, pour expliquer la relation évidente de la libido narcissique à la fonction aliénante du *je*, à l'agressivité qui s'en dégage dans toute relation à l'autre, fût-ce celle de l'aide la plus samaritaine. »①

---

① Jacques Lacan, Le stade du miroir, Revue Française de Psychanalyse, 1949, volume 13, n° 4, p. 454.

Dans *Métaphysique des tubes*, la protagoniste met en évidence son narcissisme en déclarant : « — Vive moi ! Je suis formidable comme la volupté que je ressens et que j'ai inventée ! Sans moi, ce chocolat est un bloc de rien. Mais on le met dans ma bouche et il devient le plaisir. Il a besoin de moi. »①

Par ce hurlement, Amélie se signale à la réalité comme "je". La plénitude du narcissisme entre dans son univers spirituel. Il annonce en même temps un adieu au il-Dieu, ce cri illustre la transformation d'Amélie-sujet qui s'inscrit, malgré elle, dans le monde.

Cette scène du chocolat blanc met en lumière une dualité, à savoir la disparition du « il » tout-puissant dans la naissance du « je ». Amélie tente d'améliorer cette nouvelle condition. C'est ainsi qu'étant dans le monde, elle déclare constamment être, en quelque sorte, au-dessus.

Du point de vue du lecteur, ce chocolat blanc peut être considéré comme une image majeure chez Amélie Nothomb :

> « Y mordre, c'est attraper un peu de l'autre. Ici, il y a dans « *je remordis* » l'idée de rattraper l'irrécupérable. Par cette incorporation fantastique du chocolat, Amélie réinjecte l'autre en elle-même jusqu'à satiété. Contente, voire contentée, Amélie est repue. Elle a à peine quitté la posture de l'enfant plein comme un œuf dur qu'elle y fait déjà retour. »②

Juan-Claudio Vera remarque que c'est le chocolat qui comble la protagoniste et « métamorphose la bête hurlante en enfant sage, la remplit de cette sorte de sagesse qui évoque davantage la quiétude, l'immobilité que la

① Amélie Nothomb, *Métaphysique des tubes*, Paris, Éditions Albin Michel, 2000, p. 31.

② Juan-Claudio Vera, *Amélie Nothomb : pour une esthétique du sublime et de l'opprobre*, mémoire présenté à l'université du Québec à Chicoutimi comme exigence partielle de la maîtrise en études littéraires, sous la direction de Mme Francine Belle-Isle, Université du Québec à Chicoutimi, juin 2010, p. 29.

vertu. »① Dans cette perspective, la spécialité belge pleine de volupté, de délectation et de ravissement est une tentation dont Amélie ne se méfie pas. C'est à travers ce narcissisme apporté par le chocolat blanc que la protagoniste poursuit sa quête d'identité.

10.2.2 Le narcissisme primaire

Jacques Lecarme précise dans *L'autobiographie* que « les femmes sont (aussi) invitées à se montrer plus attentives que les hommes à leur apparence physique, ce qui les incite à se regarder davantage. »② Ce phénomène est considéré comme l'une des caractéristiques majeures de l'écriture féminine qui se remarque en grande partie autobiographique et, par conséquent, narcissique.

En ce qui concerne cet aspect narcissique de l'écriture féminine dans les années soixante-dix, Simone Beauvoir souligne que l'écriture des femmes est destinée à satisfaire le narcissisme de l'auteur.

Par l'intermédiaire de l'écriture autobiographique, la femme se manifeste comme personnage principal, « où le sujet est seul avec lui-même, et se trouve fatalement en situation narcissique, sans moyen (ni désir) de franchir ses propres résistances. »③ Amélie Nothomb déclare qu' « [i]l y a de moi dans chacun de mes livres. » Cela reflète qu'elle a le droit à poursuivre le soi dans sa création littéraire. Lorsqu'il s'agit des romans autofictionnels d'Amélie Nothomb, la question de la dimension narcissique se pose. Nous cherchons à dissocier cet élément constitutif de l'écriture nothombienne, sans pour autant

---

① Juan-Claudio Vera, *Amélie Nothomb : pour une esthétique du sublime et de l'opprobre*, mémoire présenté à l'université du Québec à Chicoutimi comme exigence partielle de la maîtrise en études littéraires, sous la direction de Mme Francine Belle-Isle, Université du Québec à Chicoutimi, juin 2010, p. 29.

② Jacques Lecarme et Éliane Lecarme-Tabone, *L'autobiographie*, Paris, Éditions Armand Colin, 1997, p. 76.

③ Philippe Lejeune, *L'autobiographie en France*, Paris, Éditions Armand Colin, 1998, p. 13.

perdre de vue que nous sommes dans un espace de complexité, que ce narcissisme ne se présente pas ostensiblement dans les textes.

Juan-Claudio Vera nous rappelle le mythe du jeune Narcisse qui est à l'origine du terme narcissisme :

« Le ravissant Narcisse, dans la fleur de l'âge, dit le mythe, demeurait d'une indifférence hautaine, voire cruelle, face à l'amour que lui portaient *garçons* et *filles*. Un jour, alors qu'il était à la chasse, « il frappa, les regards de la nymphe »① Écho qui, dès qu'elle le vit, « [brûla] de désir »② pour lui. Or, Narcisse n'en voulut rien savoir : « [Plutôt] mourir que de m'abandonner à toi ! »③ Refusée, rejetée par Narcisse, Écho meurt ; son sang s'évapore et son corps se transforme en pierre. Il ne restera plus d'elle que sa voix. »④

Avec Narcisse (l'image) et Écho (le son), l'auteur révèle la relation entre Nymphes (Écho), Rhamnusie et Narcisse : « Par vengeance, les autres Nymphes (Échos) demandèrent alors à Rhamnusie que Narcisse aime comme les autres l'ont aimé et qu'il ne puisse pas, lui non plus, « posséder l'objet de son amour »⑤. »⑥

Juan-Claudio Vera remarque que Narcisse s'approche d'une « source » avant d'être séduit son propre visage :

---

① Ovide, *Les Métamorphoses*, traduction de Georges Lafaye, édition présentée et annotée par Jean-Pierre Néraudau, Paris, Éditions Gallimard, 1992, p.118.

② *Ibid.*

③ *Ibid*, p. 119.

④ Juan-Claudio Vera, *Amélie Nothomb : pour une esthétique du sublime et de l'opprobre*, mémoire présenté à l'Université du Québec à Chicoutimi comme exigence partielle de la maîtrise en études littéraires, sous la direction de Mme Francine Belle-Isle, Université du Québec à Chicoutimi, juin 2010, pp. 12-13.

⑤ Julia Kristeva, *Histoire d'amour*, Paris, Éditions Denoël, 1983, p. 132.

⑥ Juan-Claudio Vera, *Amélie Nothomb : pour une esthétique du sublime et de l'opprobre*, *op. cit.*, p. 13.

« limpide dont les eaux brillaient comme de l'argent ; jamais les [bergers] ni les chèvres qu'ils faisaient paître sur la montagne ni aucun autre bétail ne l'avaient effleurée, jamais un oiseau, une bête sauvage ou un rameau tombé d'un arbre n'en avait troublé la pureté. Tout alentour s'étendait un gazon dont ses eaux entretenaient la vie par leur voisinage, et une forêt qui empêchait le soleil d'attiédir l'atmosphère du lieu. »①

Le mot « source » est issue du latin « fons », il signifie aussi au sens figuré « origine ». Quand Narcisse y boit, quand il s'embrasse, Narcisse injecte en apparence à chaque gorgée une partie dérobée de cet objet, de sa propre image.

Puis, Narcisse commence à boire et se voit en même temps, il est séduit soudainement par sa propre beauté et

« tombe amoureux de sa propre image : couché par terre, il contemple deux astres, ses propres yeux, et ses cheveux [...], ses joues d'enfant, sa nuque d'ivoire, sa bouche parfaite et son teint rosé mêlé à une blancheur de neige. [...] l'image (de lui-même) qu'il voit dans la source est une image pleine, souveraine, sans autre possible. »②

Pourtant, dans cet univers plein de sa propre beauté, il est difficile pour le jeune homme de trouver le « moi », et son existence se transforme en un destin douloureux et implacable.

« Quand il touche l'eau de ses lèvres ou de son doigt, l'image se brouille,

① Ovide, *Les Métamorphoses*, *op. cit.*, pp. 119-120.

② Juan-Claudio Vera, *Amélie Nothomb : pour une esthétique du sublime et de l'opprobre*, mémoire présenté à l'Université du Québec à Chicoutimi comme exigence partielle de la maîtrise en études littéraires, sous la direction de Mme Francine Belle-Isle, Université du Québec à Chicoutimi, juin 2010, pp. 12-13.

l'image se morcelle en myriade de reflets. Ce qui fait mal, c'est la chute du référent. Là où je m'attendais à trouver le Moi idéal, il n'y a finalement que fragmentation d'un Moi superbe. L'image d'un monde-moi s'effrite et finalement je ne deviens que le reste d'un monde illusoire déchu. L'image est assez éloquente : le paraître, la beauté, la négation de la sexuation mènent Narcisse au fiasco. La mort de Narcisse est la mort d'un esthète. »①

Dans cette perspective, Amélie la protagoniste fait en quelque sorte le même choix que Narcisse, qui tend à croire en le beau jeune homme qu'il voit dans la source. Tous les deux préfèrent croire que cette figure irréelle est la réalité. Cela correspond à une décision involontaire qui a pour but d'empêcher le « moi » d'établir un contact direct avec l'autre et d'enregistrer la signification d'une figure charmante et irrésistible.

Quand ce contact direct s'impose malgré tout, l'objet réussit à être rejeté hors du « moi »,

> « devant ce non-sens du référent devenu fou, le contrôle, la séquestration du monde est l'un des scénarios envisageables. Éviter de choir dans la douleur du réel, demeurer circonscrit dans l'unicité originaire confortable où tout n'existe que pour soi, voilà le but de cette séquestration illusoire. Leurre et douleur se côtoient, là, à ce moment où l'on croit narcissiquement pouvoir empêcher, retenir l'expansion du monde et l'altérité de l'existence. »②

Le « moi » chez Amélie Nothomb tente de dissimuler son malheur ; il est

---

① Juan-Claudio Vera, *Amélie Nothomb : pour une esthétique du sublime et de l'opprobre*, mémoire présenté à l'Université du Québec à Chicoutimi comme exigence partielle de la maîtrise en études littéraires, sous la direction de Mme Francine Belle-Isle, Université du Québec à Chicoutimi, juin 2010, p. 15.

② *Ibid*, p. 16.

enjoué, il l'exhibe, la ridiculise même ; il se pavane avec superbe comme revêtu d'un linceul éclatant.

L'analyse du mot « narcissime » de Juan-Claudio Vera éclaircit l'aspect narcissique dans l'écriture féminine. Dans la présente thèse, cette explication est empruntée pour analyser les œuvres autofictionnelles d'Amélie Nothomb, qui aime se mettre en scène, se manifester par un narcissisme féroce, parfois sadique. Ce narcissisme se révèle également dans *Métaphysique des tubes* où l'auteure se prend pour Dieu. Elle se satisfait d'être elle-même dans le récit. Elle ne montre pas trop de désir, car elle a la tentation de prouver son identité de Dieu :

> « Au commencement, il n'y avait rien. Et ce rien n'était ni vide ni vague : il n'appelait rien d'autre que lui-même. Et Dieu vit que cela était bon. Pour rien au monde il n'eut créé quoi que ce fût. Le rien faisait mieux que lui convenir : il le comblait [...] Dieu avait la souplesse du tuyau, mais demeurait rigide et inerte, il connaissait la sérénité absolue du cylindre. Il filtrait l'univers et ne retenait rien. »①

Le sujet narcissique chez Amélie Nothomb est éclatant et unique, vit un sentiment de satisfaction, qui nous rappelle immédiatement la théorie de Sigmund Freud :

> « Chez Freud, le narcissisme primaire désigne d'une façon générale le premier narcissisme, celui de l'enfant qui se prend lui-même comme objet d'amour avant de choisir des objets extérieurs. Un tel état correspondrait à la croyance de l'enfant à la toute-puissance de ses pouvoirs. »②

---

① Amélie Nothomb, *Métaphysique des tubes*, Paris, Éditions Albin Michel, 2000, pp. 5-7.

② Jean Laplanche et Jean-Bertrand Pontalis, *Vocabulaire de la psychanalyse*, Paris, Éditions PUF, 2002, p. 264.

Derrière cette illusion de toute puissance se projette un narcissisme primaire qui cherche à déchiffrer, à discerner l'Autre. C'est la première étape de la quête d'identité pour Amélie Nothomb, il faut connaître l'amour de soi-même afin de préciser l'attachement à l'Autre. Mais face à elle-même, son narcissisme se fend et se déchire. Dans ce cas-là, on voit comment l'écrivaine réagit à cette contemplation de soi, à ce fragment narcissique. Elle semble être son propre objet en se souvenant de son enfance, elle est le maître de son univers fictif. Sa figure dessine alors une composante sadique où elle parvient à se croire puissant au point de construire un univers d'agressions sexuelles, d'isolement, d'intrusions et de tortures psychologiques. Il y a dans ce monde l'aspiration à chercher son identité. Chez Amélie Nothomb, cette aspiration qui influence tout manifeste les caractéristiques de l'aspect narcissique de l'écriture féminine, pour qu'au bout du compte émerge une Amélie fictive dans un monde où l'Autre se considère comme la réalité. Dans cette contemplation de soi, on voit les fantômes et les illusions, à travers lesquels

> « On se voit flamboyant, et parce qu'on voudrait bien y croire, l'amour est essentiellement mirage, l'amour est illusion sublime. S'aimer soi-même recrée cette image et fait ainsi esquive à ce drame où l'on voudrait tant n'être pour l'autre que l'absolu qu'on ne saura jamais être pour soi. »①

Comme « illusion sublime » entre le narcissisme et le monde fictif, un certain amour-propre chez Amélie Nothomb est à l'écart du monde réel. « Il est ailleurs, comme liquéfié dans un temps figé puisque l'amour est toujours tentation fusionnelle ; fusion qui n'existe pourtant que dans le fragile halo de

① Juan-Claudio Vera, *Amélie Nothomb : pour une esthétique du sublime et de l'opprobre*, mémoire présenté à l'Université du Québec à Chicoutimi comme exigence partielle de la maîtrise en études littéraires, sous la direction de Mme Francine Belle-Isle, Université du Québec à Chicoutimi, juin 2010, pp. 16-17.

l'éclat amoureux. Liquéfaction du « je » pour l'autre, liquéfaction de l'autre pour « je ». »①

Véritablement, l'amour de soi-même est un amour qui, au départ, se prend soi-même comme objet, et qui ne suscite pas l'opposition entre le « je » ou l'Autre.

Pour Amélie, l'objet, c'est elle-même ; l'existence de l'Autre est loin de cette petite fille. Elle est tout et cela suffit. Le narcissisme est une sorte d'amour-propre pour elle-même, qui est considéré comme le lieu du non-désir. Progressivement, Amélie se transforme en son propre objet d'amour. Aller vers l'Autre est une tentation à laquelle Narcisse n'expose pas ; un risque qu'Amélie n'assume pas :

> « Il y avait bel et bien une parenté de situation entre mon cas et le sien. Car enfin, pour m'avoir attribué un poste aussi ordurier, il fallait bien que les sentiments de Fubuki à mon égard ne fussent pas tout à fait nets. »②

Pendant son séjour à Yumimoto, Fubuki apparaît comme la métamorphose d'Elena et Amélie néglige le sein. Reconnue pour exprimer un sens de la formule qui récrée, à travers laquelle on constate bien l'auteur qui

> « montre un masque souvent superbe ; elle est majestueusement inerte, tout comme Narcisse qui ne bouge plus une fois qu'il se voit, grandiose, dans la fontaine. D'entrée de jeu, dans les textes de Nothomb, le narcissisme est éclatant. Narcissisme négatif ou narcissisme de mort, peut-

① Juan-Claudio Vera, *Amélie Nothomb : pour une esthétique du sublime et de l'opprobre*, mémoire présenté à l'Université du Québec à Chicoutimi comme exigence partielle de la maîtrise en études littéraires, sous la direction de Mme Francine Belle-Isle, Université du Québec à Chicoutimi, juin 2010, p. 17.

② Amélie Nothomb, *Stupeur et tremblements*, Paris, Éditions Albin Michel, 1999, p. 158.

être, mais toujours superbe et magnifique. Objet d'elle-même, Amélie s'admire pour le meilleur et pour le pire. Même quand elle meurt, c'est tout en splendeur qu'elle le fait. Amélie est toujours éblouissante. »①

Dans les œuvres autofictionnelles d'Amélie Nothomb, il ne s'agit pas vraiment d'un narcissisme de beauté, d'un certain personnage, de la perfection, mais bien plus d'un narcissisme de vie, d'un narcissisme profondément attaché au contact du monde réel. Dans les récits, on sent une angoisse du « moi » étroitement liée à l'Autre, une angoisse du narcissisme primaire, sans lesquelles la quête d'identité ne peut pas être effectuée. C'est après cette étape que la Belge accède à la deuxième étape de la quête : le stade oral. La protagoniste de *Métaphysique des tubes* s'éveille à l'âge de deux ans et demi lorsqu'on lui offre un morceau de chocolat, elle parvient à reconnaître son identité et le monde extérieur à ce moment-là.

10.2.3 Le stade oral

Sigmund Freud, le fondateur de la psychanalyse, est le premier à révéler l'importance de la libido dans le processus de masturbation psychique. Dans ses ouvrages intitulés *Trois essais sur la sexualité infantile*②, il présente l'existence d'un stade oral et d'un stade anal, dominés par des pulsions relatives à l'alimentation et à la défécation chez le bébé de sa naissance jusqu'à l'âge de trois ans. S'ensuit le stade phallique durant laquelle l'enfant s'intéresse à un objet phallique qui fait intervenir un épisode de fellation qu'il éprouve à l'égard de la reconnaissance du moi. C'est également à cette période que l'enfant accède à son existence et réagit, à travers divers mécanismes psychiques.

Notons que, l'évolution psychosexuelle de l'individu n'est toutefois pas

---

① Juan-Claudio Vera, *Amélie Nothomb : pour une esthétique du sublime et de l'opprobre*, *op. cit.*, p. 18.

② Sigmund Freud, Trois essais sur la sexualité infantile. Coll. « Connaissance de l'inconscient, Paris, Éditions Gallimard, 1987[1905].

complètement linéaire selon Sigmund Freud : chaque stade laisse derrière lui des traces qui s'organisent en strates susceptibles de se préciser en points de fixation, vers lesquels s'éveillera la libido lors de transformations ultérieures.

Pour Amélie de *Métaphysique des tubes*, le stade oral est « pourtant le jour le plus important de son histoire [...] Les événements les plus fondamentaux de l'humanité sont passés presque inaperçus. »① Ce jour-là, la mère et la gouvernante sont étonnées par des hurlements de la protagoniste, qui est toujours considérée comme une « Plante » non pas un bébé. Très vite, la mère va regarder dans la chambre de la Plante, ce qu'elle voit la stupéfie, l'enfant est « assis dans son lit-cage et hurl[e] autant qu'un bébé de deux ans peut hurler »②

Le hurlement poussé de la bouche d'Amélie signifie le début du stade oral, comme l'auteure l'écrit :

> « Elle (la mère) courut dans la maison en clamant : « La Plante n'est plus une plante. [...] Il eut un regard très fâché pour l'humanité qui l'entourait. [...] La famille applaudit. Ce fut considéré comme une excellente nouvelle. L'enfant était enfin vivant. »③

Le signal est clair, non seulement sa bouche crie, mais aussi son corps bouge : « Des influx nerveux avaient circulé en cette chair inerte. Son corps avait commencé à bouger. »④ D'après ces phénomènes, il semble que la protagoniste n'est plus une Plante qui ne se préoccupe pas du monde extérieur, elle commence à reconnaître les objets inconnus et à accéder à son identité. Rapidement, le père raconte cette bonne nouvelle à un autre personnage clé —

---

① Amélie Nothomb, *Métaphysique des tubes*, Paris, Éditions Albin Michel, 2000, p. 21.

② *Ibid*, p. 22

③ *Ibid*, p. 23.

④ *Ibid*.

la grand-mère.

Avant l'arrivée du chocolat blanc belge de la grand-mère, le biberon est mis dans la bouche du bébé : « Entre-temps, les parents commençaient à regretter le légume d'antan. Dieu ne décolérait pas. Il fallait presque lui jeter son biberon, de peur de recevoir un coup. »① Le biberon est symbolique, il représente l'objet phallique sucé par Amélie, on est évidemment devant un épisode de fellation, c'est un pénis donné par les parents.

À ce stade oral, le bébé commence son observation de ce monde extérieur : « Il restait d'abord hébété à contempler les jouets qui l'entouraient [...] Il s'apercevait que ces objets existaient en dehors de lui, sans avoir besoin de son règne. »② En fait, la bouche est utilisée pour reconnaître les personnes : « [I]l avait observé que les parents et leurs satellites produisent avec leur bouche des sons articulés bien précis : ce procédé semblait leur permettre de contrôler les choses, de se les annexer. »③

Amélie cherche à imiter ce que ses membres de la famille font : « Il eût voulu faire de même. »④ L'auteur suggère cette situation en demandant : « N'était-ce pas l'une des principales prérogatives divines que de nommer l'univers ? »⑤ Alors, le bébé cherche à prouver son existence par la motion orale : « Il désignait alors du doigt un jouet et ouvrait la bouche pour lui donner l'existence. »⑥

Néanmoins, le résultat de cette imitation n'est pas idéal : « [L]es sons qu'il produisait ne formaient pas des suites cohérentes. »⑦ Comme l'enfant

---

① Amélie Nothomb, *Métaphysique des tubes*, Paris, Éditions Albin Michel, 2000, p. 24.

② *Ibid.*

③ *Ibid*, p. 25.

④ *Ibid.*

⑤ *Ibid.*

⑥ *Ibid.*

⑦ Amélie Nothomb, *Métaphysique des tubes*, Paris, Éditions Albin Michel, 2000, p. 25.

devant le miroir de Lacan, Amélie a besoin d'être guidée par un adulte afin de parler. Cette fois le rôle d'adulte est assumé par Danièle Nothomb, la mère s'approche du bébé et prononce des mots simples en articulant fort, la réaction est impressionnante, la fillette réussit à crier Papa et Maman. De l' « apathie pathologique » à « irritabilité pathologique », l'enfant autiste semble commencer à manifester son univers intérieur et sa façon de réfléchir.

En effet, le hurlement de la Plante n'est qu'un examen préliminaire pour reconnaître le monde extérieur, le biberon n'est qu'un essai expérimental de ses parents. Nous disons « expérimental », parce que la reconnaissance du monde de « Dieu » est limitée, elle est enfermée par les barreaux lit-cage. Comme nous l'avons vu précédemment, le plaisir du chocolat blanc permet à Amélie de s'identifier, et la clé de ce stade est la personne qui a offert le « bâton blanc » — la grand-mère. C'est « un humain adulte, du même sexe que la mère. »①

En réalité, le sexe de la grand-mère joue un rôle décisif pour l'avenir de l'Amélie, la première reconnaissance du moi effectuée par la voie féminine influence tant la protagoniste que les personnages féminins (Nishio-san, Fubuki Mori, Elena) occupent toujours une place centrale dans son univers. Quand la grand-mère arrive dans la maison japonaise des Nothomb, on la laisse se diriger seule vers la protagoniste. Elle approche le bâton de chocolat de la bouche de l'enfant. L'apparition du chocolat blanc est impressionnante : « [Une] main apparaît dans son champ de vision, mais — stupeur ! — il y a entre ses doigts un bâton blanchâtre. Dieu n'a jamais vu ça et en oublie de crier. »② Cette situation nous évoque l'enfant qui se regarde dans le miroir pour la première fois de Lacan, il ne reconnaît pas ce qui dans le miroir et ne sait non plus ce qu'il peut faire. Évidemment, l'enfant a besoin d'un guide, dans *Métaphysiques des tubes*, ce rôle est assumé par la grand-mère, elle dit à la protagoniste : « C'est du

① *Ibid.*

② *Ibid*, p. 29.

chocolat blanc de Belgique, dit la grand-mère à l'enfant, qu'elle découvre. »① Or, il est encore difficile pour l'enfant de reconnaître ce « bâton blanc » : « De ces mots, Dieu ne comprend que « blanc » : il connaît, il a vu ça sur le lait et les murs. »②

Amélie est en train d'évoluer au stade oral, car elle pourrait distinguer la « Belgique » à travers le « chocolat » : « Les autres vocables sont obscurs : « chocolat » et surtout « Belgique » »③. Et puis le moment critique est arrivé : « Entre-temps, le bâton est près de sa bouche. »④ Il est clair qu'Amélie est proche de l'épisode de fellation. Évidemment, le bâton blanc est l'incarnation du pénis, qui est offert par un personnage féminin — la grand-mère. Dans le but d'aider la petite à joindre complètement le stade oral à ce moment-là, la grand-mère conduit le bébé à sucer cet objet phallique en disant : « — C'est pour manger, dit la voix. »⑤

> « En un soubresaut de courage, il attrape la nouveauté avec ses dents, la mâche, mais ce n'est pas nécessaire, ça fond sur la langue, ça tapisse le palais, il en a plein la bouche — et le miracle a lieu. »⑥

Après avoir pris le bâton, cet objet aide la protagoniste à reconnaître son existence :

> « Cette pensée se traduisait par des éructations sonores de plus en plus enthousiastes. J'ouvrais des yeux énormes, je secouais les jambes de joie. Je sentais que les choses s'imprimaient dans une partie molle de mon cerveau

① Amélie Nothomb, *Métaphysique des tubes*, Paris, Éditions Albin Michel, 2000, p. 29.
② *Ibid.*
③ *Ibid*, pp. 29-30.
④ *Ibid*, p. 30
⑤ *Ibid.*
⑥ *Ibid.*

qui gardait trace de tout.

Morceau par morceau, le chocolat était entré en moi. Je m'aperçus alors qu'au bout de la friandise défunte il y avait une main et qu'au bout de cette main il y avait un corps surmonté d'un visage bienveillant. » ①

Dans ce récit, il faut souligner que l'enfant ne peut passer au stade oral si personne ne lui donne ce morceau du chocolat. Du point de vue du lecteur, on sait que c'est la grand-mère qui fait cela, mais pour Amélie, c'est un inconnu :

« En moi, la voix dit :

— Je ne sais pas qui tu es, mais vu ce que tu m'as apporté à manger, tu es quelqu'un de bien.

Les deux mains soulèvent mon corps du lit-cage et je fus dans des bras inconnus. »②

Bien que la grand-mère soit une « inconnue » pour la petite, elle croit que c'est « quelqu'un de bien ». Elle a raison, parce que la grand-mère procède à l'érotisation du stade oral d'Amélie. L'Autre met l'accent sur l'importance de la voie féminine au cours de l'assimilation orale des objets phalliques. Il semble que l'objet total maternel doit toutefois être assez bon et stable pour supporter une identification lorsque l'enfant ne trouve pas l'intervention de ses parents. Or, il est évident que cet objet phallique n'est pas donné par Patrick.

Au Japon, le mois de juillet est le temps de la pluie. Avec la saison humide, il y a des averses presque tous les jours qui font monter le niveau d'eau dans le quartier : « Le niveau d'eau monta dans le quartier. Ce genre de

---

① Amélie Nothomb, *Métaphysique des tubes*, Paris, Éditions Albin Michel, 2000, pp. 31-32.

② *Ibid*, p. 32.

phénomène se produisait chaque année, dans le Kansai, et n'était pas considéré comme une catastrophe : c'était un rituel prévu en vue duquel on s'organisait, en laissant par exemple les *ô-miso* (les honorables caniveaux) ouverts dans les rues. »① Un jour, lors d'une accalmie passagère, le père demande à sa fille de se promener : « — Tu viens avec moi ? demanda-t-il en me tendant la main. »② Tous les deux marchent dans les ruelles inondées. Soudain, Amélie s'aperçoit de la disparition de son père :

> « Tout était à sa place, à commencer par moi, quand je m'aperçus que ma main était vide.
>
> Je regardai à côté de moi : il n'y avait plus personne. La seconde d'avant, j'en étais sûre, il avait là mon père. Il avait suffi que je détourne la tête un instant et il s'était dématérialisé. Je n'avais même pas remarqué le moment où il avait lâché ma main.
>
> Une angoisse sans nom s'empara de moi : comment un homme pouvait-il se volatiliser ainsi ? »③

En réalité, Patrick a fait un faux pas et est tombé dans l'égout. Si l'on analyse ce texte du point de vue psychanalytique, on pourrait penser que le père est avalé par les eaux de pluie, l'élément féminin, mais également par l'égout, sorte de cloaque associé avec l'oralité. On a alors toutes les raisons de penser que le père est avalé par un corps-tube féminin figuré par les « tubes ». Il semble donc représenter l'image d'un homme incorporé oralement par un symbole féminin.

L'accident de la bouche d'égout sert à marquer la situation marginalisée du père, il devient un véritable excrément humain, évacué du monde. Aux yeux

① Amélie Nothomb, *Métaphysique des tubes*, Paris, Éditions Albin Michel, 2000, p. 101.

② *Ibid*, p. 102.

③ *Ibid*, p. 103.

d'Amélie, le père et les autres enfants fantasmatiquement portés par la mère sont des homologues interchangeables dans les premières spéculations de l'enfant à l'égard de son origine et de sa naissance. Évidemment, le père faible ne peut pas assumer le rôle de l'Autre au stade oral d'Amélie. Ainsi, il est explicable que la figure de l'Autre soit dominée par la voie féminine.

C'est la grand-mère paternelle, munie d'un bâton phallique de chocolat, qui intervient dans la relation mère et enfant, la grand-mère

> « Garde bien de révéler la nature de l'arme secrète à laquelle elle avait recouru. Elle préféra laisser planer un mystère. On lui supposa des dons de démonologie. Personne n'avait prévu que la bête se rappellerait son exorcisme. »①

Le plaisir gustatif chez Amélie entraîne alors l'instinct d'imitation, l'assimilation d'un soi puissant dans le monde interne et la reconnaissance du « moi » dans le monde externe : « À quoi bon se tuer à naître si ce n'est pour connaître le plaisir ? Les adultes ont accès à mille sortes de voluptés, mais pour les enfançons, il n'y a que la gourmandise qui puisse ouvrir les portes de la délectation. »②

Par conséquent, la fonction des aliments chez Amélie Nothomb révèle la clé de sa transformation — la parole, qui joue un rôle secondaire : « L'examen de l'édifiant langage d'autrui m'amena à cette conclusion : parler était un acte aussi créateur que destructeur. Il valait mieux faire très attention avec cette invention. »③ Aux yeux de la protagoniste, le langage est un élément indispensable. Le récit composé de l'assimilation linguistique et la formulation originale nous permettent de constater l'essence d'une cohérence à une

① Amélie Nothomb, *Métaphysique des tubes*, Paris, Éditions Albin Michel, 2000, p. 103.

② *Ibid*, p. 33.

③ *Ibid*. pp. 44-45.

dynamique relationnelle condensant l'oralité chez le personnage. En maîtrisant la langue, elle peut annoncer qu'elle passe au stade oral. Comme le narcissisme, la quête d'identité ne peut pas être réalisée sans cette étape. Le voyage n'est pas achevé, et Amélie Nothomb met en lumière un lien crucial au sein de la quête, le stade du miroir avorté, qui s'appuie également sur un aliment : le spéculoos volé.

10.2.4 Le stade du miroir avorté

Après le narcissisme primaire et le stade oral, Amélie Nothomb passe finalement au stade du miroir, mais c'est un stade un peu différent du celui de Lacan, nous utilisons donc le terme de stade du miroir avorté. Dans *Métaphysiques des tubes*, l'enfant apprend à parler à l'aide du chocolat de la grand-mère. Comme nous l'avons présenté dans la section précédente, la parole joue un rôle primordial à l'âge de deux ans et demi. Pendant cette période, Amélie maîtrise son sixième mot signifiant — « mort », car la mort de la grand-mère influence le développement de l'enfant. Lorsqu'Amélie assiste au stade du miroir avorté, elle est toute seule devant le miroir, pas de figure de l'Autre à côté pour la guider.

Le stade du miroir avorté remonte au décès de la grand-mère :

> « Il règne dans la maison un silence anormal. Je voulus aller aux renseignements et descendis le grand escalier. Au salon, mon père pleurait : spectacle impensable et que je n'ai jamais revu. Ma mère le tenait dans ses bras comme un bébé géant.
>
> Elle me dit très doucement :
>
> — Ton papa a perdu sa maman. Ta grand-mère est morte. »①

Le père d'Amélie est triste puisqu'il a perdu sa mère. Pourtant, il est un

① Amélie Nothomb, *Métaphysique des tubes*, Paris, Éditions Albin Michel, 2000, p. 45.

peu difficile pour un enfant de deux ans et demi de comprendre la signification de la mort :

> « Je pris un air terrible.
>
> — Évidemment, poursuivit-elle, tu ne sais pas ce que ça veut dire, la mort. Tu n'as que deux ans et demi. »①

L'absence de la grand-mère manifeste son importance au cours du développement de la protagoniste. Amélie cherche à exprimer sa gratitude à l'égard de son aïeul en faisant acte de mémoire :

> « Au moins mon souvenir lui conserve-t-il l'existence. Ma grand-mère avait essuyé les plâtres de ma mémoire. Juste retour des choses : elle y est encore bien vivante, précédée de son bâton de chocolat comme d'un sceptre. C'est ma façon de lui rendre ce qu'elle m'a donné. »②

En fait, le chocolat blanc de la grand-mère montre une part de l'appartenance belge d'Amélie. Dans les récits d'Amélie Nothomb, la figure de l'Autre est toujours liée à la nourriture. Lors de son séjour en Asie elle trouve une friandise belge — le spéculoos, à travers lequel on se souvient qu'Amélie entame une pulsion incontrôlable ayant pour objet l'eau, les breuvages alcoolisés et les friandises. Il semble qu'une diversification des mécanismes d'imitation entraîne chez la protagoniste un désengagement progressif de l'incorporation orale. Il continue néanmoins à être l'outil de jouissance privilégié. En Asie, la fille belge goûte pour la première fois un bol de thé brûlant, une scène qui évoque le stade oral. La nourriture et la bouche montrent une fois encore leur importance, Amélie ne perd pas son amour pour le sucre,

---

① Amélie Nothomb, *Métaphysique des tubes*, Paris, Éditions Albin Michel, 2000, p. 45.
② *Ibid*, p. 47.

la fille mange des bonbons périmés qu'elle achète au marché et des desserts à base de caramel que prépare le cuisinier pour son frère, sa sœur et elle①. Ici, son attachement au sucre rappelle le plaisir de la première friandise qu'elle prend — le chocolat blanc. Lorsqu'elle n'a plus d'argent de proche, la protagoniste décide de « voler » quelque chose dans les garages du ghetto, dont celui de ses parents, où elle trouve un jour des spéculoos, un autre objet symbolique belge. Comme l'on a présenté dans la première partie, Amélie goûte cette friandise en disant : « J'en goûtai un aussitôt. Je rugis : ce croquant, ces épices, c'était à hurler, un événement trop important pour le célébrer dans un garage. »② Comme ce qui se passe après avoir goûté du chocolat blanc, la protagoniste s'adonne au plaisir de la spécialité belge. À l'égard de ce plaisir, Michel David écrit :

> « La « pulsion » dans le roman va trouver un point d'arrêt aussi providentiel que provisoire grâce à un « événement » (ce qui n'est pas sans rappeler les ressorts, les « rencontres », de *Métaphysique des tubes*). Un événement ... de corps, bien sûr, de plaisir-jouissance et d'image précisément. La petite Amélie vole un jour des sucreries à ses parents, des *spéculoos* belges dont elle raffole à un point rare, fondant littéralement de volupté lors de l'ingestion de l'exquise sucrerie. La jouissance, ordinairement dévastatrice chez l'héroïne, condescend ici à la satisfaction tenable de la grande sensation et du « *plaisir* », ce qui lui permet alors de s'approprier et de se rendre maîtresse du processus depuis la *Métaphysique des tubes*. »③

« Cette grande sensation » et ce « plaisir » semblent permettre à Amélie

---

① Amélie Nothomb, *Biographie de la Faim*, Paris, Éditions Albin Michel, 2004, p. 60.

② *Ibid*, p. 70.

③ Michel David, *Amélie Nothomb : l'écriture illimitée*, Paris, Éditions L'Harmattan, 2013, p. 101.

de retrouver entièrement sa belgitude. Elle décide de trouver le meilleur endroit pour fêter ce moment, c'est la salle de bain où il y a un « miroir géant » :

> « Je bondis jusqu'à notre immeuble, montai les quatre étages en courant et fonçai dans la salle de bains dont je poussai la porte derrière moi. Je m'installai devant le miroir géant, sortis le butin de mon pull et commençai à manger en observant mon reflet dans la glace : je voulais me voir en état de plaisir. Ce qu'il y avait sur mon visage, c'était le goût du spéculoos. »①

En goûtant les spéculoos, elle passe au stade du miroir avorté : manger la spécialité belge en face du miroir géant. Ce stade laisse Amélie entrer dans son univers interne, elle se voit en état de plaisir :

> « Entrant dans cette « double dévoration », « tellement absorbée par contemplation », sa mère lui tombe alors dessus et la réprime de manger ces friandises introuvables en Chine. Cependant, écrit-elle, elle « me laisse seule avec ma jouissance » à un point tel que l'enfant efface littéralement le souvenir de l'intrusion maternelle. »②

La protagoniste passe au stade du miroir avorté en mangeant le spéculoos volé, qui nous évoque le chocolat blanc. « Avorté », parce qu'elle est seule devant le grand miroir, il n'y a pas la grand-mère à côté cette fois. Pour approfondir ce problème du miroir avorté, il faut indiquer la différence entre le spéculoos volé et le chocolat blanc : premièrement, personne ne lui offre de spéculoos belge, c'est elle-même qui vole la friandise ; deuxièmement,

① Amélie Nothomb, *Biographie de la Faim*, Paris, Éditions Albin Michel, 2004, p. 71.

② Michel David, *Amélie Nothomb : l'écriture illimitée*, *op. cit.*, p. 101.

personne ne la conduit à manger le spéculoos, elle le goûte directement. À l'égard de ce moment, la romancière écrit :

> « C'était un spectacle. Rien qu'à me regarder, je pouvais détailler les saveurs : c'était forcément du sucré, sinon je n'aurais pas eu l'air aussi heureuse ; ce sucre devait être de la cassonade, à en juger l'émoi caractéristique des fossettes. Beaucoup de cannelle, disait le nez plissé de jouissance. Les yeux brillants annonçaient la couleur des autres épices, aussi inconnues qu'enthousiasmantes. Quant à la présence de miel, comment en douter, au vu de mes lèvres qui minaudaient l'extase ? »①

La protagoniste éprouve du plaisir en mangeant du spéculoos devant le grand miroir. Lorsque sa mère voit cette scène, elle constate le problème : « Pourquoi ne me voit-elle pas ? Pourquoi se regarde-t-elle manger ? »② Parce qu'Amélie passe au stade du miroir que Lacan nous présente, l'enfant trouve sa figure dans le miroir mais elle ne connaît pas sa propre figure.

En fait, au cours de ce stade du miroir avorté, l'absence du guide (la grand-mère) signifie qu'il n'y a pas de figure de l'Autre qui peut dire à l'enfant que celui qui dans le miroir est lui-même et que la Belgique est à la source de son plaisir. Pour mieux préciser ce point, on pourrait éprouver la perplexité d'Amélie en deux parties : premièrement, la signification de ce stade du miroir avorté ; deuxièmement, l'absence de l'Autre à ce stade et son influence.

Premièrement, à l'égard de ce stade, Michel David dit :

> « L'écrivain, dans sa *Biographie de la faim*, nous dit qu'écrire devient « la grande poussée, la peur jouissive, le désir sans cesse ressourcé, la nécessité voluptueuse ». Elle nous livre ici, disons, sa biographie de... la

---

① Amélie Nothomb, *Biographie de la Faim*, *op. cit.*, p. 71.

② *Ibid*, p. 72.

pulsion, ses « histoires » concevables comme des « concentrés de vie et de sensations fortes », de « chaos absolu » ou même de « fin du monde », par exemple lors de ses déménagements vécus comme pertes des repères. »①

Selon l'auteur d'*Amélie Nothomb : l'écriture illimitée*, on pourrait considérer les « déménagements vécus » de la romancière belge comme « perte des repères ». Pourquoi y a-t-il cette perte ? Michel David souligne que ce n'est pas un hasard si Amélie Nothomb « nous confie là également ses démêlés et sa perplexité, à la même époque, concernant le langage et la langue. »② La perte, parce que le problème d'identité obsède à plusieurs reprises la protagoniste : la première fois, même si le chocolat belge donné par la grand-mère réveille son appartenance belge, elle demeure convaincue qu'elle est Japonaise. Or, au moment du spéculoos volé, personne ne peut lui donner la réponse, elle est toute seule et intervient au stade du miroir avorté. Cette situation peut expliquer pourquoi Michel David dit « ses démêlés et sa perplexité concernant le langage et la langue » :

> « Sa valse-hésitation entre le français, le japonais (« le franponais ») et la délocalisation symbolique de soi (être « jamaisien », c'est-à-dire du Pays de « démembrement » face auquel ne lui apparaît qu'une solution : la course en avant, « avoir de la vie un appétit délirant ... » ! »③

Pour Amélie, elle considère le français et le japonais comme une seule langue : « le franponais », dont l'un et l'autre idiome seraient des variantes.

---

① Michel David, *Amélie Nothomb : l'écriture illimitée*, Paris, Éditions L'Harmattan, 2013, p. 100.

② *Ibid*, p. 100.

③ Michel David, *Amélie Nothomb : l'écriture illimitée*, Paris, Éditions L'Harmattan, 2013, p. 101.

En fait il n'est pas difficile de trouver que le français regorge d'emprunts japonais comme Nô, Haïku et Samouraï dans les textes de *Stupeur et Tremblements*, *Métaphysique des tubes*, *Biographie de la faim*, *Ni d'Ève ni d'Adam* et *La Nostalgie heureuse*. Le croisement de ces deux langues dans plusieurs récits autofictionnels permet de constater une trace de leur unité originaire subsistant toujours dans l'univers intérieur de la romancière belge.

Le pays dont elle parle la langue l'a rejetée et trahie. Lorsqu'elle apprend que jamais elle ne retournera dans son pays préféré, Amélie cherche à adopter une nationalité de rechange. Faute de l'Autre qui l'aide à connaître son identité belge, la protagoniste se proclame ressortissante de « l'État de jamais », affirmant : « Le Japon était mon pays, celui que j'avais choisi, mais lui ne m'avait pas élue. Jamais m'avait désignée »①.

En se donnant cette nationalité singulière, Amélie s'enracine spatialement dans un non-lieu, hors du monde, qui présente certaines ressemblances onomastiques avec le Japon. L'État de jamais — un pays imaginaire traverse une sorte d'enclos insulaire à l'abri du temps, destiné à préserver éternellement l'appartenance japonaise de la fille perdue. Aussi somme-nous d'avis que l'État de jamais, terre d'exil, devient pour Amélie l'univers imaginaire où subsiste le souvenir du Japon qu'elle aime profondément.

Intéressons-nous maintenant à la deuxième perplexité : l'absence de l'Autre à ce stade du miroir avorté et son influence. Nous devons revenir sur le rôle de la grand-mère. Comme nous l'avons observé dans les chapitres précédents, l'enfant est guidé par la voie féminine au stade du miroir. Le père qui doit offrir l'objet phallique est remplacé par une image maternelle. Ce qui signifie que des représentations primitives sont fixées dans les replis de la mémoire d'Amélie, la grand-mère est puissante et le père est moins influent à ce stade.

Concrètement, il faut souligner que le père prend normalement une

① Amélie Nothomb, *Biographie de la Faim*, Paris, Éditions Albin Michel, 2004, p. 67.

importance pour l'enfant, il atteste et révèle la puissance associée à son sexe. Néanmoins, la réalité est que le père est dépossédé de la puissance phallique, qui est attribuée à la mère. La grand-mère est jusqu'ici l'objet d'amour principal et le modèle identificatoire d'Amélie. Comme c'est la grand-mère maternelle qui conduit enfant à reconnaître son identité avec le chocolat, il n'y a pas de transfert de l'identification vers Patrick au cours de cette période. Pourtant, lorsque la protagoniste vit certains rapprochements avec son père à la motion phallique, celui-ci est immédiatement aspiré par la voie féminine. Cet épisode représente donc, à notre avis, une sorte de suggestion pour Amélie : la voie féminine occupe la place du père quand il ne peut pas manipuler son objet phallique.

En fait, Amélie se rend compte du rapport entre la puissance masculine et féminine. Dans *Métaphysique des tubes*, à peu près à la moitié du récit, on constate les divisions internes fixées par un modèle temporel, ce qui laisse croire à l'existence d'une temporalité davantage soumise à la réalité chez la protagoniste. Un scandale éclate au début de mai, alors que les azalées explosent de fleurs : « les parents hissèrent dans le jardin un mât au sommet duquel flottait, tel un drapeau, un grand poisson de papier rouge qui claquait au vent. »① Conformément à la tradition japonaise, ce que les parents font est dans le but de souligner qu'on se trouve au mois des garçons.

Amélie raconte :

> « Je demandai de quoi il s'agissait. On m'expliqua que c'était une carpe, en l'honneur de mai. On me dit que la carpe était le symbole des garçons et que l'on arborait ce genre d'effigie poissonneuse dans les demeures des familles qui comptaient un enfant du sexe masculin. »②

① Amélie Nothomb, *Métaphysique des tubes*, Paris, Éditions Albin Michel, 2000, p. 81.

② Amélie Nothomb, *Métaphysique des tubes*, Paris, Éditions Albin Michel, 2000, p. 81.

En Occident, le poisson (Ichthus du grec ancien) est aussi un symbole de l'homme, on peut trouver le thème de la pêche et du poisson dans l'évangile, Simon Pierre, la pierre angulaire de l'église, est considéré comme un « pêcheur d'hommes ».

Les deux expressions de signes masculins permettent à la protagoniste de prêter attention à l'existence de la différence sexuelle, mais ne la juge pas plus importante que d'autres :

> « Il y avait beaucoup de différences sur terre : les Japonais et les Belges (je croyais que tous les Blancs étaient belges, sauf moi qui me tenais pour Japonaise), les petits et les grands, les gentils et les méchants, etc. Il me semblait que femme ou homme était une opposition parmi d'autres. Pour la première fois je soupçonnais qu'il y avait là un sacré lièvre. »①

Il semble qu'à son entrée au stade du miroir avorté, Amélie s'aperçoit de sa différence avec les petits garçons (ou la différence entre son père et d'autres personnages féminins). Elle a besoin de ce pénis afin d'éprouver du plaisir. Bien qu'elle soit jeune, la protagoniste révèle qu'elle connaît des rapports de pouvoir qui se jouent entre les sexes. Apprenant qu'il n'y a pas de coutume analogue pour souligner la féminité, Amélie est furieuse :

> « En quoi évoquait-elle davantage mon frère que moi ? Et en quoi la masculinité était-elle si formidable qu'on lui consacrait un drapeau et un mois — *a fortiori* un mois de douceur et d'azalées ? Alors qu'à la féminité, on ne dédiait pas même un fanion, pas même un jour ! »②

---

① *Ibid*, p. 82.

② Amélie Nothomb, *Métaphysique des tubes*, Paris, Éditions Albin Michel, 2000, pp. 82-83.

Ainsi, devant le sort cruel, Amélie n'a pas le choix : le père doit assumer le rôle de l'Autre dans cette société japonaise qui met l'accent sur la puissance masculine, mais c'est la voie féminine qui se charge de la guider.

Après avoir été initiée au principe de plaisir par la grand-mère paternelle et son bâton de chocolat blanc, Amélie commence à connaître le monde et elle-même par la voie féminine, et se met à vivre des périodes de développement d'une façon significative. Elle décide de donner un nom aux objets dans le but de les maîtriser et considère les mots comme des outils utiles, c'est-à-dire ceux qui peuvent donner du plaisir. Force est de constater que le fonctionnement psychique d'Amélie développé par le sujet autobiographique interfère avec son développement psychosexuel. Faute de continuer à posséder une grand-mère bienveillante lorsque celle-ci est décédée, Amélie fait de sa gouvernante Nishio-san une figure maternelle de remplacement, qui la conduit d'une manière japonaise.

Pour Amélie, l'absence de guide au stade du miroir avorté fait ressortir un fait saillant, elle a besoin de l'Autre en mangeant du spéculoos volé. En vérité, cette figure de l'Autre ne se limite pas à la grand-mère. Au lieu de lui donner le chocolat belge, sa bonne gouvernante Nishio-san exerce également une influence sur la protagoniste en lui offrant les soins maternels. Amélie connaît un contact maternel érotisé avec Nisho-san, rejouant ce qu'aurait dû être la relation à la mère Danièle peu après la naissance. Les soins apportés par Nishio-san commencent également par la nourriture. La protagoniste raconte :

> « Si je manifestais le désir de manger dans son assiette, ce qui était fréquent, vu que je préférais sa nourriture à la mienne, elle touchait plus à sa pitance : elle attendait que j'aie fini avant de recommencer à s'alimenter. »①

---

① Amélie Nothomb, *Métaphysique des tubes*, Paris, Éditions Albin Michel, 2000, p. 55.

La gouvernante joue un rôle indispensable pour la jeune fille belge, elle remplace en quelque sorte le rôle de Danièle par sa disponibilité et ses caresses :

> « À deux ans et demi, être japonaise signifiait être l'élue de Nishio-san. À tout instant, si je le lui demandais, elle abandonnait son activité pour me reprendre dans ses bras, me dorloter, me chanter des chansons où il était question de chatons ou de cerisiers en fleurs. »①

De plus, la protagoniste ajoute :

> « Elle s'asseyait et me berçait comme une poupée. Je prenais un air de souffrance sans autre motif que mon désir d'être consolée. Nishio-san me consolait longuement de mes chagrins inexistants, jouant le jeu, me plaignant, avec un art consommé. Puis elle suivait d'un doigt délicat le dessin de mes traits et en vantait la beauté qu'elle disait extrême... et concluait qu'elle n'avait jamais vu une déesse au visage aussi admirable. »②

De ce fait, la petite Belge considère sa gouvernante japonaise comme sa « deuxième mère », et elle se croit elle-même japonaise. Au contact de Nishio-san, Amélie accède à l'identité japonaise et possède un langage signifiant, qui lui permet de traiter avec indifférence la situation marginalisée de son père. La puissance féminine interne sauve la vie de la protagoniste jusqu'à aujourd'hui.

Par le biais des activités culturelles telles que les chansons et les histoires, Nishio-san transmet conjointement à Amélie un échange culturel japonais et une compréhension de la mort :

> « Quand la douce Nishio-san me parlait, c'était le plus souvent pour

① *Ibid*, p. 57.
② *Ibid*, p. 58.

me raconter avec le rire nippon réservé à l'horreur, comment sa sœur avait été écrasée par le train Kobé-Nishinomiya lorsqu'elle était enfant. »①

Nishio-san a été ensevelie avec sa famille lors d'un raid aérien durant la Seconde Guerre mondiale, elle relate souvent son expérience :

« — Je ne sais pas combien d'heures cela a duré. Je creusais, je creusais, et chaque fois que je retrouvais à la surface, j'étais de nouveau enterré par une explosion. Je ne savais plus pourquoi je remontais et je remontais quand même, parce que c'était plus fort que moi. Je savais déjà que mon père était mort et que je n'avais plus de maison : j'ignorais encore le sort de ma mère et de mes frères. Quand la pluie de bombes a cessé, j'étais stupéfaite d'être encore en vie. En déblayant, on est tombé, peu à peu, sur les cadavres, entiers ou en pièces, de ceux qui manquaient, dont ma mère et mes frères. »②

Avec la « pénétration » de la culture japonaise, on constate comment Nishio-san conduit Amélie à accéder à son identité japonaise. Lorsqu'il s'agit du guide de sa gouvernante, Amélie dit : « Nishio-san avait vraiment de belles histoires à raconter : les corps y finissaient toujours en morceaux. »③

Après avoir passé des années heureuses au Japon, Amélie comprend qu'il est le moment de quitter son pays préféré, autrement dit, elle doit se séparer de Nisho-san. La narratrice décrit ses derniers jours au Kansai en termes de « fin du monde » et de « chaos absolu », a recours à un mécanisme de défense primitif et projette son « épouvante intérieure » sur sa terre natale, s'étonnant qu'elle ne soit pas secouée par un tremblement de terre ayant l'intensité de son

① Amélie Nothomb, *Métaphysique des tubes*, Paris, Éditions Albin Michel, 2000, p. 43.

② *Ibid*, p. 52.

③ *Ibid*, p. 52.

angoisse.

En quittant le Japon, Amélie perd Nishio-san. Elle décrit la séparation :

« À l'aéroport, je souffrais tellement d'avoir perdu ma mère japonaise que je remarquai à peine le moment où le sol natal cracha notre avion vers le ciel. Le postillon aérien traversa la mer du Japon, la Corée du Sud, la mer Jaune, puis atterrit à l'étranger : en Chine. »①

Avant même le début du vol, un état de fragilité psychique extrême est manifesté par la fillette déracinée : elle a perdu le guide spirituel dont elle a besoin pour surmonter la difficulté. Abandonnée par le pays maternel adoré, il est nécessaire pour elle de retrouver son identité belge en mangeant le spéculoos volé, même si elle n'est que toute seule devant le miroir.

① Amélie Nothomb, *Biographie de la Faim*, Paris, Éditions Albin Michel, 2004, p. 57.

Conclusion

1.1 Trois aspects essentiels

En guise de conclusion, nous nous contentons de relever ici trois aspects essentiels sur lesquels s'appuie la quête d'identité d'Amélie Nothomb : Premièrement, c'est l'aspect portant sur la vie et la création littéraire de la romancière, qui sont deux facteurs interdépendants et imbriqués. Deuxièmement, c'est le débat entre l'Orient et l'Occident, grâce auquel on peut connaître l'altérité culturelle chez Amélie Nothomb. Troisièmement, c'est la quête d'identité d'Amélie Nothomb qui se caractérise par le narcissisme, l'homosexualité et le masochisme.

L'écriture autofictionnelle d'Amélie Nothomb se fonde sur un souvenir quasi psychanalytique, et nous supposons que les récits résultant de cette démarche constituent un corpus propice à l'analyse des traces laissées par l'inconscient dans le texte. Le premier aspect commence par la notion de l'écriture autofictionnelle, car dans les romans autofictionnels d'Amélie Nothomb, nous trouvons une vision divergente, qui se rèvèle par la fusion de deux cultures totalement différentes ou par dissociation du trait de caractère d'un même personnage en deux aspects identiques et parfois contradictoires. Au sujet des expériences personnelles d'Amélie Nothomb, une question se pose : sont-elles réelles ou fictives ? Ainsi, nous décidons d'explorer la véracité de ses œuvres autofictionnlles en appliquant la théorie de Philippe Lejeune, Serge Doubrovsky et Vincent Colonna, etc. Leur support théorique éclaircit la notion aux alentours de l'autofiction, à travers laquelle nous constatons un moi unique à deux caractères : le narcissisme et l'homosexualité. Ce parcours de la quête d'identité de l'auteur entre Orient et Occident met en évidence une figure créatrice. Nous y voyons l'apparition même d'une originalité et d'une drôlerie littéraire.

Les romans d'Amélie Nothomb à la première personne sont parfois considérés comme des romans autobiographiques, on constate des expériences réelles de sa vie qui s'appuient sur une trame chronologique. Pour notre part, lorsque les personnages « réels » font leur apparition dans le récit fictif, nous y voyons la manifestation de l'autofiction. Un des cas les plus impressionnants reste celui de l'interaction avec ces personnages réels, qui associe des textes à l'autobiographie. L'étiquette « roman » souligne la nature des œuvres de la romancière belge.

Les membres de la famille exercent une forte influence sur la création littéraire d'Amélie Nothomb. Le père, la mère, la sœur, ces gens-là l'aident non seulement à grandir dans la vie réelle, mais aussi lui offrent l'inspiration dans la vie littéraire. La naissance, l'enfance et l'adolescence, devient le sujet de son écriture. La création des récits autofictionnels de la romancière est étroitement liée à la carrière professionnelle de son père Patrick Nothomb. C'est en raison de son changement du poste dans le monde entier qu'Amélie Nothomb a la chance d'observer les mœurs des pays tels que le Japon, le Bangladesh et les États-Unis, etc. C'est grâce à ces expériences exotiques que l'écrivaine peut partager son aspiration de la quête d'identité entre les deux différentes cultures avec le lecteur. Comme témoin du « génie particulier » d'Amélie Nothomb, la mère Daniel Nothomb joue un rôle remarquable dans la vie de la romancière. D'un côté, elle exprime la profonde admiration pour l'écriture de sa fille et encourage cette dernière à publier ses manuscrits ; de l'autre, elle est en quelque sorte la représentation de la figure féminine des textes d'Amélie Nothomb, elle cherche toujours à aider la romancière à croître. Quant à la sœur Juliette, elle apparaît comme le seul support solide pour Amélie Nothomb devant la solitude.

Le rôle des membres de la famille est important pour Amélie Nothomb, son père et sa sœur écrivent et sa mère lui donne de l'encouragement, ce qui lui permet de développer son habitude d'écriture dans une bonne ambiance familiale. La romancière cherche souvent à incarner ses idées dans l'écriture, qu'elle considère comme une manière d'afficher le monde intérieur. Son habitude d'écriture est influencée par plusieurs facteurs : Tout d'abord, c'est la lecture à l'âge de trois ans qui permet à Amélie Nothomb d'entrer dans l'univers littéraire, c'est une étape préparatoire avant le commencement de son travail d'écriture et aussi sa source d'inspiration d'aujourd'hui. Et puis, ce sont deux personnages éminents : Friedrich Nietzsche lui suggère le sens de la mort et du plaisir, deux sujets récurrents chez Amélie Nothomb ; Par ailleurs, il y a l'anorexie qui joue le rôle du déclencheur de l'écriture. La correspondance avec les lecteurs offre à l'écrivaine une plate-forme interactive. Finalement, ce sont les connotations bibliques et mythologiques qui se transforment en une partie des récits autofictionnels d'Amélie Nothomb.

L'ensemble de ces facteurs donnent naissance aux œuvres autofictionnelles d'Amélie Ntohomb. Dans la présente thèse, elles sont, *Stupeur et tremblements*, *Métaphysique des tubes*, *Biographie de la faim*, *Ni d'Ève ni d'Adam* et *La Nostalgie heureuse*. Dans les textes, nous trouvons certains personnages qui laissent une profonde impression, par exemple les deux gouvernantes japonaises qui sont les révélateurs de deux identités d'Amélie Nothomb. Il s'agit d'abord de Nishio-san, la « seconde » mère. La relation entre cette nounou japonaise et la petite Amélie établit le lien le plus important, car la protagoniste ne peut pas trouver une autre mère de substitution en quittant le Japon Seule l'écriture peut combler cette absence de l'adulte à côté du miroir. La mise en scène de cette relation privilégiée avec Nisho-san représente le beau souvenir japonais d'Amélie Nothomb et marque son désir d'identité japonaise. Il y a ensuite la gouvernante traditionnelle Kashima-san, qui déteste les Occidenatux. Elle représente une attitude exclusive qui aboutit à la quête de l'identité belge d'Amélie Nothomb. Rinri Mizuno, le fiancé, est un Japonais atypique, il montre au lecteur l'hétérosexualité de la protagoniste dans *Ni d'Ève ni d'Adam*, comme Laureline Amanieux l'indique :

> « Amélie Nothomb choisit de nouveau l'écriture autobiographique : c'est pour faire le récit d'un amour qui ne finit pas par un meurtre, affirmer l'existence de soi dans le roman et valoriser le silence dans le dialogue avec l'autre. »①

Par aillieurs, Fubuki Mori dans *Stupeur et tremblements* permet à la Belge de ressentir profondément le conflit entre deux cultures. L'humiliation de Fubuki souligne que la protagoniste de *Stupeur et tremblements* a tenté en vain de matérialiser son identité japonaise à l'âge adulte. On constate chez Amélie Nothomb que l'étranger représente toujours un mystère de la vie, une sensualité différente, une forme d'attachement qui se manifestent davantage dans les gestes que dans la parole.

Le deuxième aspect qu'Amélie Nothomb montre est concentré sur le débat entre Orient et Occident. Par le biais de l'analyse des textes, on découvre que la question est étroitement liée à un des sujets de la présente thèse : l'altérité culturelle. Il faut passer au travers l'apparence pour percer l'essence. Ainsi, nous abordons cet aspect en approfondissant les notions de culture et d'altérité. En fait, les expressions de l'altérité chez Amélie Nothomb jouent le rôle du « miroir » puisqu'elles reflètent l'univers intérieur de l'auteur. Par le biais des conflits que l'auteur montre, nous révélons l'existence des différentes notions culturelles dans les textes comme l'ethnocentrisme, le relativisme et le culturalisme. Il semble que ce n'est pas Amélie Nothomb qui introduit ces notions, mais ces notions s'expriment d'une manière directe. Elles sont toutes manifestées sous une forme précise, par exemple la hiérarchie stricte, le conflit entre le collectivisme oriental

① Laureline Amanieux, *Le récit siamois : identité et personnage dans l'œuvre d'Amélie Nothomb*, Paris, Éditions Albin Michel, p, 344.

et l'individualisme occidental, la culture de « perdre la face » et les différents statuts de la femme. Les différentes manifestations d'altérité culturelle produisent une émotion contradictoire entre Orient et Occident comme le bonheur au Japon, la douleur au Bangladesh. Tout cela révèle chez Amélie Nothomb une hallucination vécue. C'est à travers cette émotion contradictoire qu'Amélie Nothomb met en lumière un autre sujet de ce livre — l'identité.

Le troisième aspect essentiel qu'Amélie Nothomb relève est son identité. Par le bais de l'altérité culturelle entre Orient et Occident, l'auteure belge remarque sa rencontre avec la quête d'identité. Le Japon est un sujet intéressant pour la littérature de langue française depuis longtemps. Les représentants sont le sémioticien Roland Barthes et l'ancien Ambassadeur au Japon (1921-1927) Paul Claudel. Amélie Nothomb écrit son expérience en Orient comme la manifestation de sa personnalité. Ses romans sous l'angle autobiographique tentent de révéler un vrai Orient, qui suscite l'imaginaire occidental. Présenter et se présenter : ce sont les deux approches cohérentes d'Amélie Nothomb, avec lesquelles on constate deux identités : une Amélie japonaise et une Amélie belge.

L'écrivaine se plonge dans la culture japonaise et se croit Japonaise, ce Japon parfait existe-t-il ? Jean-Michel Lou écrit :

> « Amélie Nothomb nous en a donné des reflets divers, éminemment subjectifs, mais qui justement par cela nous émeuvent. Le lecteur, s'il connaissait et aimait le Japon auparavant, le retrouve et y prend plaisir ; sinon, il éprouve l'envie de le connaître. En outre, Nothomb nous donne à voir des archétypes, des situations universelles ; au-delà de la couleur locale japonaise, il y a des motifs qui se répètent — la nostalgie du pays natal, le désir, le sentiment de rejet, l'enfermement, l'attirance et la peur de l'Autre, les mécanismes de pouvoir. »①

① Jean-Michel Lou, *Le Japon d'Amélie Nothomb*, Paris, Éditions L'Harmattan, 2011, p. 165.

La réponse semble claire, ce qui l'attend est l'exclusion. À ce moment-là, la romancière est confondue et cherche à retrouver son identité belge. Dans *Biographie de la faim*, elle commence à approfondir la possibilité de modifier son identité en manifestant une sensibilité, une conscience éveillée et une réflexion pertinente.

Entre la réalité et la fiction, Amélie Nothomb souligne la fascination du Japon et l'élimination de la belgitude, elle se lance dans la quête d'identité — un choix difficile entre une Japonaise imaginaire et une Belge apatride. Par le stade du miroir de Jacques Lacan, on peut analyser les traits de caractère de cette fille belge, qui s'exprime par le narcissisme, l'homosexualité et le masochisme.

Dans *Métaphysique des tubes*, on voit une fille à l'âge de deux ans et demi, qui se caractérise par le narcissisme primaire. L'apparition de la grand-mère change la situation, Amélie goûte pour la première fois le chocolat blanc belge qui lui apporte le plaisir et l'appartenance belge. Ce moment s'associe au chocolat vertâtre de M. Omochi, qui représente une pulsion masochiste à la japonaise. La quête d'identité continue jusqu'au stade du miroir avorté où la petite fille réalise son appartenance belge en mangeant le spéculoos volé, elle reconnaît sa figure comme la fille sous la plume de Lacan, mais le stade du miroir d'Amélie Nothomb est avorté, parce qu'il lui manque l'adulte à côté qui dit « oui, celui qui est dans le miroir, c'est toi ».

Le troisième aspect concerne le masochisme d'Amélie Nothomb, cette perversion sexuelle se manifeste par l'interaction avec deux filles étrangères Fubuki Mori et Elena. Dans *Stupeur et tremblements*, on voit une Amélie qui subit de la souffrance psychique pour atteindre le plaisir. L'expérience japonaise lui fait connaître ses premières relations à l'Autre, comme son admiration particulière pour Fubuk. La relation bourreau-victime entre les femmes devient vite une source de souffrance, car elle n'est pas réciproque. C'est pourquoi on considère ces deux expériences sentimentales comme les récits de type masochiste. La soumission d'Amélie se manifeste par une souffrance, le rôle du tortionnaire lui apporte une extase au cours de laquelle elle peut chercher son identité. Le masochisme chez Amélie Nothomb se caractérise par cette contradiction.

Le narcissisme et le masochisme qu'Amélie Nothomb exprime au stade du miroir avorté représentent un prolongement de la quête d'identité. Ils mettent l'accent sur une forme de l'exotisme qui se manifeste par une valorisation de l'altérité culturelle et d'une survalorisation de la culture orientale au détriment de la culture occidentale. Les traits du caractère d'Amélie Nothomb et ses expériences personnelles témoignent de l'humiliation japonaise dont elle a été victime, il semble que sa peau blanche ne s'accorde pas avec sa véritable identité.

1.2 Une idée ouverte

Dans un voyage extraordinaire, l'écriture autofictionnelle d'Amélie Nothomb oscille constamment entre la réalité et la fiction, entre l'enfant et l'adulte, entre le plaisir et l'humiliation. Ses récits se caractérisent par une tension constante, qui laissent l'homme tendu entre deux civilisations : Orient et Occident.

L'écriture autofictionnelle, les dialogues, l'emploi des connotations bibliques, ce sont non seulement les caractéristiques de notre corpus, mais aussi celles des autres œuvres d'Amélie Nothomb comme *Hygiène de l'assassin*, *Mercures*, *Robert des noms propres* et *Antéchrista*. Dans ces romans hors corpus, nous constatons souvent les textes écrits à la troisième personne, mais faisant référence aux éléments de la vie de l'auteure. La différence est que la protagoniste n'est pas Amélie, mais un certain Prétextat Tach. L'auteure expose partiellement sa vie sous des apparences implicites dans ces romans, « implicite » parce que nous ne trouvons pas un caractère autobiographique évident. Ils s'appellent aussi romans, mais nous pouvons toutefois supposer qu'il y a parfois l'identité de l'écrivaine et du personnage.

Le premier roman d'Amélie Nothomb, *Hygiène de l'assassin* met en scène un écrivain féroce et morbide ayant un problème d'obésité, son nom est Prétextat Tach, Lauréat du prix Nobel de littérature. En effet, on retrouve la trace d'Amélie Nothomb dans Prétextat Tach, l'auteure partage ses idées sur cette figure atypique. Il est facile de trouver quelques points communs entre l'auteure et son personnage : dans le monde de Tach, il est un écrvain connu, tout comme Nothomb qui se caractérise par une envie incontrôlée d'écrire. Comme la petite Amélie Nothomb ayant une crise d'anorexie, Prétextat Tach ne mange que le strict minimum. La romancière belge se lève à quatre heures du matin même si elle est malade, et Tach ne dort presque plus pour preserver une « hygiène d'eternelle enfance. »① Au cœur de Tach, l'enfance occupe une place aussi importante que pour Amélie Nothomb. Pour lui, cette période réprésente la vivacité, la limpidité, l'innocence et la beauté. Pourtant, ces points communs sont implicites parce que la position d'Amélie Nothomb est délicate, mais elle ne nie pas qu'ils soient possibles. Ainsi, sa relation avec Prétextat Tach semble ambiguë. En s'incarnant dans le personnage de Prétextat Tach, Amélie Nothomb met l'accent sur un moi fictif, c'est pourquoi nous disons qu'Hygiène *de l'assassin* emprunte des traits autobiographiques.

Entre la réalité et la fiction, le style (l'écriture autofictionnelle) d'Amélie Nothomb s'impose dès la publication de ce premier roman, bien qu'il ne soit pas complètement autofictionnel. L'emploi de l'apparence fictive dans *Hygiène de l'assassin* permet de s'exprimer librement. Des personnages denses et singuliers d'Amélie mettent en lumière la dualité et le mythe du double, elle explore inconsciemment les jeux d'identité afin de manifester ses idées qui se voient symboliquement traitées par l'intermédiaire de personnages énigmatiques. À travers les personnages tels que Prétextat Tach, la romancière parvient à exposer des choses qu'elle ne pourrait probablement pas montrer directement dans ses romans autofictionnels..

① Amélie Nothomb, *Hygiène de l'assassin*, Paris, Éditions Albin Michel, 1992, p. 136.

Dans un autre roman hors corpus *Mercure*, on constate l'homosexualité. Pour ce point, Laureline Amanieux écrit : « Dans *Mercure*, l'ambivalence sexuelle apparaît dans les scènes de massage entre Françoise et Hazel. Dans une scène où Françoise Hazel, le discours érotique domine. »① L'extrait en témoigne :

> « Les hommes sont incapables de toucher une chevelure avec douceur. Il faut des mains de femmes — et encore pas n'importe quelle femme. Des mains aimantes, fines, caressantes et habiles : les vôtres »②

Le caractère homosexuel implicite entre Françoise et Hazel souligne en quelque sorte le rôle masculin qu'assume la protagoniste Françoise. À la vérité, en mettant en évidence le rôle d'Omer dans la seconde conclusion du récit, Françoise prend une posture masculine. La singularité dont elle fait preuve en faisant d'Hazel sa captive est considérée comme une caractéristique traditionnellement masculine dans l'œuvre d'Amélie Nothomb. En ce qui concerne l'homosexualité entre les personnages féminins, Laureline Amanieux dit :

> « Les personnages féminins vivent des rapports de désir qui oscillent entre l'adoration et le rejet. Il nous semble qu'il existe un refus de catégorisation des différents modes de sexualité et d'amour, comme de toute norme. »

À travers l'homosexualité des personnages féminins, on retrouve une fille belge qui cherche à révéler les secrets de son identité.

---

① Laureline Amanieux, *Le récit siamois : Identité et personnage dans l' œuvre d'Amélie Nohthomb*, Paris, Éditions Albin Michel, 2009, p. 272.

② Amélie Nothomb, *Mercure*, Paris, Éditions Albin Michel, 1998, p. 114.

Le roman *Robert des noms propres* met en scène une jeune fille qui s'appelle Plectrude. Par le biais de l'analyse du texte, nous trouvons également des éléments autobiographiques. Certains épisodes de la vie de Plectrude évoquent le vécu d'Amélie Nothomb. Par exemple, Plectrude jouit d'une enfance idyllique entourée d'une femme protectrice, Clémence. Le rôle de cette femme est assumé par Nishio-san dans *Métaphysique des tubes*. L'accident de Plectrude à l'âge de quinze ans nous rappelle le viol que subit Amélie Nothomb. Les deux femmes ont des crises d'anorexie même si leurs fonctions sont contraires. Par ailleurs, l'autobiographie du texte se manifeste par l'identité de Plectrude, qui est chanteuse et connue sous le nom de Robert. C'est sans aucun doute une protection de l'identité d'Amélie Nothomb, qui est un auteur célèbre. Le récit de Plectrude joue le rôle d'une biographie de la romancière belge, il souligne le style d'écriture : Présenter la vie de l'auteur sous des apparences implicites.

Antéchirsta est une autre représentation de ce genre, Amélie Nothomb explore les amitiés féminines dans le texte. Cette fois, la protagoniste face au problème d'intégration pendant son séjour à l'Université Libre de Bruxelles (ULB). Elle fréquente l'université où se passe une partie de l'histoire du livre *Antéchrista*. L'isolement que connaît Amélie Nothomb lors de ses années universitaires est semblable à celui que ressent la protagoniste d'Amélie dans *Stupeur et tremblements* : Une occidentale exclue par les collègues japonais. La caractéristique des œuvres d'Amélie Nothomb réapparaît, tout au long du roman, l'auteur s'exprime à la première personne comme si elle parlait d'elle-même. Comme tous ses romans autofictionnels, il y a la biographie de l'auteur dans le texte, elle révèle la difficulté d'intégration et d'adaptation au changement d'environnement.

Dans ces romans hors corpus, on retrouve une Amélie Nothomb comme la trouvons à travers les romans du corpus, il semble que la romancière belge existe dans chacun de ses livres. L'étude de ces différentes œuvres nous apporte une idée d'ouverture, c'est-à-dire certaines hypothèses émises dans le développement de ce livre sont vérifiées dans d'autres œuvres d'Amélie Nothomb. Donc, nous ne pouvons pas conclure que l'auteur apparaît seulement dans ses romans autofictionnels mais que nous la retrouvons dans la plupart de ses livres. Pour l'auteur, la littérature semble une manière de s'exprimer sous des apparences implicites. À travers les dialogues et les pensées de ses personnages, nous pouvons découvrir l'information fournie par l'auteur.

Amélie Nothomb cherche toujours à indiquer le point sensible du corpus d'étude du genre autofictionnel. Elle donne accès à la recherche puisqu'on peut découvrir des personnages entre réel et fictif dans cette catégorie du roman. Ils sont l'incarnation de ce que l'auteur imagine, qui n'a pas encore été profondément étudiée par les differents critiques.

Pour Amélie Nothomb, l'écriture est un moyen d'exprimer et de se reconnaître :

> « J'écris pour comprendre, et j'en sais déjà plus long quand j'ai fini. Mais ce qui m'apporte le reste, c'est la publication, le retour par les lecteurs. C'est à ce moment-là qu'une grande partie arrive enfin à la lumière. Je considère que je fais le plus beau métier du monde. »①

L'écrivaine insère ses expériences personnelles dans son écriture et il n'est pas difficile pour le lecteur de s'y identifier. Pour l'auteure, ses romans sont un miroir pour se voir, comme le miroir dans *Biographie de la faim*, c'est à travers le miroir qu'elle peut poursuivre son identité.

En conclusion, l'altérité culturelle et la quête d'identité sont non seulement deux sujets principaux chez Amélie Nothomb, mais aussi ceux de la littérature de notre époque. C'est à travers ces deux sujets les gens parviennent à se

① Entretien avec Amélie Nothomb du 27 avril 2001 de Laureline Amanieux pour « Le récit siamois : identité et personnage dans l'œuvre d'Amélie Nothomb », Paris, Éditions Albin Michel, p. 352.

retrouver, si nous ne trouvions pas cette possibilité d'identification, la création littéraire n'aurait pas dans son premier élan l'objectif de transmettre le sentiment et les lecteurs n'existeraient plus.

Les romans autofictionnels d'Amélie Nothomb donnent aux lecteurs une notion complexe en ce qui concerne l'altérité entre Orient et Occident. En même temps, ils relèvent quelque chose de fondamental et d'universel, une caractéristique essentielle de la vie elle-même. C'est l'aspiration pour la reconnaissance du « moi » dans le passage du Dieu à la petite fille, de l'informe à la conscience, de l'innommé au langage, du courant de pensée à l'œuvre, de l'amour de soi-même à celui pour un autre. Nous ne pouvons pas nous passer de cette notion, elle nous sert à s'identifier. Sans doute, nous pouvons nous passer du Japon. Mais Amélie Nothomb, serait-il possible qu'elle soit devenue écrivaine sans le Japon ? Il est difficile de l'imaginer.

En passant à l'endroit magnifique « Japon », Amélie Nothomb rattache le plus individuel au plus universel. Car elle se croit « Japonaise ». Ce qu'elle montre au lecteur, c'est l'existence de « soi-même ». C'est pourquoi on découvre l'emploi des différents procédés littéraires dans ses œuvres autofictionnelles. Si l'écriture signifie un code indéchiffrable, elle configure des expériences réelles selon un principe de véracité qui permet au lecteur de s'incarner dans ses récits. Lorsqu'il s'agit des éléments réalistes qui arrachent le masque de la fiction, s'opposent ainsi les passages fictifs, et ceux qui finissent par inventer une intrigue « romanesque » quand le réel est ravageur.

> « Cette « puissance d'invention » différencie, selon nous, les personnages d'Amélie Nothomb des personnages d'une partie de la littérature contemporaine qui ne croient plus en leur parcours de vie et en leur capacité créatrice. »①

---

① Laureline Amanieux, *Le récit siamois : identité et personnage dans l'œuvre d'Amélie Nothomb*, Paris, Éditions Albin Michel, p. 345.

En bref, la volonté d'être démontrée d'un point de vue réaliste et fictif forme la particularité majeure de la romancière et de ses personnages. Le récit d'Amélie Nothomb cherche fortement à nous faire remarquer son existence et à répondre à la souffrance psychique au cours de la quête d'identité. À l'évidence, cette décision implicite transmet au lecteur une possibilité : la protagoniste souffrante peut se transformer en un individu agissant. Même lorsque cette identité comporte des incertitudes, elle peut pourtant refléter un entremêlement plein de réalité et de fiction.

Bibliographie

1. L'œuvre d'Amélie Nothomb (par ordre chronologique)

1.1 Romans étudiés

Stupeur et tremblements, Paris, Albin Michel, 1999, édition de référence : Paris, Le livre de poche 2013.

Métaphysiques des tubes, Paris, Albin Michel, 2000, édition de référence : Paris, Le livre de poche 2002.

Biographie de la faim, Paris, Albin Michel, 2004, édition de référence : Paris, Le livre de poche 2006.

Ni d'Ève ni d'Adam, Paris, Albin Michel, 2007, édition de référence : Paris, Le livre de poche 2014.

La Nostalgie heureuse, Paris, Albin Michel, 2013.

1.2 Autres romans d'Amélie Nothomb (par ordre chronologique)

Hygiène de l'assassin, Paris, Albin Michel, 1992, (Collection « Le livre de poche », n° 30238).

Les Combustibles, Paris, Albin Michel, 1994.

Les Catilinaires, Paris, Albin Michel, 1995, édition de référence : Paris, Le livre de poche date.

Péplum, Paris, Albin Michel, 1996.

Attentat, Paris, Albin Michel, 1997.

Mercure, Paris, Albin Michel, 1998.

Cosmétique de l'ennemi, Paris, Albin Michel, 2001.

Robert des noms propres, Paris, Albin Michel, 2002.

Antéchrista, Paris, Albin Michel, 2003.

Acide sulfurique, Paris, Albin Michel, 2005.

Journal d'Hirondelle, Paris, Albin Michel, 2006.

Le Fait du prince, Paris, Albin Michel, 2008.

Le Voyage d'hiver, Paris, Albin Michel, 2009.

Une forme de vie, Paris, Albin Michel, 2010.

Tuer le père, Paris, Albin Michel, 2011.

Barbe bleue, Paris, Albin Michel, 2012.

Pétronille, Paris, Albin Michel, 2014.

Le Crime du comte Neville, Paris, Albin Michel, 2015.

Riquet à la Houppe, Paris, Albin Michel, 2016.

Frappe-toi le cœur, Paris, Albin Michel, 2017.

1.3 Discours d'Amélie Nothomb

Discours de réception. Séance publique du 19 *décembre* 2015 [en ligne], www.arllfb.be, Bruxelles, Académie royale de langue et de littérature française de Belgique, 2015.

1.4 Adaptations cinématographiques (par ordre chronologique)

Hygiène de l'assassin. Dir. François Ruggieri. Prod. François Ruggieri. Dist. Jean Yanne, Barbara Schulz, Sophie Broustal et Catherine Hiegel. Société de distribution : TSF Production, 1999.

Stupeur et tremblements. Dir. Alain Corneau. Prod. Christine Golzan. Dist. Sylvie Testud, Kaori Tsuji, Taro Suwa et Bison Katayama. Société de distribution : Bac Films, 2003.

Tokyo fiancée (adaptation du raman *Ni d'Eve ni d'Adam*). Dir. Stefan Liberski. Prod. Jacques-Henri Broncakart, Olivier Bronkart, Richard Lalonde,

Sylvie Pialat. Dist. Pauline Étienne, Taichi Inoue, Julie Le Breton, Alice de Lencquesaing. Société de distribution : Versus Production, Les Films du Worso, Forum Films, Belgacom, RTBF 2014.

1.5 Entretiens

BUSNEL, François, « Amélie Nothomb : Je suis une mystique sans religion », *Lire*, n° septembre 2010, pp. 96-101.

2. Ouvrages critiques

2.1 Ouvrages critiques sur Amélie Nothomb et ses œuvres

AMANIEUX, Lauréline, *Amélie Nothomb : L'éternelle affamée*, Paris Albin Michel,

2005.

AMANIEUX, Lauréline, *Le Récit siamois : Identité et personnage dans l'œuvre d'Amélie Nothomb*, Paris Albin Michel, 2009.

BAINBRIGGE, Susan et Jeanette den Tonder, *Amélie Nothomb : Authorship, Identity and Narrative Practice*, New York, Peter Lang (Belgian Francophone Library), 2003.

DAVID, Michel, *Amélie Nothomb : Le symptôme graphomane*, Paris, L'Harmattan, 2006.

DAVID, Michel, *Amélie Nothomb : L'Écriture illimité*, Paris, L'Harmattan, 2013.

DEWEZ Nausicaa, *Stupeur et Tremblements d'Amélie Nothomb (Fiche de lecture)*, Wroclaw, LePetitLittéraire.fr, 2014.

KOBIAKA, Margaux, *La Création d'Amélie Nothomb à travers la psychanalyse*, Paris, Le Manuscrit/Manuscrit.com, 2006.

LOU, Jean-Michel, *Le Japon d'Amélie Nothomb*, Paris, L'Harmattan, 2011.

NARJOUX, Cécile, *Étude sur Stupeur et tremblements*, Paris, Ellipses, 2004.

ZUMKIR, Michel, *Amélie Nothomb : de A à Z. Portrait d'un monstre littéraire*, Belgique, Le grand miroir, 2003.

2.2 Articles analytiques

AMANIEUX, Laureline, *Personnage et identité dans l'œuvre d'Amélie Nothomb*, thèse de doctorat (Littérature et civilisations françaises), Université Paris Nanterre, 2007.

HUE, Bernard, *Littérature et arts de l'Orient dans l'œuvre de Claudel*, thèse de doctorat, Université de Haute Bretagne, 1974.

BARLAND, Jean-Rémi, « Ogresse des mots », *Lire*, n° septembre 2004, p. 82.

BEIGBEDER, Frédéric, « Mauvaise toi », *Lire*, n° septembre 2005, p. 41.

BISSON, Julien, « Vertiges de l'amitié », *Lire*, n° septembre 2014, p.71.

BONNEC, Sidonie, « *Hygiène de l'assassin* » *d'Amélie Nothomb : dialogue sur l'imposante du roman*, mémoire de maîtrise (lettres modernes), Université de Rennes II, 2000.

BUGNOT, Marie-Ange, « L'écriture du corps : pulsion de mort dans l'œuvre d'Amélie Nothomb », *Çédille*, n° 13 avril 2017, pp. 97-117.

COLONNA, Vincent, *L'Autofiction (essai sur la fictionnalisation de soi en littérature)*, thèse de doctorat (Linguistique), École des Hautes Études en Sciences Sociales, 1989.

HUE, Bernard, *Littérature et arts de l'Orient dans l'œuvre de Claudel*, thèse de doctorat, Université de Haute Bretagne, 1974.

CORTANZE, Gérard, « Amélie Nothomb : l'écrit du corps », *Senso*, n° 19 mai-juin 2005.

DHAOUADI, Henda, « Pour une synthèse culturelle entre Orient et

Occident. Habib Bourguiba et Edgar Morin », *Synergies Pologne*, n° 6, 2009, pp.215-222.

DELANGUE, Henri, « Autobiographie ou autofiction chez Amélie Nothomb ? », *Çédille*, n° 10 avril 2014, pp. 129-141.

DIET, Clothilde, *L'Humour dans l'œuvre d'Amélie Nothomb*, mémoire de maîtrise (lettres modernes spécialisées), Université de Paris-IV, 2002.

DARRIEUSSECQ, Marie, « L'Autofiction un genre pas sérieux », *Poétique*, n° 107 septembre 1996, pp. 369-380.

DUBÉ, Geneviève, *La représentation de l'Orient chez Amélie Nothomb : un nouvel exotisme ?*, mémoire de maîtrise (étude française), Université de Montréal à Montréal, 2006.

FERENC, Tóth, *Le Japon et l'œuvre romanesque d'Amélie Nothomb*, mémoire de maîtrise (études littéraires francophones), Université Paris-Est Créteil Val de Marne et Université Catholique Pázmány Péter, 2010.

FERY, Pascale, « Métaphysique des tubes par Amélie Nothomb », *Lire*, n° octobre 2000, p. 89.

GARCIA, Daniel, « Les silences d'Amélie », *Lire*, n° septembre 2006, pp.34-38.

GASPARINI, Philippe, « *Est-il je* ? » Roman autobiographique, autofiction, thèse de doctorat (Littérature générale et comparée), Université Paris Nanterre XII Val de Marne, 2001.

HUE, Bernard, *Littérature et arts de l'Orient dans l'œuvre de Claudel*, thèse de doctorat, Université de Haute Bretagne, 1974.

GORGES, Florent, « Le vrai Japon d'Amélie Nothomb, partie un », *Japan Vides*, mars-avril 2004, n° 6., mars-avril 2004.

HUGUENY-LÉGER, Élisé, « Naissance et mort de l'auteur : les investigations d'Amélie Nothomb », *Itinéraires*, n° 3 2014, pp. 1-11.

JUTRAS, Marie Bouvette, *La faim vertigineuse d'Amélie Nothomb : rencontre du sacré et du carnaval*, mémoire de maîtrise (études littéraires), Université du Québec à Trois-rivières, 2013.

LACAN, Jacques, « Le stade du miroir », *Française de Psychanalyse*, 1949, n° 4, volume 13, pp. 449-455.

LAMBERT-PERREAULT, Marie-Christine, *La mélancolie comme structure infralangagière*, mémoire de maîtrise (études littéraires), Université du Québec à Montréal, 2008.

LIB, Laurence, « Attentat par Amélie Nothomb », *Lire*, n° septembre 1997, p. 63.

LIGER, Baptiste, « Amélie Nothomb : la vraie polémique de la rentrée », Lire, n° septembre 2005, p. 40.

LIGER, Baptiste, « Le Nothomb nouveau est arrivé », *Lire*, n° septembre 2006, p. 37.

LIGER, Baptiste, « Le fabuleux destin d'Amélie », *Lire*, n° septembre 2012, pp. 48-49.

LIGER, Baptiste, « La Passante du sans sushi », *Lire*, n° septembre 2013, p.46.

MIROU, Grégoire, « Dans la peau d'un autre », *Lire*, n° septembre 2008, p. 39.

NODOT, Claire, « La Dame pipi du quarante-quatrième étage : l'exil et la marge dans *Stupeur et tremblements* d'Amélie Nothomb », *Paroles gelées*, n° printemps 2006, volume 22, pp. 69-82.

PANTKOWSKA, Agnieszka, « L'Autre comme un Autre ou comme le Même. La dialectique de l'altérité et de la mêmeté dans *Stupeur et tremblements* d'Amélie Nothomb », *Francofonía*, n° septembre 2000, pp. 187-204.

PARADIS, Catherine, *Les romans dialogués d'Amélie Nothomb. Enjeux romanesques*, *narratifs et génériques*, mémoire de maîtrise (études littéraires), Université Laval, 2006.

Paul, Carine et Diana, « Amélie Nothomb à Mouans-Sartoux », *Procès verbal*, n° 9 mars 2004.

PAYOT, Marianne, « L'épreuve du feu », *Lire*, n° septembre 1994, p. 63.

PERAS, Delphine, « Jours heureux au Japon », *Lire*, n° septembre 2007, p. 37.

PERAS, Delphine, « Fantaisie nothombienne », *Lire*, n° septembre 2009, p. 44.

REVIAL, Gaëlle, *Masque de l'écriture, écriture du masque. Amélie Nothomb et le courant « posthumain »*, thèse de doctorat (Littérature française et comparée), Université Paris-Sorbonne, 2012.

SAUMIER, Émilie, « Accéder à la reconnaissance en tant que femme écrivain belge », *Sociologie et sociétés*, n° 2 automne 2015, volume 47, pp. 113-135.

SENECAL, Didier, « Les catilinaires par Amélie Nothomb », *Lire*, n° septembre 1995, p. 63.

STRULOVICI, Hiroko, *Amélie Nothomb et le Japon*, mémoire de maîtrise, San José State University, 2006.

SUARD, Christine, *Les variantes de l'autobiographie chez Amélie Nothomb*, mémoire de maîtrise (études artistiques), Université San José State, 2008.

TISON, Jean-Pierre, « Éruption à effet retard », *Lire*, n° Octobre 1996, p. 70.

TISON, Jean-Pierre, « Mercure par Amélie Nothomb », *Lire*, n° octobre 1998, p. 63.

TISON, Jean-Pierre, « Stupeur et tremblements par Amélie Nothomb », *Lire*, n° septembre 1999, p. 63.

SZÜCS, Ágota, « Moi et la Toupie » : Analyse de *Métaphysique des Tubes* d'Amélie Nothomb », *Acta Romancia Szegediensis*, Tomus XXV, p. 81-86.

VERA, Juan-Dlaudio, *Amélie Nothomb : pour une esthétique du sublime et de l'opprobre*, mémoire de maîtrise en études littéraires, Université du Québec à Chicoutimi, 2010.

3. Ouvrages théoriques et méthodologiques

BACHELARD, Gaston, *La poétique de l'espace*, 11e éd., Paris, Quadrige, Presses Universitaires de France, 2012 [1957].

BACHELARD, Gaston, *Le droit de rêver*, 5e éd., Paris, Quadrige, Presses Universitaires de France, 2013 [1970].

BARTHES, Roland, *L'empire des signes*, Paris, Seuil, 2005 [1970], (Collection « Points Essais », n° 536).

BARTHES, Roland, *Carnets du voyage en Chine*, Paris, Christian Bourgois, 2009 [1979].

BENEDICT, Ruth, *Le Chrysanthème et le Sabre*, traduction de Lise Mécréant, préface de Jane Cobbi, Arles, Philippe Picquier, 1995 [1946].

BETTELHEIM, Bruno, *Survivre*, traduit de l'anglais par Théo Carler, Robert Laffont, Paris, Robert Laffont, 1979(1952).

BONOLI, Lorenzo, *Lire les cultures : la connaissance de l'altérité culturelle à travers les textes*, Paris, Kimé, 2008.

BRUNEL, Pierre et DANIEL, Yvan, *Paul Claudel en Chine*, Rennes, Presses Universitaires de Rennes, 2013.

CAILLIAU, Hesna, *L'esprit des religions : connaître les religions pour mieux comprendre les hommes*, Milan, Milan, 2003.

CASTEX, Pierre, *Le Conte fantastique en France de Nodier à Maupassant*, Paris, José Corti, 1951.

CHARTIER, Pierre et MARCHAISSE, Thierry, *Chine/Europe : Percussions dans la pensée*, Paris, Presses Universitaires de France, 2005.

CHATEAUBRIAND, François-René, *Mémoire d'outre-tombe*, Paris, LGF, 2001.

COLOMA, Vincent, *Autofiction & autres mythomanies littéraires*, Auch, Tristram, 2004.

FONTANIER, Pierre, *Les figures du discours*, Flammarion, 1968.

DIDIER, Béatrice, *L'écriture-femme*, Paris, PUF, 1991.

DÉTRIE, Muriel, *Orient — Occident : La rencontre des religions dans la littérature moderne*, Paris, You Feng, 2007.

DOUBROVSKY, Serge, *Fils*, Paris, Galillée, 1977.

DOUBROVSKY, Serge, *Autobiographie/ Vérité / Psychanalyse*, Paris, PUF, 1988.

DOUBROVSKY, Serge, *Le livre brisé*, Paris, Grasset, 1989.

DOUBROVSKY, Serge, *Un amour de soi*, Paris, Gallimard, 2012, édition de référence : Paris, coll. « Folio ».

FREUD, Sigmund, Freud, *Des souvenirs-couverture*, Paris, PUF, 1989.

GASPIRINI, Philippe, *Est-il je ? Roman autobiographique et autofiction*, Paris, Seuil, 2004.

GENETTE, Gérard, *Figures III*, Paris, Le Seuil, 1972.

GENETTE, Gérard, *Fiction et diction*, Paris, Le Seuil, 1991.

GENETTE, Gérard, *Seuils*, Paris, Le Seuil, 2002.

GIDE, André, *Le Journal* 1889-1939, Gallimard, 1960.

GIDE, André, *Si Le grain ne meurt*, Paris, Gallimard, 2005.

HAMPDEN-TURNER, Charles et TROMPENAARS, Fons, *Au-delà du choc des cultures : Dépasser les oppositions pour mieux travailler ensemble*, traduites de l'anglais par Larry Cohen, Paris, D'Organisation, 2004.

HIRIGOYEN, Marie-France, *Le Harcèlement moral, la violence perverse au quotidien*, Paris, La Découverte et Syros, 1998.

HUBIER, Sebastien, *Littératures intimes, les expressions du moi, de l'autobiographie à l'autofiction*, Paris, Armand Colin.

KRISTEVA, Julia, *Pouvoir de l'horreur*, Paris, Seuil, 1980.

LACAN, Jacques, *Le séminaire, Livre XXIII, Le sinthome*, Paris, Seuil, 2005.

LECARME, Jacques et LECARME-TABONE, *L'autobiographie*, Paris, Armand Colin.

LEJEUNE, Philippe, *Le pacte autobiographique*, Paris, Seuil, 1975.

LEJEUNE, Philippe, *Je est un autre*, Paris, Seuil, 1980.

LEJEUNE, Philippe, *Moi aussi*, Paris, Seuil, 1986

LEJEUNE, Philippe, *L'autobiographie en France*, Paris, Armand Colin, 1998.

LEJEUNE, Philippe, *Signe de vie*, *Le Pacte autobiographique* 2, Paris, Seuil, 2005.

LONDRE, Albert, *Au Japon*, Paris, Arléa, 2010.

MAURIAC, François, *Commencements d'une vie*, Genève-Paris, La Palatine, 1953.

MERLEAU-PONTY, Maurice, *Signes*, Paris, Gallimard, 1969.

MONTALBETTI, Chrisitine, *Genette*, *une poétique ouverte*, Paris, Bertrand Lacoste, 1998.

NIETZSCHE, Friedrich, *Ainsi parlait Zarathoustra*, traduction de Henri Albert, Paris, CreatSpace Independant Publishing Platform, 2014.

NOTHOMB, Paul, *La Mémoire de l'Éden*, Bruxelles, De la Longue Vue, 1987.

OVIDE, *Les Métamorphoses*, traduction de Georges Lafaye, Paris, Gallimard, 1992, édition de référence : Jean-Pierre Néraudau.

PILLU, Pierre, *Lecture du roman autobiographique*, Paris, Clancier-Guénaud, 1987.

ROSAYE, Jean-Paul et JIN, Siyan, *Orient — Occident : dialogue sur l'ailleurs*, Arras, Artoirs Presses Université, 2010.

ROUSSEAU, Jean-Jacques, *Les Confessions*, Lausanne, Rencontre, 1968.

SAID, Edward W, *L'Orientalisme : l'Orient créé par l'Occident*, traduction de Catherïne Malamoud, préface de Tzvetan Todorov, Paris, Seuil, 1997 [1980].

SAND, Georges, *Histoire de ma vie*, Paris, Gallimard, 2004.

SARRAUTE, Nathalie, *Enfance*, Paris, Gallimard, 1983.

ZI, Si, *Zhong yong*, *ou*, *La régulation à usage ordinaire*, traduction de

François Jullien, Paris, Imprimerie Nationale, coll. « La salamandre », 1995.

STENDHAL, *Souvenirs d'égoïsme*, Paris, Gallimard, 1973.

TODOROV Tzvetan, *Les genres du discours*, Paris, Seuil, 1978.

WASSERMAN, Michel, *D'or et de neige : Paul Claudel et le Japon*, Paris, Gallimard, 2008.

ZI, Si, *Zhong yong, ou, La régulation à usage ordinaire*, traduction de François Jullien, Paris, Imprimerie Nationale, coll. « La salamandre », 1995.

4. Sites internet consultés

AZRA, Jean Luc, *Qu'est-ce que le fameux « esprit de groupe »* ? adresse web : https://www.japoninfos.com/quest-ce-que-le-fameux esprit de groupe-13072014.html.

BEGGAR, Awatif, *L'autofiction : un nouveau mode d'expression autobiographique*, adresse web : www.revue-analyses.org.

BERNY, Jérôme, *Communiquer avec les Chinois et la notion de « perdre la face »*, adresse web : http://www.reussirenchine.com/communication-chinois-perdre-la-face.

BODEUX, Jean-Luc, *Le Portrait : Patrick Nothomb sous la loupe « Le Japonais ? Une question de vie ou de mort »*, adresse web : http://www.lesoir.be/archive/recup/% 252Fle-portrait-patrick-nothomb-sous-la-loupe-le-japonais-u_t-20041130-Z0Q13Y.html.

BRUDERER, Walter, *Les clés pour réussir vos affaires avec les Japonais*, adresse web : https://www.lexpress.fr/emploi/gestion-carriere/les-cles-pour-reussir-vos-affaires-avec-les-japonais_1380294.html.

CLÉMENT, Marie-Christine, *L'enjeu des mets et des mots dans la littérature classique, Amélie Nothomb : les vertus insoupçonnées du chocolat blanc belge*, adresse web : https://www.lemangeur-ocha.com.

DORIAN, Malovic, *Que valent nos valeurs* ?, adresse web : https://www.la-croix.com/Archives/2002-11-14/Que-valent-nos-valeurs-Les-Japonais-aspirent-aussi-au-bonheur-_NP_-2002-11-14-169838.

FERY, Pascale, *Quelle lectrice êtes-vous Amélie Nothomb ? « Une journée sans lire représente une vraie souffrance »*, adresse web : http://www.onlalu.com/2014/08/22/amelie-nothomb-8653.

GALLET, Fabien, *Amélie Nothomb se confie sur sa sœur : « elle est ma muse »*, adresse web : https://tendances. orange. fr/people/news-people/article-amelie-nothomb-se-confie-sur-sa-soeur-quot-elle-est-ma-muse-quot-CNT000000g6IB9.html.

GENON, Arnaud, *Note sur l'autofiction et la question du sujet*, adresse web : http://www. larevuedesressources. org/note-sur-l-autofiction-et-la-question-du-sujet,686.html.

GODINEAU, Émile, *Amélie Nothomb : j'écris plus de trois livres par an*, adresse web : www.linternaute.com/femmes/itvw/0309nothomb.shtml.

GOLLÈS, Luc, *Orient-Occident : le choc culturel dans l'œuvre d'Amélie Nothomb*, adresse web : http://luccolles. canalblog. com/archives/2014/07/06/30204156.html.

GRELL, Isabel, *Roman autobiographique et autofiction*, adresse web : https://www. autofiction. org/index. php? post/2011/09/02Autobiographie-et-autofiction.

JOIGNOT, Frédéric, *Amélie Nothomb. L'enfance à en mourir*, adresse web : http://fredericjoignot.blogspirit.com/archive/2006/05/04/amelie-nothomb-l-enfance-a-en-mourir.html.

KUCINSKS, Audrey, *Amélie Nothomb raconte le traumatisme de " son secret indicible"*, adresse web : https://www.lexpress.fr/styles/vip/violee-a-12-ans-amelie-nothomb-raconte-le-traumatisme-de-son-secret-indicible _ 1938311.html.

LACAN, Jacques, *La stade du miroir : comme formateur de la fonction du Je telle qu'elle nous est révélée dans l'expérience psychanalytique*, adresse web : http://espace. freud. pagesperso-orange. fr/topos/psycha/psysem/miroir. htm.

LECLÈRE, Marie-Françoise, *Amélie Nothomb, l'écriture est la vie* , e http://www.lepoint.fr/culture/2008-08-14/amelie-nothomb-l-ecriture-est-la-vie/249/0/266749.

PLESKACHEUSKAYA, Inesa, *Sauver la face*, adresse web : https://chine.in/guide/sauver-face_1717.html.

ROUSSEAU, Christine, *Amélie Nothomb en* 2000 *lettres* , adresse web : https://www. lemonde. fr/livres/article/2010/09/30/amelie-nothomb-en-2-000-lettres_1418085_3260.html.

SALENS, Régine, *Amélie Nothomb titrée baronne par le roi des Belges*, adresse web : http://www.noblesseetroyautes.com/amelie-nothomb-titree-baronne-par-le-roi-des-belges/.

SAVIGNEAU, Josyanc, *Écrirc, Écrirc, Pourquoi ? Amélic Nothomb*, adresse web : https://books.openedition.org/bibpompidou/1179.

TRIERWEILER, Valerie, *Amélie Nothomb. La stupéfiante*, adresse web : https://www.parismatch.com/Culture/Livres/Amelie-Nothomb-La-stupefiante-157133.

Amélie Nothomb élue à l'Académie royale de Belgique, adresse web : https://www. lemonde. fr/livres/article/2015/03/16/amelie-nothomb-elue-a-l-academie-royale-de-belgique_4594478_3260.html.

La femme japonaise dans le monde du travail, adresse web : http://femme-japonaise. e-monsite. com/pages/la-femme-japonaise-dans-le-monde-du-travail.html.

La vie en société au Japon, https://japon-fr.com/la-vie-en-societe.htm.

Culturel, adresse web : www.prejuges.com/culturel.html.

REMERCIEMENTS

Je remercie chaleureusement mes directeurs de thèse : Monsieur Éric Lysøe et Monsieur Du Qinggang, qui m'ont guidé tout au long de ce livre, encadrant mes études avec enthousiasme et générosité, et qui ont su me conseiller efficacement. Je leur exprime ici ma sincère reconnaissance.

J'ai eu grand plaisir à suivre les cours des professeurs WU Hongmiao, WANG Zhan, et bien sûr Du Qinggang et Éric Lysøe, qui m'ont fait découvrir l'héritage culturel et spiriturel de la France, de la Chine et d'autres pays francophones, à travers leurs cours énergiques et fascinants.

J'ai beaucoup apprécié les bons moments passés avec mes camarades de classes à l'Université de Wuhan et l'Université Clermont Auvergne et le soutien constant de mes amis.

Mes parents et ma femme m'ont soutenu et encouragé à chaque moment de mes années en doctorat. Nos conversations sur Amélie Nothomb, sa conception de la recherche et ses suggestions m'ont bien aidé à finir ma thèse. Avec elle, j'ai pu mener une vie d'étudiant splendide et épanouie.

J'ai mobilisé, pour concevoir ce livre, de nombreuses connaissances acquises à l'Université de Wuhan et à l'Université Clermont Auvergne, ainsi que des connaissances culturelles, sociales et artistiques de mon pays natal. Les romans et la vie d'Amélie Nothomb furent une source d'inspiration riche pour approfondir ma compréhension des rapports passés et présents entre l'Orient et l'Occident. Je présente ce livre, écrit avec bonheur, en remerciement à tous ceux qui me sont chers.